Isabel Miller, Patricia & Sharon

Isabel Miller

Patricia & Sharon

Roman

Aus dem amerikanischen Englisch von
Claudia Brusdeylins

Orlanda Frauenverlag

Originaltitel: Side by Side
The Naiad Press, Inc., Tallahassee, 1990

Die Deutsche Bibliothek – CIP-Einheitsaufnahme:

Miller, Isabel: Patricia & Sharon : Roman / Isabel Miller
Aus dem amerikan. Engl. von Claudia Brusdeylins.
1. Aufl. – Berlin : Orlanda Frauenverlag, 1997
Einheitssacht.: Side by side <dt.>
ISBN 3-929823-43-8
NE: Miller, Isabel: Patricia und Sharon

1. Auflage 1997

Lektorat: Heike Brillmann-Ede
Umschlaggestaltung: Susanne P. Radtke, Berlin
Schattenriß unter Verwendung eines Fotos von H. Lüders, Berlin
Satz: Satzinform, Berlin
Druck: Clausen & Bosse, Leck

*Für Miss Willson und Miss Brundidge,
in der Hoffnung, daß Sie dies als das Buch akzeptieren,
um das Sie mich gebeten haben,*

*für Julie, weil du mich so beruhigt hast,
daß ich schreiben konnte,*

*für Elisabeth, weil du verhindert hast,
daß ich zu ruhig wurde,*

*für Natalie, Joyce, Charlotte, Louise, Glenna, und Meg,
weil ihr nicht aufgegeben habt, mich zu erziehen,*

*für Billie, weil du mit deiner hart erarbeiteten Pflanzenkunde
so freigebig warst.*

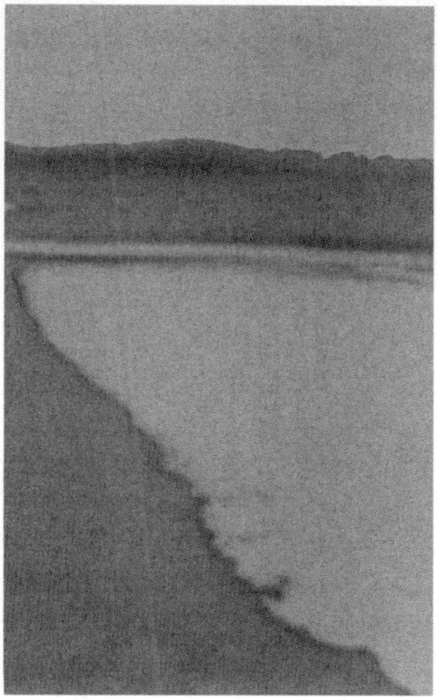

Erstes Buch

Erstes Kapitel

Sharon

Ich kann mich an keine Zeit erinnern, in der ich Patricia Burley nicht kannte. Ich würde sogar noch weitergehen und behaupten, ich hätte sie *schon immer* gekannt, aber Patricia mag es nicht, wenn ich herumspinne, deshalb stimme ich ihr zu, wann immer ich kann. Es gibt genug Gelegenheiten, wo ich ihr nicht zustimmen kann, auch ohne daß ich es darauf anlege, neue herbeizuführen. Deshalb erwähne ich es fast nie – nicht öfter als ein paar Mal im Jahr jedenfalls –, daß ich mir sicher bin, daß wir füreinander geboren und geboren und wieder geboren worden sind und daß sie in jedem Leben versucht hat, mich rumzukommandieren. Sie mußte immer die ältere sein und die Oberhand behalten. »Diese schlappen sechs Monate hättest du auch noch abwarten können!« sage ich, und dann guckt sie, als wäre ich jetzt zwar vollends abgedreht, sie es dieses eine Mal aber noch tolerieren würde.

Wenn es nach mir ginge, wären wir gleichzeitig geboren worden und unsere Mütter hätten im Krankenhaus im gleichen Zimmer gelegen und sich ineinander verliebt. So stelle *ich* mir einen vielversprechenden Anfang vor, und irgendwann kriegen wir das auch noch hin.

Aber dieses Leben ist auch ganz gut. Ich beklage mich gar nicht. Wir sind sogar in gegenüberliegenden Häusern aufgewachsen, und sobald ich laufen konnte, habe ich versucht, zu ihr zu kommen. Ich wußte damals schon, daß sie mir gehörte. Sie wußte es auch, aber da sie die ältere war, sorgte sie dafür, daß ich ihr den Hof machte. Mama sagte, daß sie mich immer an der Windel packen und festhalten mußte, damit ich nicht auf die Straße rannte.

»Warum hast du mich denn nicht einfach rübergebracht? Ich wäre doch dageblieben«, sagte ich.

Mama sagte: »Patricias Familie mochte uns nicht. Der Transporter gefiel ihnen nicht.«

Es ging um Pas Öltransporter. Die Burleys hatten das Haus tagsüber besichtigt, als der Transporter gerade mit Pa seine Runde machte. Was für eine ruhige Straße mit viel Grün und großen, soliden alten Backsteinhäusern, haben sie wahrscheinlich gedacht, genau das richtige für eine Akademikerfamilie. Wie konnten sie auch ahnen, daß in dieser Straße auch die Familie eines Öllieferanten wohnte, der seinen stinkenden Transporter jeden Abend um sechs am Straßenrand parkte? Ich glaube, sie schoben es auf die Demokratie, und wußten nicht, daß es einfach daran lag, daß Patricia und ich uns allmählich aneinander ranmachten.

Ich war genauso stur, wie Mama schüchtern war, und am Ende mußte sie allen Mut zusammennehmen und Patricias Mutter fragen, ob sie mich zu Patricia in den Hof setzen dürfte. Wenn ich daran denke, welche Angst Mama vor Mrs. Burley hatte, und daß sie sich extra ein sauberes Kleid angezogen hat und mir einen frischen Spielanzug, damit wir nicht ölig aussahen, dann kommen mir die Tränen.

Mrs. Burley war gar nicht so böse. Wer will schon mit einem Öltransporter zusammenleben? Uns machte es ja wirklich auch keinen Spaß.

Mrs. Burley war nie besonders sauber, vor allem wenn sie an ihrem Haus arbeitete und versuchte, es in seinen ursprünglichen Zustand zu versetzen. Sie war ein bißchen zu klein und dicklich, um auf Leitern zu klettern, aber sie tat es trotzdem, und zwar oft, und wurde dabei staubig und verschwitzt und vom vielen Tapete-von-der-Wand-Reißen so müde, daß sie kein Geschirr spülte. Aber sie hatte trotzdem etwas Schickes an sich – sie hatte einen Doktorgrad in Philosophie, wie Mr. Burley, aber die Universität stellte grundsätzlich keine Ehepaare ein, deshalb konnte sie ihren Dozententalar nur dazu benutzen, sich an Halloween als Hexe zu verkleiden.

Mama wußte nichts von dem Doktorgrad, aber sie wußte, daß Mrs. Burley ihr irgendwie unheimlich war. Da stand Mama nun, mit einem Kloß im Hals, und wartete auf eine Antwort, und ich stand da und klammerte mich an ihr Bein. Obwohl ich noch in den Windeln steckte, war ich schon bereit, jeden umzubringen, der meiner Mutter weh tat.

Patricia war ein ziemlich kleines, gedrungenes Kind, das mich durch die Bretter des Palisadenzauns hindurch mit einem hellglänzenden braunen Auge musterte. Ich kann mich nicht richtig daran erinnern, aber ich sehe das Auge trotzdem vor mir, und die noch ganz flaumigen, halb nachgewachsenen roten Haare.

Sie behauptet ja, sie könnte sich noch daran erinnern. Sie behauptet, daß sie dachte: »Warum hast du bloß so lange gebraucht? Wo bleibst du denn?«

»Also«, sagte Mrs. Burley ein bißchen zu langsam – wahrscheinlich sagte sie sich, daß wir schließlich in einer Demokratie lebten und daß Patricia alle Impfungen bekommen hatte. »Ja, natürlich«, sagte sie. »Das wäre doch schön.« Mama hob mich über den Zaun, und ich fing ein neues Leben mit Patricia an, Seite an Seite.

Mit Unterbrechungen. Wenn Patricias Vater zum Beispiel eine Gastprofessur annahm und die Familie für ein ganzes Jahr in ein fremdes Land ging. Das hasse ich an diesen Unileuten. Wie den Sommer. Die Burleys hatten draußen in Michigan ein Haus am See, wo sie immer hinfuhren, sobald die Schule aus war. Mr. Burley hatte im Sommer frei, außer in einigen wundervollen Jahren, wenn er an der Sommerschule unterrichtete. Er war glatzköpfig und ziemlich klein und gedrungen. Mein Pa sagte nie »die Burleys«. Er sprach immer von den »Pummels«. Pa bewertete die Leute hauptsächlich nach ihrer Körpergröße.

Wir großgewachsenen Almos fuhren nie irgendwo hin, obwohl das Ölgeschäft im Sommer nachließ und wir es hätten tun können. Pa hatte die Welt schon während des Krieges gesehen, und sie hatte ihm nicht gefallen. Ihm gefiel sein Leben so, wie es war, bloß nichts verändern. Manchmal nahm er uns allerdings sonntags auf einen Ausflug mit, weil Mama sich gern anderer Leute Häuser anschaute, aber er hörte die ganze Zeit die Baseballübertragungen im Autoradio, deshalb machte es keinen Spaß und zählte sowieso auf keinen Fall als Reise.

Ich habe mich geradezu nach einer Reise verzehrt. Ich wollte unprovinziell sein, extravagant, so wie Patricia. Ich wollte, daß manchmal sie zu Hause war und ich nicht, damit sie mal merkte, wie sich das anfühlte. Aber ich muß zugeben, am Ende wurde ich Pa ziemlich ähnlich. Wenn ich mit meiner Lebensgefährtin zu Hause sein kann, will ich einfach nur dort bleiben, wo ich bin.

Patricia las mir immer vor. So wie meine Familie Fernsehen guckte, las sich ihre Familie zur Unterhaltung was vor. Sie ahmten irgendwelche alten Zeiten nach, die sie besser fanden. Ihre Möbel waren auch altmodisch, und Mrs. Burley wusch und bügelte Stofftaschentücher, weil Tempos bei ihnen in die gleiche Kategorie wie das Fernsehen gehörten.

Schon als Kleinkind war Patricia mit Büchern ganz vorsichtig. Sie wusch sich immer erst die Hände, und ich mußte es auch tun, bevor wir ein Buch anfaßten, und dann saßen wir zusammen auf dieser harten, glatten schwarzen Couch und hielten das Buch auf dem Schoß, und sie brabbelte los. Sie konnte gar nicht lesen, ach was, sie konnte nicht mal reden. Aber sie brachte in ihrem Gebrabbel Fragezeichen und Ausrufe unter, und manchmal machte sie eine wichtigtuerische Pause und zeigte auf ein Bild, das schwarzweiß und clever war. Ihre Eltern hatten diese Bücher nämlich schon als Kinder gehabt, ihre Großeltern vielleicht auch, was weiß ich;

die Bilder waren nicht bunt und lustig wie in den Pixiebüchern, die mir Mama im Laden kaufte. Patricia mußte aufhören, nach Pixiebüchern zu jammern, weil ihr Vater sagte, wenn sie damit nicht aufhörte, dürfte sie nicht mehr mit mir spielen.

Später haben wir dann auch gemalt. Mr. Burley glaubte nicht an Malbücher. Meins fand Patricia ganz toll, und meine Buntstifte auch. Sie fand sie frech und deshalb unanständig. Sie stimmte ihrem Vater zu, daß Kinder nur einfaches weißes Papier von guter Qualität haben sollten und Wasserfarben und einen kleinen Kittel, der hinten mit einem einzelnen Knopf zugemacht wurde. Wir haben ein paar schöne Bilder gemalt. Ihr Vater hat sie alle aufgehoben, sogar meine, und unser Alter draufgeschrieben. Es gibt eins, das ich mit drei Jahren gemalt habe, und das ist das Lustigste, was ich je gesehen habe. Ein rundes lächelndes Gesicht mit Beinen – kein Körper, nur ein großer Kreis, in einem Rutsch gemalt, und ein Gewirr zerzauster Haare und Beine, die unten zu Füßen abbiegen. Patricia hat mir erzählt, daß das chinesische Symbol für den Himmlischen Weg ein Kopf mit Beinen ist, und ich finde, das Bild zeigt, daß ich damals ein bißchen weise war. Mehr als heute.

Patricia malte Prinzessinnen, eine nach der anderen. Armeen von Prinzessinnen, alle rothaarig wie sie und in juwelenbesetzten Roben. Heute ist ihr diese Obsession peinlich, aber ich glaube, daß sie damals auch schon was auf dem Kasten hatte.

Im Fernsehen hieß es, die Königin von England käme zu Besuch. Zu uns persönlich, dachten wir, und waren so aufgeregt, daß wir nicht schlafen konnten. Denk an Weihnachten, und verdoppele die Aufregung. Und jetzt noch mal verdoppeln. So aufgeregt waren wir. Wir freuten uns darauf, unseresgleichen zu begegnen. Patricia versuchte, mir den Hofknicks beizubringen, aber warum sollte ich knicksen, wenn sie das nicht vorhatte? Wenn sie der Queen in die Augen sehen und mit ihr fachsimpeln konnte, konnte ich das genauso.

Sie sagte, die Queen würde uns sonst vielleicht nicht sofort erkennen, und wir wollten sie schließlich nicht dadurch verärgern, daß ich keinen Knicks machte.

Und dann gab es im Fernsehen einen großen Rummel um eine unansehnliche kleine Frau mit einem schlichten Hut und einem Hauskleid. Keine Krone, keine Robe, keine Brillanten, keine von süßen kleinen Prinzessinnen getragene lange Schleppe, und außerdem wollte sie Präsident Eisenhower besuchen, nicht uns. »*Das* ist doch nicht die Queen«, sagte, Patricia. Ich wußte, daß sie es doch war und daß Königinnen ein Schwindel waren, und schrieb sie ab, aber Patricia sagte, nein, es wäre bloß eine Verwechslung, und wir gingen zu ihr nach Hause, damit sie eine richtige Queen malen und diese Fälschung aus ihrem Gedächtnis streichen konnte.

Später wechselte Patricia zu Ballerinas über – Ballerinas zu malen und eine Ballerina zu sein. Ich saß auf dem Fußboden und schlug mit den Händen den Takt und sang dazu, und sie hopste herum. In Wirklichkeit war ich die bessere Tänzerin, und trotzdem nicht besonders gut, aber ich mußte fast immer das Orchester spielen, damit sie ihrer Mutter zeigen konnte, daß sie wirklich talentiert war und Ballettstunden nehmen mußte und daß es ein Verbrechen wäre, solch ein Talent zu vernachlässigen.

Mrs. Burley gab ziemlich schnell nach und Mama auch, und dann verbrachten wir unsere Samstagvormittage im Obergeschoß eines Ladens in der Stadt, stellten unsere Füße hierhin und dorthin und hielten die Arme hoch. Es war alles irgendwie enttäuschend, überhaupt nicht wie fliegen, aber wir hielten durch, weil wir vorher so lange gequengelt hatten. Wenn unsere Leute rauskriegten, daß wir überhaupt keine Lust dazu hatten, hätten sie eine Ausrede, uns das nächste, um das wir bettelten, nicht zu geben. Aber eines Samstag morgens, als die Lehrerin die Mädchenreihe abschritt und unsere Positionen korrigierte, tippte sie Patricias Bein leicht mit dem Stock an, und das wars dann. Niemand durfte es wagen, Patricia zu schlagen.

Mir war es auch recht. Samstag morgens kamen immer die guten Fernsehshows. Mrs. Burley wars auch ganz recht, glaube ich. Wenn sie uns zum Unterricht brachte, trug sie immer ihren Regenmantel, auch an den heißesten Tagen, um ihre schäbige Kleidung zu verstecken. Und Mama war froh, weil es nicht leicht war, Pa das Geld für meine Stunden abzuluchsen.

Er wollte mich nicht mal in die Vorschule schicken, da sie Geld kostete, weil wir aus den geburtenstarken Jahrgängen die Einrichtungen überschwemmten. Ich bin mit Lehrerinnen befreundet, die sagen, wenn eine Schule sparen muß, denken sie selbst heute noch zuerst an die Abschaffung der gebührenfreien Vorschule.

»Private Vorschule? Dafür auch noch bezahlen? Was ist denn das für 'ne Scheiße?« brüllte Pa. Er hatte zwar das Geld, aber er ist schließlich ein Mann mit Prinzipien. Er sagte, er würde sein Geld behalten und mich selbst unterrichten.

»Ich kann ganz gut selbst eine kleine Matte auf den Fußboden legen, damit Sharon ein Nickerchen machen kann, und wenn sie aufwacht, gebe ich ihr gerne ein Tamburin, auf dem sie rumschlagen kann, und wir können dazu im Kreis herumlaufen.«

Damit meinte er, daß Mama das machen sollte, ihre Zeit war nämlich nicht so viel wert.

Er lieferte Mama einen ziemlichen Kampf, aber im September, als ich fünf war und Patricia schon fast sechs, fingen wir zusammen in der privaten Vorschule an. Ihr halbes Jahr Vorsprung hatte ihr für die Einschulung gar nichts genützt. Beim nächstenmal wird sie es sich genau überlegen, ob sie noch mal im Februar zur Welt kommt.

Selbst nachdem sie es mir erzählt hat, verstand ich nicht, was sie eigentlich gegen ihre Mutter hatte. Ich fand meine so toll, war so schnell wütend, wenn ich glaubte, jemand hätte sie beleidigt, fühlte mich so behaglich, wenn ich mich an sie kuschelte, hatte solche Angst, daß diese vielen Geburten sie umbringen würden, war so entschieden auf ihrer Seite, wenn sie mit Pa stritt, wollte unbedingt, daß sie die Sachen, die ihr gefielen oder die sie haben wollte, auch bekam, zum Beispiel Schlüpfer mit Blümchenstickerei, auch wenn so was albern war und teurer. Durch Patricia lernte ich zum ersten – aber natürlich lange nicht zum letzten – Mal, daß es solche und solche gibt.

Sie inszenierte sogar Intrigen gegen ihre Mutter und erzählte mir davon, weil sie wie selbstverständlich annahm, daß ich ihre Ideen übernehmen wollte. Du mußt immer Pipi machen müssen, wenn ihr in die Stadt geht oder ins Kino oder ins Restaurant, sagte sie zu mir, und jedesmal ein bißchen aufsparen, damit du es ganz schnell wieder machen kannst. Nie an einem Trinkwasserbrunnen vorbeigehen, ohne sie dazu zu bringen, daß sie dich hochhebt, damit du trinken kannst. Der kleinste Tropfen hilft beim Pinkeln, und selbst wenn du keinen Durst hast und gar nichts trinken kannst, sie wird den Unterschied sowieso nicht merken, und du kannst dich auf jeden Fall über und über mit Wasser bespritzen. Du mußt dich ganz früh in die Schule schleichen, damit du die Socken deines großen Bruders anziehen kannst (ich hatte keinen Bruder, deshalb sollte ich die von meinem Vater nehmen), und alle werden dich für ein armes, vernachlässigtes Kind halten. Wenn du die Schuhe falsch herum anziehst, auch. Bitte die Nachbarn um etwas zu essen. Wenn du die Post reinholst, nimm die Zeitungen mit in dein Zimmer und krieg einen Anfall wegen der Verletzung deiner Privatsphäre, wenn deine Mutter sie rausholen will. Erzähl ihr, du hättest Gift geschluckt.

Letzteres hat nicht funktioniert. Gegen die meisten Streiche Patricias konnte ihre Mutter nichts machen, selbst wenn sie sie durchschaute. Wenn sie zum Beispiel sagte, nein, ich war ja gerade mit dir im Bad, konnte Patricia trotzdem in die Hosen machen und recht behalten. Doch wenn Patricia schluchzend und würgend reinkam, sich übergeben wollte und sagte, sie hätte eine Tulpenzwiebel gegessen (weil jemand im Fernsehen gesagt hatte, die wären giftig), stieg Mrs. Burley nicht mal von ihrer Trittleiter. »Zeig sie mir«, sagte sie. »Bring sie mal her«, und wir gingen wieder nach draußen und suchten herum, und schließlich suchte sich Patricia ein vielversprechendes Blatt aus und sabberte es voll und zeigte es ihrer Mutter. »Das ist eine Taglilie«, sagte ihre Mutter und pinselte weiter. »Ist das nicht ein Glück? Du brauchst also nicht ins Krankenhaus und dir deinen Magen auspumpen zu lassen. Die Chinesen essen das Zeug tonnenweise zum Frühstück.«

Mrs. Burley kapierte nicht, daß Patricia wollte, daß ihr der Magen ausgepumpt wurde, weil sie dachte, es würde Spaß machen. Normalerweise konnte Mrs. Burley in Patricia lesen wie in einem Buch, und vielleicht ist das auch der wahre Grund, warum Patricia es ihr so schwermachte. Es war Patricia einfach peinlich, so durchschaubar und so wenig geheimnisvoll zu sein.

»Wenn Pa nach Hause kommt, bringt er mich ins Krankenhaus!« schrie sie, und wir setzten uns auf die Verandastufen und warteten auf Mr. Burley, der keinen blassen Schimmer von Patricia hatte, außer daß sie sein absoluter Liebling war, Daddys wunderschöner Schatz. Patricia seiberte und versuchte, grün im Gesicht zu werden, sie wußte nämlich nicht, daß man rot wird, wenn man die Luft anhält.

»Warum magst du deine Mutter eigentlich nicht?« fragte ich.

»Weil sie geizig ist und dumm. Sie ist keine richtige Burley. Sie mag Grandpa und Grandma Burley nicht. Sie mag das Alte Haus nicht.«

»Das ist kein Grund«, sagte ich. Ich hatte das Alte Haus noch nie gesehen, aber ich mochte es auch nicht, weil es Patricia den ganzen Sommer über von mir fernhielt. Würde sie mich auch nicht mehr mögen, wenn sie das rausbekam?

»Sie ist ein Waschlappen«, sagte Patricia. »Sie sitzt den ganzen Tag mit den Müttern und Babys am See, und sie reden nur darüber, wie sehr sie das Alte Haus hassen. Die sind alle Waschlappen. Das Schlimmste ist, wenn man zu den Waschlappen gehört.«

Meine Mutter war wahrscheinlich auch ein Waschlappen, aber sie brauchte es ja nicht zu zeigen, und mir war es sowieso egal. Sie glich das auf andere Weise wieder aus.

Patricia sagte: »Mutter will immer hierbleiben und sich am Haus zu schaffen machen, und Pa muß dann sagen: ›*Wir werden fahren. Wir fahren auf jeden Fall*‹, und dann redet sie schlecht über Grandpa und Grandma Burley, weil sie dumm ist. Sie ist keine echte, geborene Burley, nur angeheiratet.«

Und dann machte ihre Kuckucksuhr viermal Kuckuck, und wir gingen zu mir rüber und guckten Popeye. Sie wollte sowieso nicht mehr warten, um ihrem Vater zu sagen, daß sie sich vergiftet hatte. Ihm spielte sie keine Streiche. Er war ihr König.

Das Blöde bei Popeye war, daß meine kleinen Schwestern überall rumturnten und daß es im Fernsehen immer diese Spots gab, in denen gesagt wurde, wenn Die Bombe kam, müßten wir in den Keller gehen oder in den Strahlenschutzbunker, und daß man dort Essen und Wasser deponiert haben sollte, damit man nicht starb. Bei dem Gedanken, mit meinen Schwestern in den Keller gehen zu müssen, wurde mir nur schlecht, und wir hatten da ja sowieso kein Essen und kein Wasser. Patricia hatte in ihrem Keller auch nichts. Wir guckten Popeye und sorgten uns wie verrückt, und das Komische daran ist, unseren Eltern erzählten wir davon kein Wort. Es war, als wäre Die Bombe das Geheimnis der Kinder.

Natürlich wußten die Lehrer Bescheid, sie mußten uns schließlich beibringen, wie wir unter das Pult kriechen und den Kopf mit den Armen schützen mußten, falls wir in der Schule waren, wenn Die Bombe kam. Aber unsere Eltern wußten nichts davon, und wir wollten das auch nicht. Ich glaube, wir hatten Angst, daß wenn sie es wüßten und sich Sorgen machten, es Die Bombe wirklich gäbe. Solange sie nichts davon wußten, konnte es immer noch sein, daß Die

Bombe so was wie ein Weihnachtsmann war, nur schlimmer – eine Geschichte für Kinder.

Manche Kinder hatten Pech und wohnten in Häusern ohne Keller, aber sie mußten lügen und sagen, sie hätten gerade einen Keller bekommen, alle anderen flippten nämlich aus, wenn sie sie sahen, so als hätten sie eine ansteckende Krankheit. Selbst wenn man wirklich nett zu ihnen war, mußte man immer daran denken, daß Die Bombe sie kriegen würde.

In der Schule gab es einen Film, in dem sie zeigten, wie Soldaten die Reifen von Autos wuschen, die wahrscheinlich gar keinen Strahlenstaub abgekriegt hatten, nur um vorsichtig zu sein. Das sollte uns ein Gefühl der Sicherheit geben. In dem Film wurde auch eine Frau gezeigt, ganz auf Hausfrau getrimmt, mit Kopftuch und Pantoffeln, die eine Kiste riesig großer Erdbeeren bestaunte, die mit Radioaktivität behandelt worden waren, damit sie niemals verfaulten. Sie waren so schön wie die rubinroten Pantoffeln von Oz, richtig appetitanregend, aber egal was sie im Film sagten, wir wußten mittlerweile, daß sie giftig waren wie der Apfel von Schneewittchen.

Wenn ältere Leute sagen, unsere Generation hätte es zu leicht gehabt und wäre einfach verwöhnt, muß ich immer daran denken, wie wir unter unseren Pulten hockten mit den Armen über dem Kopf, und frage mich, was daran eigentlich so toll gewesen sein soll. Ich sage ja gar nicht, es wäre schlimmer gewesen, vor der Bombe Angst zu haben als vor Gott und der Hölle wie sie, oder daß es schlimmer gewesen sei, Vietnam erlebt zu haben als den Zweiten Weltkrieg, aber wie kommen sie nur darauf, daß es uns einfach zu gutging? Können sie nicht begreifen, das es immer irgendwas gibt, vor dem man Angst hat? Sie bedauern es, daß sie uns nicht ein bißchen strenger erzogen haben. In Wirklichkeit haben wir uns das Beste von dem, was wir kriegten, gegen ihren Willen einfach genommen, wie zum Beispiel schwullesbische Rechte. Sie würden uns lieber mögen, wenn wir statt dessen um Essen und Schuhe gekämpft hätten. Es wurmt sie kolossal, daß wir Apfelsinen nicht für eine Delikatesse halten.

Sharon

Bei uns zu Hause gab es einen Fernseher, aber bei Patricia war es schöner, weil sie keine aufdringlichen kleinen Schwestern hatte, nur ihren ziemlich kleinen und gedrungenen Bruder Everett, der uns sowieso keines Blickes würdigte, und sie hatte ein eigenes Zimmer mit einer Tür, die wir abschließen konnten. Darin spielten wir viele Spiele, nicht alle davon unanständig.

Wir spielten zum Beispiel »Füße an der Wand«. Wir legten uns auf ihr Bett, und eine machte einen Tanzschritt an der Wand, und die andere mußte ihn genau nachmachen – sie brachte mir bei, *imitieren* zu sagen. Wir spielten »Der Präsident kommt zum Abendessen«. Dabei waren wir Chefkoch Boy-R-Burley und Chefkoch Boy-R-Almo, und wir benutzten eine Kommodenschublade als Backofen und brieten darin einen verfilzten alten, muffig riechenden gefüllten Osterhasen ohne Ohren und Augen, rannten nervös herum und hatten Angst, der Präsident könnte kommen, bevor der Hase gar war. Wir spielten auch »Schönheitssalon«, ein Spiel, das irgendwie hart an der Grenze zum Sex lag, für mich zumindest. Patricia ist es einfach nie so unter die Haut gegangen wie mir.

Bei mir reicht heute noch das Geräusch eines Kamms, der in Wasser getaucht wird und dabei gegen das Glas klickt, um meine Kopfhaut zum Kribbeln zu bringen. Dann spritzten die versehentlich eiskalten Tropfen auf meinen Hals und Rücken, und Patricia lehnte sich gegen mich und machte mir Dauerwellen, normale Haarwellen, Wasserwellen und mit Spucke angeklebte Schmachtlocken, sie war so ungeschickt und vorsichtig dabei, strengte sich so an, daß sie das Schlucken vergaß und manchmal zu sabbern anfing. Das Beste waren die Schmachtlocken, besonders hinten, wo mir die Haare in den Nacken fallen.

Spucke war auch für Arztspiele gut. Wir machten nie das, was der richtige Arzt machte, der uns nur auf die Waage stellte und unseren Müttern sagte, was für Prachtexemplare wir wären und daß wir in einem halben Jahr wiederkommen sollten. (»Frag ihn doch mal, ob du ihm den Scheck nicht einfach *zuschicken* kannst«, sagte Pa.) Unsere Arztspiele gingen so: den Bauch mit einem Eisstiel aufschneiden, den Blinddarm rausnehmen und dich überall mit angeklebtem Toilettenpapier verbinden, das wir mit Spucke angefeuchtet hatten. Oder den Hörtest, bei dem ich dir ins Ohr flüsterte. Oder dich überall mit einem Tuschkastenpinsel berühren und aufschreiben, wo es sich am schönsten anfühlt, wie an den Ohren, den Brustwarzen, in den Kniekehlen und an der Muschi. Patricia nannte die Muschi immer »Vulva«, ich machte das aber nie, weil es sich kalt anhörte. Wie Gummi. Ein schrecklicher Name für unsere tollen niedlichen rosa Ritzen. Da waren so viele Stellen drin, die sich gut anfühlten, daß wir sie auf einem getrennten Blatt aufschreiben mußten.

* * * * *

Als ich ungefähr zehn war, kaufte Mama mir ein Unterhemd, das unten am Rand überall Spitzen hatte, wie große Sägezähne, und obwohl es aus ganz normaler Baumwolle und schlicht blaßgrün war, machte es dieser Spitzenrand königlich. Es wurde unser Königskostüm. Die, die es anzog, war König Albert. Die andere wurde zur Königin JoAnn, indem sie sich ganz auszog.

König Albert riß also die Tür auf und stapfte herein, total wütend, und beschwerte sich, das Essen wär in letzter Zeit scheußlich gewesen, der Palast eine Katastrophe, die Taschentücher nicht gebügelt, die Kronen nicht poliert, und außerdem hätte er keine saubere Hermelinrobe mehr. Behandelte man so etwa jemanden, der den ganzen Vormittag Gesetze verfaßt hatte? Die Königin JoAnn solle sich gefälligst zusammenreißen.

Und sie lag ausgestreckt auf dem Bett, die Arme hinter dem Kopf verschränkt, damit er ihre flachen Brüste richtig gut sehen konnte. Sie blickte dann mit tränenumflortem Blick zu ihm auf und jammerte: »Albert, mir ist kalt. Hast du denn keine Heizung in diesem Palast?« König Albert fiel dann mit Entschuldigungen und Umarmungen über sie her, berührte alle Stellen, die wir beim Arztspiel kennengelernt hatten, und sagte, das mit dem Essen machte nichts, und es wär schon gut. Dann bekam die Königin das Hemd und wurde König, und wir fingen noch mal von vorne an. Das war unser schönstes Spiel. Es wurde uns nie langweilig. Wir spielten stundenlang. Nichts konnte uns davon abbringen, außer wenn wir zum Essen gerufen wurden. Ich glaube nicht, daß wir jemals von selbst aufgehört haben.

Aber lange Zeit haben wir uns nicht geküßt, außer auf die nackte Haut. Die Lippen oder die Muschi küßten wir nicht, weil wir uns vor Bakterien fürchteten, vor allem Patricia. Sie war ihr ganzes Leben vor Bakterien gewarnt worden und hatte sie sogar gesehen, im Mikroskop von ihrem Bruder Everett, wie sie mit ihren kleinen Fängen und Schnurrbärten herumkrochen, und sie hatte richtig Angst vor ihnen. Ich tat so, als hätte ich auch Angst, weil ich nicht wollte, daß sie dachte, wir Almos wären Schweine.

Meine Familie ist genauso gut wie ihre, wir geben bloß nicht so an.

Natürlich wußte ich sehr gut, daß Bakterien einem nichts tun können, wenn man sie nicht läßt, und vor allem wußte ich, daß Patricias Bakterien, falls sie überhaupt welche hatte, *mir* nichts tun würden. Ich hab sie nur deshalb so lange drauf warten lassen, meinen Mund zu küssen, um zu zeigen, daß eine Almo sich wegen Bakterien genauso dumm anstellen konnte wie eine Burley.

Wir waren ungefähr dreizehn, als sie mich zum ersten Mal küßte, und spielten immer noch König Albert, auch wenn die König-Albert-Verkleidung sich schon längst in einen Putzlappen verwandelt hatte und uns inzwischen sowieso nicht mehr paßte. Wir hielten uns auch nicht mehr mit dem Theaterspielen auf. Wir waren zum Kern des Spiels vorgedrungen, aber wir nannten es noch immer König Albert – damit wir nicht sagen mußten, daß wir »uns lieben«.

Eines Nachmittags, als sie auf mir lag und mir ins Ohr atmete, fühlte ich eine Veränderung in ihrem Körper, wie einen Entschluß, und sie fing an, meine Wange zu küssen, eine ganze Reihe kleiner kurzer Schmatzer, die sich auf meinen Mund zubewegten, und dann wich sie zurück und fragte: »Hast du immer noch Angst vor meinen Bakterien?«

Ich sagte nein. In dem Moment interessierte ich mich nicht sonderlich für die Familienehre der Almos.

»Ich hab vor deinen auch keine Angst«, sagte sie, und wir machten beide ganz fest Mund und Augen zu. Sie gab mir einen zusammengekniffenen Kuß und hätte aufgehört, aber ich hatte sie richtig fest umarmt und hielt sie bei mir, bis wir uns nicht mehr albern vorkamen und unsere Augen und Münder aufmachen und nachgeben konnten.

Ein himmelweiter Unterschied! Da war ihr glitzerndes braunes Auge, zu nah, um es klar sehen zu können, die roten Haare ihrer Augenbraue, der Atem aus ihrer Nase, unsere beiden nassen Münder. Es machte uns nicht an. Es war wie Seele an Seele liegen und sehr still, außer daß wir unsere Namen sagten, Patricia und Sharon, nicht Albert und JoAnn.

Keine Ahnung, was ich mit Seele meine, aber ich weiß auch nicht, wie ich es anders sagen soll.

Wir hatten eine kleine Clique von Mädchen in unserem Alter, die so Sachen machten wie das Eis aufzuhacken, damit das Wasser aus den Straßen abfließen konnte, und Dope aus Kaugummi und Bananen herzustellen und uns eine Lehrerin auszusuchen, in die wir uns als Gruppe verknallen konnten.

In dem Jahr war es Miss Roop, die Turnlehrerin. Der Rest der Clique tat sich jedesmal in anderen Paaren zusammen, die Miss Roop mit einem Mann spielten, aber Patricia und ich taten uns mit keiner anderen zusammen, nur miteinander.

Einmal, als ich gerade am Schlag war und Becky als Fängerin hinter mir stand, sagte sie: »Warum seid ihr eigentlich so viel zusammen, du und Patricia?«

Ich sagte: »Wir machen dasselbe wie ihr, aber wir tun nicht so, als wären wir jemand anderes«, und ließ einen sehr leichten Wurf aus.

»Mensch, wie meine Mutter«, sagte Becky.

Wir kannten alle die Familiengeheimnisse der anderen aus der Clique. Ihre Mutter war mit der Mutter einer anderen aus der Stadt weggegangen. Sie lebten als Lesben in New York, was für sie ja okay war, doch wäre es für Patricia und mich ein bißchen unheimlich gewesen, so was gabs nur bei *Erwachsenen*, wie Fußschmerzen oder so was oder falsche Zähne. Ältere Leute konnten Lesben sein Mütter. Wir waren nur spielende Kinder.

»Nein, nicht wie deine Mutter«, sagte ich, holte weit aus und schlug daneben.

»Haha! Das ist die Strafe für dein Lügen!«

Also sagte ich die Wahrheit. »*Ein bißchen* wie deine Mutter«, sagte ich, verfehlte aber trotzdem den nächsten Wurf.

Zweites Kapitel

Patricia

Daddy schreibt Bücher, die keiner kauft. Er hat den Plan, die amerikanische Vereinigung der Baupfuscher dazu zu bringen, in jedes neue Haus mindestens drei Meter breite Bücherregale einzubauen und dann eine gewaltige Werbekampagne in Frauenzeitschriften zu starten, mit dem Spruch, daß Bücherregale Bücher bräuchten. Nicht Erdnußdosen, sondern *Bücher*. Daddys Bücher sind über den Hochverrat Aaron Burrs und Shays Rebellion und die Schlacht der gefällten Wälder, deshalb werden sie wohl nicht in viele Regale gestellt werden, aber immerhin bringen sie ihn beruflich weiter.

Immer wenn ich zu Sharon ging, mußte ich an Daddys Plan denken. Die hatten in ihrer Schrankwand Bücherregale mit Glastüren, aber darin stand Mrs. Almos Sammlung von Salz- und Pfefferstreuern in Form von Fröschen und Blumen und mexikanischen Kindern (Jungs und Mädchen), der schiefe Turm von Pisa, die Freiheitsstatue, Schnecken, Bären und Windmühlen, alles stand weit auseinander, um den Platz im Regal auszufüllen. Diese Regale waren groß. Die einzigen gedruckten Wörter im ganzen Haus waren in der Zeitung, der Fernsehzeitschrift und den Pixie-Büchern.

Für mich war das eine exotische Welt, wie Samoa – ganz okay natürlich, nur vollkommen anders. Überall Teppichboden in Beige (weil Beige zu allem paßt), wolkenweiche beigefarbene Stühle (passend zum Teppichboden), beigefarbene Vorhänge mit Ziehschnüren, Jalousien. Sharons Haus gefiel mir wirklich. Es gab keine Farbtöpfe, kein Terpentin, keine abgerissenen Tapetenfetzen, kein schmutziges Geschirr, keine unsortierte Werbepost. Es gab kleine Mädchen, eine immer ein Jahr älter als die andere, die wie Eskimos kicherten, sich umherrollten und aufeinander herumtollten wie ein Wurf Welpen. Es gab eine ewig schwangere Mutter mit elastischen Binden an den Beinen, die ganz sentimental wurde, wenn sie Sharon sah, ihre große, starke, samthäutige, graziöse Meisterleistung, ihre Fürsprecherin, deren braunes Haar einen Regenbogen erzeugte, wenn der Wind es im Sonnenlicht durcheinander blies.

Mir wäre es peinlich, von meiner Mutter so angeguckt zu werden, aber Sharon bemerkte es nicht einmal. In unserer Familie war es Everett, der so angeguckt wurde, und er merkte es auch nicht. Einmal hab ich gehört, wie meine Mutter zu einer schwangeren Frau, der sie einen Jungen wünschte, sagte: »Wenn der Arzt ihn hochhält und du den kleinen Penis siehst, dann ist das dein Doktortitel und dein Roman und dein Salon.« Ich wette, als meine Mutter meine kleine Vulva sah, waren das ihre ungemachten Betten, ihre ganze Vezweiflung darüber, daß sie es nie schaffen würde. Sie hat nie verstanden, daß wir alles haben, was die Männer haben, nur daß es bei denen rausgefallen ist, so daß man es sieht. Sie hätte eine Freundin wie Sharon gebraucht, die ihr zeigte, wieviel wir in uns drin haben. Und das Alte Haus hätte sie gebraucht, und schon früher, nicht erst, als sie Mutter war und es zu spät war.

Die Kurzfassung der Geschichte des Alten Hauses beginnt mit seiner Abtretung an die Franzosen durch die Indianer und der Übertragung durch die Franzosen an jemanden namens Burley, und von da an waren es durchweg Burleys. Ich liebe dieses Haus. Seine Reinheit. Seine soliden Geister. Das Land hat sich wieder den Kiefern zugewandt, sowieso das einzige, was in dem Sandboden Michigans wächst, und jeden Sommer versammelt sich da die gesamte Burleysche Großfamilie. Die Tanten und Cousinen wohnen den ganzen Sommer über in Hütten oder Zelten, und die Onkel kommen am Wochenende, alle, die können. Die aus der Familie, die in weniger bedeutende Familien eingeheiratet und dadurch den Namen Burley verloren haben, tun mir immer leid. Ich habe heute noch das Gefühl, daß ich angebe, wenn ich sage, ich heiße Burley.

Auch ein See gehört zum Alten Haus, der Burley-See. Wir sind zu bescheiden, seinen Namen zu erwähnen, wenn ihn nicht jemand unbedingt wissen will und aus uns rausquetscht.

Ich erinnere mich an Dutzende von rothaarigen Kindern, große und kleine, meinen arroganten Bruder Everett, meine arroganten Vettern, die auf Alter oder Geschlecht keine Rücksicht nahmen, sondern uns auf unsere Geschichte verwiesen, auf unser wunderbares genetisches Erbe. Sobald jemand nicht mithalten konnte, wurde er verächtlich zu den Frauen abgeschoben. Wir rannten in Rudeln durch die Gegend, in endlosen Spielen, lernten, mutig zu sein, so lange wie möglich unter Wasser den Atem anzuhalten, lernten segeln, schwimmen, rudern, schnitzen, mehrstimmig singen, Flöte und Gitarre spielen, von hoch oben herunterzuspringen, sich an einem Seil von einem Ende des Heubodens zum andern zu schwingen oder uns furchtlos in das staubige alte Heu fallen zu lassen und gerade und weit zu werfen. Wir tratschten nicht, wir weinten nicht. Wenn wir mit unseren Rotschöpfen den See füllten, sah das saubere blaue Wasser ganz rostfarben aus.

Ich versuche heute noch, mich meines Namens und meiner roten Haare würdig zu erweisen.

Außer von Sharon habe ich nie jemandem gebeten, das zu verstehen. Berühmtheiten haben wir nicht produziert, nicht mal reiche Leute. Der einzige Unterschied ist, daß wir zusammengeblieben sind und Zeugnis abgelegt haben. Wir sind einfach und solide, wirtschaften gut. Sind gesund. Kompetent. Dem gerecht zu werden ist schwerer, als man vielleicht glaubt. Es kostet etwas. Manchmal kostet es zu viel.

Ich habe schon gehofft, Sharon würde verstehen, daß ich es nicht ertragen könnte, jemand zu sein, der nicht mehr zum Alten Haus gehen konnte, jedenfalls nicht gleich, aber sie verstand es lieber nicht, damit sie weiterhin mir die Schuld für unsere Probleme geben konnte.

Sharon hat uns die Probleme eingebrockt, indem sie ihre Mutter geliebt und ihr vertraut hat. Selbst ein Hund erkennt seinen natürlichen Feind, nur Sharon nicht. Jahrelang hatte ich versucht, es ihr beizubringen, aber in dieser Beziehung war ihr nicht zu helfen. Da lief so etwas Schönes zwischen uns ab, und alle waren zu beschäftigt, um es mitzukriegen. Wir hätten ewig so weitermachen können. Wir waren nicht seltsam oder besessen. Unzertrennlich, ja, aber auf eine eher beiläufige Art. Wir hatten unsere Clique. Wir taten, was alle Kinder tun. Wir hatten Jungs zu Besuch. Die sexuelle Revolution fing gerade erst an. Noch war sie kein Zwang. Die Jungs erwarteten nichts von uns, nur was zu essen. Sie waren in Ordnung. Manche von ihnen mochten wir sogar.

Sharon und ich lebten einfach, und einander im Arm zu halten war Teil unseres Lebens. Wir waren wie Pferde, die beieinander standen. Wie Affen, die sich gegenseitig entlausten. Wie Hände. Wir liebten uns einfach. Wir aßen einfach nur die Bakterien der anderen.

Bei dem Aufstand hätte man meinen können, wir würden die westliche Zivilisation unterminieren. Wer denkt sich bloß diese Regeln aus?

Wir hatten zwei gute Jahre.

Dann kam der Herbst des Jahres, als wir fünfzehn waren. Vielleicht hatten wir uns nach meinem Sommer im Alten Haus etwas zu sehr gefreut, einander wiederzusehen. Aus irgendeinem Grund hatte Mrs. Almo jedenfalls endlich Verdacht geschöpft.

Wir kamen gerade von der Schule nach Hause und sprangen die Treppe zu meinem Zimmer hoch, als Mutter in den Flur kam. »Sharon«, sagte sie so ernst, als wäre jemand gestorben, »deine Mutter möchte, daß du sofort nach Hause kommst.«

»Klar«, sagte Sharon und meinte damit ziemlich bald.

»Jetzt sofort«, sagte Mutter.

Sharon ging nach Hause und Mutter hieß mich ins Wohnzimmer gehen, wo Daddy und Everett auf mich warteten. Warum eigentlich Everett? Wahrscheinlich geht es alle was an, wenn die westliche Zivilisation unterminiert wird.

Daddy sagte: »Sharons Mutter hat heute angerufen. Sharon hat ihr erzählt, ihr beide würdet Dinge tun, die ihr nicht tun solltet.«

Ein Ruck ging durch meinen ganzen Körper, aber ich sagte nichts. Von mir würden sie nichts erfahren.

Er sagte: »Ich werde uns nicht allesamt in Verlegenheit bringen, indem ich dich danach frage. Wir haben für dich einen Termin bei einem Therapeuten gemacht. Bei dem kannst du dir alles von der Seele reden.«

»Da gehe ich nicht hin«, sagte ich.

»Wir können dich natürlich nicht zwingen, aber ich würde es mir wünschen. Sharon wird auch eine Therapie machen. Die Sache ist wirklich sehr ernst. Ich glaube, das weißt du auch. Warum hättest du sonst so ein Geheimnis daraus gemacht?«

»Ich gehe nicht hin«, sagte ich.

Mutter sagte: »Patricia, du bist noch jung. Du bist noch formbar. Du bist es dir schuldig, dich zu retten, solange es noch geht.«

»Ich brauche nicht gerettet zu werden«, sagte ich.

»Hör zu, junge Dame«, sagte Daddy. »Mach dir nichts vor. Dies ist ein Problem. Eine Krankheit. Eine anerkannte Krankheit, die einen Namen hat. Schau im Lexikon nach. Zufällig ist es auch ein Verbrechen. Wir können also auf deine Prahlerei verzichten, nicht gerettet werden zu wollen.«

Ich warf ihm einen besonders finsteren Blick zu und schwieg.

Er sagte: »Du wirst es nicht schaffen, eine gute Arbeit zu finden. Vielleicht bekommst du nicht mal eine Ausbildung. Für so was werden die Leute von der Schule verwiesen.«

Wenn das keine Lüge war. So verrückt *konnte* die Welt gar nicht sein.

»Und natürlich kannst du auch nicht mehr zum Alten Haus gehen.«

»Wie bitte?«

»Sie werden nicht wollen, daß du den Kindern zu nahe kommst.«

Ich sah immerhin schockiert und verletzt genug aus, um bei ihm ein bißchen Mitleid auszulösen. »Ich will dir nicht wehtun. Aber ich finde schon, daß du den Termin wahrnehmen solltest. Wir werden dich alle unterstützen. Wir wollen alle, daß du ein glückliches Leben führst. Wir lieben dich doch. Wir lieben dich so sehr«, fügte er mit seinem kleinen Professorenlächeln hinzu, »daß du einem Psychotherapeuten erzählen darfst, was für eine schreckliche Familie wir sind, wenn dir das hilft.«

Everett sah genau so aus wie in den Situationen, wenn er und unsere Vettern einen Feigling zu den Frauen und Kindern abschoben, angewidert und voller Verachtung. »Du ekelst mich an«, sagte er. Da mußte ich schließlich doch weinen.

Meine Eltern hätten mich zu dem kostenlosen Beratungsdienst der Universität schicken können, deshalb war es beängstigend, daß sie tatsächlich Geld für einen Seelenklempner in der Stadt ausgaben. Entweder war es ihnen peinlich, wenn jemand an der Uni über mich Bescheid wußte, oder sie meinten, mein Fall wäre zu schwerwiegend, als daß so ein Doktorand sich an mir versuchen sollte. Mehr als jede ihrer Bemerkungen zeigte mir das Geld, wie ernst es ihnen war. Die Burleys geben nicht leichtfertig Geld aus. Sie müssen wirklich geglaubt haben, daß ich in Todesgefahr schwebte. Obwohl ich wußte, wie absurd dieser Gedanke war, war ich beeindruckt. Es würde nicht leicht sein, sie davon abzuhalten, mich zu beobachten.

Der Seelenklempner war ein junger Typ, eigentlich ganz süß. Er hatte einen Schnäuzer, wahrscheinlich damit er etwas älter und beeindruckender aussah und vielleicht um zu zeigen, daß er die nötigen männlichen Hormone besaß. Der Schnäuzer war rot, obwohl die Haare auf seinem Kopf braun waren. Ich sagte mir, daß er irgendwo sicher ein paar verständnisvolle Gene besaß.

Seine Praxis roch immer noch nach Farbe. Ich glaube, er war gerade erst eingezogen. Ich hätte seine erste Klientin sein können. Meine Eltern hatten die Adresse aus den Gelben Seiten, glaube ich. Ich weiß jedenfalls, daß sie sich nicht im Freundeskreis erkundigt hatten.

»Also, laß uns anfangen«, sagte er. »Warum bist du hier?«

»Haben sie Ihnen das nicht erzählt?«

»Ich möchte deine Meinung hören.«

»Dann haben sie Ihnen nichts erzählt.«

»Wäre es dir lieber, sie hätten es mir erzählt?«

»Klar. Dann müßte ich es nicht tun.«

»Du möchtest lieber nicht darüber reden?«

»Würden *Sie* das vielleicht wollen?«

»Mit jemandem, der mir helfen könnte, schon.«

»Hilfe brauche ich nur dafür, daß meine Eltern mich in Ruhe lassen.«

»Vielleicht können wir das erreichen.«

Ich sah, daß er das konnte, ja, klar konnte er das. Ich beschloß, eine gute Patientin zu sein. Wenn er wollte, daß ich redete, würde ich reden, ich würde die Wahrheit erzählen. Lügen waren zu kompliziert und würden mich nur Zeit kosten.

»Okay«, sagte ich. »Ich tat etwas, was sie nicht gut fanden. Mit meiner besten Freundin. Meiner ehemaligen besten Freundin. Ich habe sie geliebt, aber jetzt würde ich ihr am liebsten den Kopf einschlagen. Sie hat uns verpfiffen. Das war bescheuert.«

»Vielleicht war das eine Art Hilferuf.«

»Tolle Hilfe! Es ist ihre Schuld, daß wir jetzt in der Patsche sitzen.«

»Erzähl mir davon.«

Es war schon gut, mit jemandem darüber zu reden. Ich schwatzte und schwatzte. Er wurde ganz aufgeregt wegen meiner Feindseligkeit gegenüber meiner Mutter und darüber, daß mein Bruder das Lieblingskind war und so weiter, aber er saß fast still da und machte nur »Mhm?«, damit ich weiter schwatzte. Die fünzig Minuten waren schnell rum. Am Ende sagte er, daß diese spezielle Patsche vielleicht nicht so schlimm wäre, daß aber eine Lesbe ein Leben lang in der Patsche sitzen würde.

Das Wort schockierte mich. Was hatte so ein Wort damit zu tun, wenn ich mit Sharon ein bißchen rumschmuste?

Er sah, daß er mir einen Schock versetzt hatte, machte aber keinen Rückzieher. Er sagte: »Das Leben ist auch so schwer genug. Warum willst du lesbisch sein, wenn es nicht sein muß?«

»Da haben Sie auch wieder recht«, sagte ich. Auf den Partys meiner Eltern hatte ich zu viele betrunkene Seelenklempner gesehen, um zu glauben, sie wären allwissend und könnten Gedanken lesen.

»Gib dir selbst eine Chance«, sagte er. »Halt dich von Sharon fern. Umgib dich mit normalen Leuten. Die Gesellschaft wird dir helfen. Die Gesellschaft ist *dazu da*, dir zu helfen. Schmink dich, und zieh Röcke an. Geh mit Jungen aus. Rede mit niemandem über deine Gefühle, nur mit mir. Dann also bis nächste Woche.«

Ich nickte und wollte gehen, aber eins wollte er noch sagen. »Ach, Patricia, das hätte ich fast vergessen. Wir möchten dich bitten, im Moment keine psychologischen Schriften zu lesen. Wir müssen die therapeutische Situation abschirmen. Das verstehst du ja.«

Heute verstehe ich das besser als damals. Er wollte nicht, daß ich C. G. Jung las, der gesagt hatte, er wüßte nichts über Lesben und niemand wüßte etwas über sie, aber er hätte den Verdacht, ihre Aufgabe bestünde in nichts geringerem als der Rettung der Menschheit.

Ich war gerade erst nach Hause gekommen, als das Telefon klingelte. Mutter und ich nahmen gleichzeitig an verschiedenen Apparaten den Hörer ab und hörten, wie Sharons Vater mit seiner dröhnenden Macho-Stimme sagte: »Sharon möchte dir etwas sagen. Ich höre am anderen Telefon zu.«

Er machte mir solche angst, daß ich fast froh darüber war, daß Mutter auch in der Leitung war. Ich bezweifelte, daß ich etwas sagen konnte, aber im Notfall konnte sie ihm auch gleich selbst angst machen, mit ihrer betont damenhaften Stimme.

»Nun red schon, Mädchen!« sagte er. »Wir werden das hier nicht jeden Tag machen.«

Und dann würgte Sharon heraus: »Es tut mir leid! Es tut mir so leid!«, und zwischendurch schluchzte sie.

Sie fing das alles ganz falsch an. Sie ließ unsere kleinen Spielchen *wichtig* erscheinen, obwohl alles davon abhing, sie *unwichtig* erscheinen zu lassen. Sie hatte einfach kein Talent zum Betrug.

Ich sagte mit steifer, falscher Stimme: »Ist schon gut. Wir müssen jetzt sowieso mal erwachsen werden.«

»Bitte sei nicht sauer auf mich«, schluchzte sie.

»Bin ich nicht, aber ich will jetzt erwachsen werden.«

»Schwörst du, daß du nicht sauer bist?«

Natürlich war ich sauer, aber was machte das schon für einen Unterschied? Ich war schließlich nicht diejenige, die uns voneinander fernhielt.

Ich sagte: »Ich bin nicht sauer, aber ich werde dir aus dem Weg gehen, und du gehst mir bitte auch aus dem Weg.«

»Willst du etwa nicht mehr meine *Freundin* sein?«

»Irgendwann mal vielleicht«, sagte ich.

Sie schluchzte nur. Ihr Vater sagte: »Das reicht jetzt.«

Ich hörte es zweimal klicken, als sie auflegten. Über das Summen des Freizeichens hinweg sagte Mutter: »Du bist ganz schön hart.«

Wie hätte sich denn eine freundliche, sanfte Person sonst verhalten sollen, wenn ihr vor feindlichen Zeugen etwas vorgeheult wird? Warum sollte ich mich schuldig fühlen müssen, wo ich doch überhaupt keine Schuld hatte?

Es war alles Sharons Schuld, weil sie ihrer natürlichen Feindin vertraut hatte und weil sie eine große tragische Szene machte, trotzdem war ich es, die sich schuldig fühlte.

Sharon kam mir ganz dumm vor. Ich wußte, daß sie es nicht in Wirklichkeit war, aber in dem Moment kam sie mir dumm vor, und ich kann dumme Leute kaum ertragen. Eine Zeitlang liebte ich sie nicht mehr.

Meine Fingernägel wurden länger, und ich lackierte sie. Ich schminkte mir auch die Lippen und die Augenlider. Mein schönes glattes, schweres Haar wurde zu Locken verheizt und verlor seinen Glanz. Es sah aus wie das durch Henna ausgelaugte Haar alter Frauen. Ich trug enge Röcke, die meine Schritte kürzer und enger machten und von denen mir die Beine weh taten. Ich trug eine Handtasche mit mir herum.

Da war ich also, konnte meine Hände und Beine nicht gebrauchen und beschmierte mein ganzes Essen mit Lippenstift, und alle sagten, wie toll ich aussah und was für eine positive Veränderung ich durchmachte. Meine LehrerInnen nahmen mich eine nach der anderen beiseite, um mir Komplimente zu machen, selbst Miss Roop. Meine Eltern waren erleichtert. Mein Bruder, den sie wahrscheinlich aufgefordert hatten, mich zu unterstützen, brummte: »Schon besser.«

Ich sah bestimmt aus wie die schnellste Heilung in der Geschichte der Menschheit. Wahrscheinlich war ich dem Psychomenschen zu Kopf gestiegen. Er muß sich wie ein verdammter Heiliger vorgekommen sein. Wahrscheinlich hat er einen Fachaufsatz über mich geschrieben.

Daß ich deprimiert war, schien niemandem aufzufallen. Vielleicht war es ihnen allen auch egal. Ich mußte mich anstrengen, lauter als im Flüsterton zu sprechen. Vermutlich sieht Depression einfach aus wie Weiblichkeit.

Ich lag in den Armen meines Freundes Mike und nuckelte an seinem T-Shirt. Wenn wir aufstanden, hatte sein T-Shirt immer große nasse Ringe um die Brustwarzen herum.

Mike war nett, aber ich konnte ihn nicht wirklich spüren oder lieben. Die Welt kann dich zwar dazu bringen, vor Scham jemanden, den man liebt, nicht mehr zu lieben, aber sie kann einen nicht dazu bringen, den Menschen zu lieben, den sie für dich aussucht. Ich bezweifle, daß die Leute sich darüber überhaupt Gedanken machen. Was haben die Wertvorstellungen der Welt denn schon mit Liebe zu tun?

Die Welt kann einen sogar dazu bringen, daß man glaubt, man könnte die Familienehre hochhalten, indem man sich wie ein Feigling aufführt.

Drittes Kapitel

Sharon

Mama weinte viel. Weil ich ein verdorbener Mensch war, dachte ich, und wurde nur noch wütender auf sie. Aber als sie sich so weit beruhigt hatte, daß sie sprechen konnte, sagte sie: »Ich weiß nicht, wie ich so was machen konnte, Liebling. Es tut mir leid, mein Schatz«, und ich sah, daß sie eine gewöhnliche dumme Spießerin war, die aus bloßer Dummheit einen ganz gewöhnlichen Fehler gemacht hatte. Meine ganze Wut verflog. Ich umarmte sie und sagte: »Ist schon gut, Mama«, und ich meinte es auch. Nicht daß ich sonst keine Probleme hatte, aber es fühlte sich gut an, auf die arme Mama nicht wütend zu sein.

Ein Problem war Pa. Er nahm seinen Gürtel ab, als wollte er mich damit schlagen. Ich war ziemlich sicher, daß er es nicht tun würde, weil er es noch nie getan hatte. Er brüllte viel, aber geschlagen hatte er uns noch nie. Er stand da und ließ den Gürtel auf seine Hand klatschen und sagte eine Menge gräßlicher Dinge, aber ich hörte gar nicht richtig zu. Ich hatte genug damit zu tun, diesen Gürtel im Auge zu behalten. Aber ein bißchen hörte ich doch, zum Beispiel daß Schwule der letzte Dreck sind und daß er mich lieber tot sehen würde. Dann zog er den Gürtel wieder durch seine Hose und sagte: »Deine Mutter hat den blöden Pummels erzählt, wir würden dich zu einem Irrenarzt schicken. Also, einen verrückten Almo hat es nie gegeben, und wir werden auch jetzt nicht damit anfangen. Hast du verstanden?«

»Ja, Pa.«

»Ich bin ein angesehener Geschäftsmann. Ich muß an meinen guten Namen denken. Wenn wir ein Problem in der Familie haben, dann lösen wir das auch in der Familie. Ich kann dich schon selbst in Ordnung bringen, darauf kannst du Gift nehmen. Und wenn du wieder Vernunft angenommen hast, kannst du ins Geschäft einsteigen. Du bist das Beste, was ich schaffen kann, wo ich keinen Jungen habe. Ich will, daß du dir das hinter die Ohren schreibst. Du kannst mein Partner sein. Aber erst mußt du auf die rechte Bahn kommen.«

»Ja, Pa.«

»Und jetzt gehst du auf dein Zimmer, und denkst darüber nach, wie du auf die rechte Bahn kommst.«

Ich ging auf mein Zimmer und überlegte mir eine Strategie, wie ich Patricia zurückbekommen konnte. Ich wußte, daß Weinen bei ihr nichts ausrichten würde. Ich wußte, daß ich sie zum Lachen bringen mußte – sie *erfreuen* mußte. Das war damals unmöglich, wo ich nichts als Tränen hatte.

Mein größtes Problem war, daß sie nicht mit mir reden wollte. Mir war schleierhaft, wie sie das vermeiden wollte, wo sie doch genau gegenüber wohnte, aber sie brachte es fertig. Wir gingen im Abstand von vielleicht fünfzig Metern zur Schule und redeten kein Wort miteinander. Wegen ihrer neuen engen Röcke ging sie so langsam, daß ich mich richtig anstrengen mußte, um hinter ihr zu bleiben. Selbst rückwärts auf einem Bein hüpfend wäre ich noch schneller gewesen. Da kroch ich also hinter ihr her und sah, wie sie sich jeden Tag einen neuen Unsinn ausdachte – selbst ihr Haar wurde stumpf und rostfarben, und nachts saß ich im Dunkeln in meinem Zimmer und starrte ihr Fenster an.

Ich war traurig, so ähnlich, wie man es von einem traurigen Lied wird. Ich meine, irgendwo gefiel es mir sogar ein bißchen. Ich stellte mir vor, wie jemand Fremdes mich ansah und fragte: »Wer ist nur das schöne Mädchen, und welch heimlicher Kummer schaut da wohl aus ihren traurigen Augen?«

Und dann fing es an, daß Mike aus seinem Haus rauskam, wenn sie an seinem Haus vorbeiging, und sie zur Schule begleitete. Er brachte sie jetzt auch nach der Schule nach Hause und blieb dann sogar noch bei ihr. Da fühlte ich mich nicht mehr wie der Star einer romantischen Liebesgeschichte, die ganz am Ende noch gut ausgehen würde. Es brachte mich fast um, Patricia und Mike zusammen zu sehen. Es fühlte sich so an, als hätte eine riesige Klaue mein Brustbein gepackt und herausgerissen und an dieser Stelle wäre ein blutiges Loch zurückgeblieben. Es war ein schrecklicher, körperlicher Schmerz. Er gefiel mir ganz und gar nicht. Darüber konnte man nicht singen. Davor hatte ich Angst. Ich hörte auf, Patricias Fenster anzustarren. Ich nahm einen anderen Weg zur Schule. Es half ein bißchen, sie nicht mehr zu sehen, doch nicht genug. Und ich hatte immer Angst, ich könnte ihr zufällig begegnen und es würde mich zerreißen. Ich mußte wirklich weg.

Pa ließ mich auch nicht mehr mit meiner Clique zusammensein. Ich wollte unbedingt mit Becky reden und ihr erzählen, wie schlecht es mir ging und weinen und meinen Kopf in ihrem Schoß halten lassen und mir sagen lassen, ich sei ein guter Mensch, aber ich kam nicht lange genug von Pa weg und mußte mich damit zufriedengeben, Becky statt dessen einen Zettel zu schreiben.

Ich schob den Brief durch den Lüftungsschlitz von Beckys Spind. Am Ende der folgenden Stunde lag ihre Antwort in meinem Spind. Sie schrieb, Patricia wäre total wütend auf mich, weil ich der falschen Generation gegenüber getratscht und uns alles verdorben hätte. »Pech. Ich glaube, es würde dir helfen, dich mal mit meiner Mutter zu treffen«, schrieb Becky und gab mir die Adresse.

Aber wie sollte ich nach New York kommen? Pa ließ mich nicht aus den Augen, nur wenn ich zur Schule ging. Ich gestehe nur ungern, wie lange es dauerte, bis mir einfiel, daß ich anstatt zur Schule zur Adirondack Trailways Busstation gehen konnte. Mein Hirn ist manchmal einfach erbärmlich.

Bis Mama Zeit hatte, sich richtig Sorgen zu machen, konnte ich schon wieder zu Hause sein. Und wenn Pa mich verprügelte? Damit konnte ich klarkommen. Dann rumpelte und pumpelte es in meinem langsamen alten Hirn noch ein bißchen, und ich dachte, daß ich mir in New York Arbeit suchen sollte, als Kellnerin oder Babysitterin oder so was, und einfach dort bleiben sollte, New York war an Leute wie mich schließlich gewöhnt. Ich hatte gehört, daß es da ganze Stadtteile von uns gab.

Ich brauchte Geld. Während ich ausknobelte, wie ich da rankommen könnte, wurde ich fast ein bißchen von Patricia abgelenkt. Pa ließ mich nicht mehr babysitten, weil Schwule, so sagte er, Kinderschänder seien. Wer denkt sich diesen Mist nur aus? Das einzige Kind, das ich je geschändet habe, war Patricia, und damals war ich selbst noch ein Kind. Zählt das etwa?

Aber das Geld. Ich ging alle Möglichkeiten durch, so zum Beispiel, daß ich Mama so leid tun könnte, daß sie mir selbst welches gab, und entschied dann, daß ich bei meiner Schwester Rayanne die besten Chancen hätte. Sie war noch zu jung zum Autofahren, sparte aber trotzdem schon auf ein Auto. Sie dachte an die Zukunft. Sie machte Hamburger bei McDonald's und legte das ganze Geld beiseite. Wenn man das zu dem Geld vom jahrelangen Babysitten und Beerensammeln dazuaddierte, dann hatte sie – für ein Kind – richtig Kohle.

Es war etwas schwierig, sie allein zu erwischen, Pa paßte nämlich auf, und das Haus war voll von meinen anderen Schwestern, die sich natürlich alle brennend für mich interessierten, sich fragten, warum Pa so wütend auf mich war und warum ich nicht mehr mit Patricia befreundet war, und die alles beobachteten und belauschten.

Aber dann, am Samstag, als Rayanne im Hinterhof Laub zusammenharkte, bekam ich meine Chance.

»Ich brauche Geld«, sagte ich. Ich hatte keine Zeit, das Gespräch taktvoll aufzubauen. »Ich muß nach New York gehen.«

Sofort war sie ganz lieb und besorgt. »Was ist denn los?« fragte sie.

»Kann ich dir nicht sagen.«

»Du bist schwanger!«

»Ich kann es dir nicht sagen.«

»Paß auf, laß es nicht abtreiben. Ich helfe dir. Wir gehen einfach weg und ziehen das Kind groß.«

»Ich muß nur nach New York gehen. Frag mich nicht, warum.«

»Ich komme mit.«

»Nein, ich muß allein gehen.«

Dann schrie Pa: »Rayanne, komm gefälligst rein!«, und sie mußte gehen.

Aber am folgenden Montag fand ich einen Umschlag mit Zwanzig-Dollar-Scheinen im Wert von dreihundert Dollar unter meinem Kissen. Was für ein wahrhaft guter Mensch Rayanne immer war. Jetzt stand sie mir bei, und ich hatte sie mein Leben lang nur weggescheucht.

Ich schrieb ihr einen Zettel, daß ich ihr dreihundert Dollar und tausendmal Rückenkratzen schuldete und daß ich beides zahlen würde, bevor sie alt genug für den Führerschein wäre. Zumindest das mit dem Geld stimmte.

Ich stopfte so viele Kleider, wie ich konnte, in meine Büchertasche und zog meine Winterjacke an, obwohl es warm war, Altweibersommer. Statt zur Schule zu gehen, nahm ich den Bus nach New York.

Ich dachte daran zurück, wie gemein ich immer zu Rayanne gewesen war. Ich hatte sie dazu gebracht, daß es ihr peinlich war, einen Badeanzug oder kurze Ärmel zu tragen, weil man dann ihre Impfnarbe sah. Ich hatte ihre Puppe versteckt und mit quiekender, jammernder Stimme gerufen: »Rayanne! Rayanne! Hier ist Dorothy! Ich hab mich verirrt! Rette mich!« Rayanne wußte, daß ich das war, rannte aber trotzdem weinend durch die Gegend und suchte ihre Puppe. Rayanne liebte den Namen Dorothy, weil er auf Schweinelatein Orothyday hieß. Warum hatte ich nur zu einem kleinen

Mädchen, das Orothyday für das schönste Wort der Welt hielt, gemein sein wollen? Warum hatte ich ihr nie den Rücken gekratzt? »Du schuldest mir achthundertfünfzigmal Rückenkratzen«, sagte sie, als sie mir den Rücken kratzte. »Ist das nicht toll?« sagte ich dann. »Allein daran zu denken, wie oft ich dir den Rücken kratzen muß!«

Das ganze Leben lang hatte ich ihre Liebe abgewehrt, aber hier war sie jetzt, so gut wie neu, und ich hatte ihre ganzen Ersparnisse in der Tasche. Ich begriff, daß man sich Liebe nicht zu verdienen braucht. Gleich darauf sah ich dann den Pferdefuß daran: Man *kann* sich Liebe auch nicht verdienen. Daß ich Patricias Liebe verdiente, bedeutete nicht, daß ich sie auch kriegen würde.

So wurde Rayanne also von Patricia aus meinen Gedanken verdrängt, wie immer.

Ich dachte an New York, über das ich noch kein gutes Wort gehört hatte. »Dreckig.« »Gefährlich.« So lauteten ihre Worte. Überfüllt, teuer, grausam, gierig, herzlos. Schwul. Das war ein gutes Wort, aber die es gebrauchten, meinten es nicht gut. »Furchterregend.« Sie bringen dich lieber um, als dir in die Augen zu sehen. Man kann auf offener Straße einen Herzinfarkt haben, und die Leute steigen einfach über dich rüber. Reiche Säcke in dicken Autos, Penner, die auf Pappkartons auf dem Bürgersteig schlafen, Schnorrer, die einem nachlaufen und einen beschimpfen, wenn man ihnen kein Geld gibt. Alles Schlechte, was ich je über New York gehört hatte, fiel mir jetzt wieder ein. Ich hatte Angst. Innendrin fühlte ich mich kalt und hart wie Eisen, aber ich schwitzte auch die ganze Zeit, und nicht nur, weil ich zuviel anhatte. Auf einmal dachte ich, ich würde Beckys Mutter bestimmt nicht finden.

Das Gute daran war, daß Patricia meine Angst beiseitefegte. Wann immer sie mir in den Sinn kam, dachte ich einfach an die böse, brüllende U-Bahn, in der ich mich wahrscheinlich verirren würde, und Patricia verschwand sofort.

Sharon

Was Fremde nie über New Yorker hören, ist, wie gerne sie einem helfen. Das ist mir immer wieder aufgefallen. Wenn du eine Kamera oder einen Stadtplan in der Hand hältst, so daß sie sicher sind, daß du von außerhalb bist und sie nicht zusammenschlägst, wenn sie dich ansprechen, kannst du keine zehn Schritte gehen, ohne daß jemand fragt: »Kann ich Ihnen helfen?« An jenem Tag brauchte ich keine Kamera, um verloren auszusehen. Ich war schon verirrt, als ich da oben in diesem verrückten Schneckenhaus von einer Busstation aus dem Bus stieg, und ich fühlte mich immer noch verloren, als eine ganze Reihe freundlicher Menschen auf die Rolltreppe zeigten, auf die U-Bahn zur Stadt, aus der U-Bahn hinaus an der Station, die West Fourth Street hieß, es aber nicht war, und ich am Ende die richtige Klingel an einem hohen, schmalen Haus aus roten Backsteinen in der Perry Street drückte. *Dann erst* fragte ich mich, ob ich besser vorher angerufen hätte.

Eine Frau rief: »Wer ist da?« Ich sah mich um und dann nach oben, und da war sie, beugte sich aus einem Fenster im vierten Stock über einen Blumenkasten. Ich denke gern an diesen ersten Blick auf Mutter Eins zurück. Sie war von Geranien umgeben. In New York kommt der Frost später.

Ich schrie: »Ich bin eine Freundin von Becky.«

Ich sah, wie M-1 dachte: *Ach du Scheiße!*, trotzdem warf sie mir einen Schlüssel an einer Schnur herunter. Ich schloß auf und stieg die endlose Treppe hoch. Noch ein gutes Wort über die New Yorker: Sie sind stark. Sie gehen überall zu Fuß hin und steigen viel Treppen.

M-1 war stark, und sie war so groß wie ich. Daran bin ich nicht gewöhnt. Meine Generation ist angeblich so groß, von der ganzen guten Ernährung, aber wir sind es alle nicht, außer mir. Mir gefielen ihre Größe und ihr Gesicht, das irgendwie unattraktiv und griesgrämig aussah, und ihre Haare, die grau wurden, wann es ihnen paßte, und nicht gefärbt waren.

Die Wohnung gefiel mir auch, ich hoffte nur, daß sie nicht teuer war. Sie war nämlich klein, obwohl sie über das ganze vierte Stockwerk ging, und ich konnte sehen, daß das Nachbarzimmer gar keine Fenster hatte. Aber alles war gemütlich und hübsch, ein echtes Zuhause. Statt eines Fernsehers gab es ein beleuchtetes Aquarium mit winzigen bunten Fischen.

Während M-1 uns in der Küche einen Tee machte, saß ich da und versuchte zu erspähen, was in dem Zimmer ohne Fenster war. Wahrscheinlich war es das Schlafzimmer, *das* Schlafzimmer. Ich hätte mich vergewissern können, indem ich so tat, als würde ich ein Bild an der Wand angucken, aber ich hatte echt Angst davor, das Bett zu sehen und mich nicht mehr beherrschen zu können und mich lächerlich zu machen. Ich hatte Angst, ich könnte nach Luft schnappen oder quietschen oder kichern. Man konnte nicht wissen, was der Anblick eines ausgewachsenen Lesbenbettes mit mir machen würde.

M-1 brachte den Tee, und wir saßen da, tranken ihn und beobachteten die Fische. Sie flitzten nicht herum. Sie waren ganz friedlich. Wir sahen einander nicht an. M-1 war nervös. Sie nannte mir die Namen aller Fische, Zebras und Neonfische und Guppies und so weiter. Sie fragte, wie es mir in der Schule gefiel. (Gut.) War das Laub schön in diesem Herbst? (Ja.) Und als ihr nichts mehr einfiel, was sie noch zu diesem seltsamen Schulmädchen hätte sagen können, das vom Himmel gefallen war, und als wir so lange geschwiegen hatten, daß ich entweder sagen mußte, warum ich gekommen war, oder gehen mußte, sagte ich: »Ähm –«

Noch mehr Schweigen.

»Ähm –«

»Ja?« sagte sie.

»Ähm – also – was macht man, wenn die, die man liebt, nicht mehr mit einem reden will?«

»Ach, deshalb bist du also den ganzen Weg gekommen«, sagte sie. »Ich hatte gehofft, es wäre vielleicht etwas, auf das ich eine Antwort wüßte.«

Damit ging meine letzte Hoffnung dahin. Die einzige Erwachsene, die es mir hätte sagen können, wußte es nicht. Ihr

Brustbein hatte wahrscheinlich sehr weh getan, als sie ihre Hausfrauen- und Mutter-Rolle abgezogen hatte. Und sie mußte etwas dagegen getan haben, schließlich saß sie hier vor mir und lebte noch.

»Haben Sie wahrscheinlich vergessen«, sagte ich und ließ den Kopf hängen. Mir fiel nichts mehr ein.

»Geht es um Strategien?«

»Ja. Was kann ich *tun*?«

»Darüber gibt es viele Meinungen. Manche Leute sagen, man muß hart arbeiten. Harte körperliche Arbeit. Schubkarren voller Steine den Berg hoch schieben. Manche sagen, man soll große Literatur lesen. Als es mir einmal so schlecht ging, habe ich Kierkegaard gelesen. *Furcht und Zittern*. Konnte nicht mehr aufhören. Dann wurde mein Leben wieder besser, und als ich das Buch beim nächsten Mal lesen wollte, konnte ich nichts mehr damit anfangen. Geht es um Homosexualität?«

Ich sagte: »Ja, um ein Mädchen. Wir haben alles gemacht.«

»Und was ist passiert?«

»Ich hab es meiner Mutter erzählt.«

»Ach«, sagte M-1. Jetzt sah sie das Ganze von dieser Warte aus. Ich mußte nicht erst laut aussprechen, wie bescheuert ich gewesen war.

Sie sagte: »Manche empfehlen harte geistige Arbeit. Eine Sprache lernen oder ein Musikinstrument. Physik lernen. Manche empfehlen einen Job, in dem du dich totschuftest. Dadurch verleugnest du systematisch alle Schönheit, die du mit ihr gefunden hast. Was meinst du denn, auf welche Art alle Leute, die du kennst, so geworden sind, wie sie jetzt sind? Sie haben sich totgeschuftet. Eine schreckliche Methode. Das hat auch ihre Herzen getötet. Manche sagen, opfere dich für andere auf, aber meist meinen sie, man soll sich für *sie* aufopfern. Auch das ist eine schreckliche Methode.«

In diesem Moment kam M-2 nach Hause. Sie sah aus wie eine kleine dickliche Hausfrau, die gerade in die Kirche wollte, nur daß sie ihre Kette und die Ohrringe in der Hand hielt. Sie hatte sie auf dem Weg die Treppen hoch abgenommen.

M-1 sagte: »Hallo, Schatz. Das ist Sharon. Ihr Vater hat euch früher das Öl geliefert. Wir denken uns gerade aus, wie sie über ein Mädchen hinwegkommen kann.«

M-2 warf mir einen Blick zu, keinen freundlichen, und ging nach nebenan. »Was weißt du denn schon davon?« schrie sie. »Lucille, komm mal bitte einen Moment her.«

Sie tuschelten, aber ich habe ja so schrecklich gute Ohren. *Minderjähriges Kind,* hörte ich. »Sie bittet uns gar nicht um eine Lösung.« *Nötigung einer Minderjährigen. Was für eine Scheiße.* »Sie bittet uns um Anerkennung.« *Von zu Hause, nach all den Jahren! Bist du verrückt?* »Ich kann es nicht ertragen, daß noch eine Generation niemanden hat, an den sie sich wenden kann.« *Halt den Mund, und laß mich das machen.*

Sie kamen wieder ins Wohnzimmer. M-2 trug jetzt Jeans, ein Sweatshirt und Turnschuhe. Sie sagte: »Junge Dame, wenn du meinst, daß du ein Problem hast, solltest du sofort einen Psychiater konsultieren.«

Es war nur gut, daß M-1 hinter ihr stand und mich angrinste.

M-2 sagte: »Wissen deine Eltern, wo du bist?«

»Nein.«

»Ruf sie sofort an. Nicht von hier aus. Und sag ihnen nicht, wo du gewesen bist. Sag ihnen, du hattest Angst, von der Busstation wegzugehen. Wann fährt dein Bus?«

»Ähm – weiß ich nicht.«

Sie rief am Busbahnhof an. »Du hast noch fünfundvierzig Minuten«, erklärte sie mir. »Wir bringen dich im Taxi hin.«

»Ach, das brauchen Sie nicht. Ich finde mich schon zurecht.«

Sie durchschaute mich. »Ich werde dich selbst in den Bus setzen. Ich werde dem Fahrer erzählen, daß du minderjährig bist. Daß dein Vater dich abholt. Ist das dein Mantel? Deine Tasche?«

Wir liefen bis zum Abingdon Square, um ein Taxi zu rufen. Die Nacht senkte sich über die Stadt. Mir war etwas unheimlich, da hätte ich nicht unbedingt allein und obdachlos sein wollen. Der Busbahnhof war noch unheimlicher. Ich merkte, daß ich dumm und naiv und unvorbereitet war. Ich wußte, daß die Ms wirklich Ärger kriegen würden, wenn sie mir halfen. Wer würde glauben, daß sie keine Kinderschänderinnen waren, wenn selbst mein eigener Vater, der es besser wußte, das von mir behauptete?

Ich rief von einer Zelle aus zu Hause an. »Ich bin in New York. Ich war den ganzen Tag am Busbahnhof. Ich komme jetzt nach Hause.«

»Das will ich aber auch stark hoffen«, sagte Pa.

M-1 sagte: »Sharon, um deine Frage zu beantworten: Raff dich dazu auf, es auszuhalten. Und nicht zu sterben. Und nicht verrückt zu werden. Nimm dich einfach zusammen, und halt es aus. Verschaff dir eine gute Bildung. Geh auf die Uni. Erlern einen Beruf. Sieh zu, daß du selbst für dich sorgen kannst. Erhalte dein Herz am Leben. Verlieb dich wieder.«

Ich schaute aus dem Busfenster und sah die Mütter da stehen, die eine groß, die andere klein, wie Patricia und ich, die Weiche und die Harte. M-2 entspannte sich ein bißchen, als sie sah, daß ich wirklich fuhr. Sie wischte sich über die Stirn und tat, als schüttelte sie sich den Schweiß von der Hand. Fast hätte sie gelächelt. Und gewunken.

Seltsamerweise war ich M-2 genauso dankbar wie M-1 und mochte sie beide gleich gerne.

Viertes Kapitel

Patricia

Ich konnte nicht begreifen, warum der Seelenklempner mich nicht für gesund erklärte und mich entließ. Ich sah aus wie eine Puppe. Ständig plapperte ich von Mike. An meiner Mutter hatte ich mehrere gute Eigenschaften entdeckt. Meine Noten waren ganz passabel, aber nicht streberinnenhaft. Wenn ich Anleitung und Schutz brauchte, wandte ich mich an meinen Vater und meinen Bruder. Sharon erwähnte ich nie. Welches magische, gesund klingende Wort hatte ich noch nicht ausgesprochen? Oder brauchte der Psychiater nur mein Geld?

Dann fragte er eines Tages: »Wie stehst du zu mir?«

»Sie sind sehr nett, sehr geduldig mit mir«, sagte ich vorsichtig. Falsche Antwort, las ich in seiner Miene.

Ich hatte genug davon, die einzige Blindekuh in diesem Spiel zu sein. Auf dem Weg nach Hause ging ich in der Bibliothek vorbei und lieh mir vier Bücher über Psychologie aus – Freud, Sullivan, Fromm-Reichmann und Rogers. Es waren fest eingebundene, schwere Bücher mit kleiner Schrift. Ich konnte sie nicht wirklich durchlesen, aber wochenlang blätterte ich in jeder freien Minute in ihnen herum. Ich übersprang die Theorie und las alles über die Fallbeispiele.

Das war es also. Ich sollte den Kerl lieben, diese Pfeife! Ich sollte eine Übertragung vornehmen, eine ganz neue Neurose bekommen. Die Therapie würde dann darin bestehen, diese

Neurose aufzulösen. Wir hatten noch nicht mal angefangen. Hoffentlich wußten meine Eltern nichts davon.

Mutter saß in der Küche auf dem Tisch, sah dem Hackbraten im Backofen zu und trank einen Martini. Ihre Martinis wurden immer größer. Dieser hier füllte ein ganzes Wasserglas.

Sie arbeitete nicht mehr am Haus. Ich hatte mitbekommen, wie Daddy zu ihr gesagt hatte, daß eine Mutter, die Tapeten abkratzte, Wände anstrich, sägte und hämmerte, kein gutes weibliches Vorbild wäre und mein seltsames Verhalten vielleicht ihre Schuld wäre.

Mein *früheres* seltsames Verhalten, sollte ich besser sagen. Inzwischen gab es das nicht mehr. Ich hatte ganz von vorn angefangen.

Ich überlegte, wie ein ganz normales Mädchen mit ihrer Mutter reden würde. »Hallo, Mutter! Was gibt's denn zum Essen? Hackbraten? Klasse!«

»Du bewegst dich auf dünnem Eis, Kind.«

Ihr Glas war schon leerer, als ich gedacht hatte. Vielleicht war das jetzt kein guter Zeitpunkt. Andererseits, wenn sie kurz davor war, ihr Gedächtnis zu verlieren, konnte ich ihr am nächsten Tag alles mögliche erzählen. Es war ihr immer peinlich, wenn sie zugeben mußte, daß sie sich nicht erinnern konnte.

»Hör zu, Mutter, wie wär's, wenn ich die Therapie abbreche?«

»Oh nein, das wirst du nicht tun! Versuch bloß nicht, mir ein weitreichendes Versprechen zu entlocken, wo du genau weißt, daß ich gerade nicht zurechnungsfähig bin. Frag deinen Vater.«

»Klar, ihn werd ich auch fragen. Ich wollte nur wissen, was du davon hältst.«

»Ich halte es für Geldverschwendung. Du bist du und wirst es immer bleiben. Du bist hart wie Stahl, und je früher du dieses bescheuerte Tussi-Gehabe aufgibst, um so besser für uns alle.«

Everett konnte eine Kuh in seiner Nase verstecken, und sie würde sie nicht sehen, aber wenn ich einmal versuchte, auch nur mit dem klitzekleinsten Schwindel durchzukommen, *keine Chance!* Ich hätte sie umbringen können, aber das Stinknormale Mädchen weinte nur und sagte: »Mutter, du hast mir weh getan. Weißt du denn nicht, wie sehr ich mich bemüht habe? Siehst du nicht, wie ich mich verändert habe?«

»Das tue ich allerdings.«

»Reicht das noch nicht?«

»Es reicht. Hör auf mit der Therapie. Du kannst dich auf mich berufen. Und jetzt zieh Leine. Ich feiere Michaels Abwesenheit und will in Ruhe trinken.«

»Magst du Mike nicht?« Das Stinkormale Mädchen jammerte. Mike, die Krönung der Schöpfung, der Beweis meiner geistigen Gesundheit? Diese ewigen Jeans, riesigen Turnschuhe, ganze Wagenladungen voller Schallplatten? »Dir kann ich es nie recht machen. Du magst doch niemanden.«

»Ich mag Sharon«, sagte Mutter.

Ich explodierte. Das Stinknormale Mädchen verschwand, und die rothaarige Patricia brüllte: »Das sagst du *jetzt*!«

»Du hast mich nie gefragt.«

»Du hast mich dazu gebracht, sie aufzugeben.«

»Ich doch nicht. Warum hätte ich das tun sollen? Ich bin keine richtige Burley. Die Skandale der Burley-Familie prallen einfach an mir ab.«

Ich hatte ganz vergessen, daß es die ganze Zeit um die Familienehre der Burleys gegangen war. Mußte ich jetzt doch eine Übertragung vornehmen?

»Sharon ist ein gutes Kind«, sagte Mutter. »Sie ist schlau, lebendig, hat keine Allüren. Sie hat ein bescheidenes, ungeschminktes Gesicht. Sie ist mutig. Sie läßt es nicht zu, daß ihr jemand vorschreibt, zu vergessen, was sie weiß.«

»Du bist so unfair! Du magst sie lieber als mich!«

»Gar nicht«, sagte Mutter.

»Tust du wohl, und du bist betrunken und wirst es auch immer sein. Du bist doch total kaputt.«

Mutter setzte ihr großes Glas ab, kam zu mir rüber, drehte mir den Arm um und warf mich auf den Boden. Mit ihrem ganzen weichen Gewicht drückte sie mich nach unten und hielt meine Handgelenke mit einer Hand umklammert. Mir war nie aufgefallen, wie stark sie war. Ich bekam ihre Haut zwischen Daumen und Zeigefinger mit den Zähnen zu fassen und biß kräftig zu. Sie merkte es nicht. Mit der freien Hand versetzte sie mir imaginäre Hiebe auf den Kopf, ohne ihn zu berühren, und sagte: »Wenn du auch nur einen Finger rührst, breche ich dir das Genick. Ich bin nicht kaputt. Ich leide. Das ist ein Unterschied. Du wirst hoffentlich nie erfahren, warum ich trinke. So schlecht wird es dir hoffentlich nie gehen. Ich mag Sharon, weil sie ihre Mutter liebt. Du bist immer meine Feindin gewesen. Das Essen, das ich dir gekocht habe, hast du als Abfall bezeichnet. Das Zimmer, das ich für dich schön gemacht habe, wolltest du nie saubermachen. Nie hast du mir einfach mal ein freundliches Wort gesagt. Du bist immer meine Feindin gewesen. Ich hasse dich.«

Dann ließ sie mich los, und wir weinten beide, ich laut, weil ich gelesen hatte, daß leises Weinen nichts hilft, und sie leise. Sie stellte den Backofen aus und ging hoch in ihr Zimmer. Ich ging in meins, immer noch heulend, nur um des Heulens willen, aber innen drin ganz friedlich. Obwohl sie mit allen Anschuldigungen recht hatte, wußte ich, daß sie mir verzieh. Wenn ich geahnt hätte, daß ich fähig war, sie in ihrem Innersten zu treffen, hätte ich all das wahrscheinlich nicht getan. Ich hatte immer geglaubt, ich sei für sie zu unwichtig, um sie verletzen zu können. Ich meine, ich hätte nie gedacht, daß ein Mädchen sie verletzen könnte. Als ich daran dachte, wie sanft sie vorgegeben hatte, meinen Kopf zu schlagen, wie sie aufgepaßt hatte, daß sie mich nicht traf, wußte ich, daß sie mich liebte. Und ich wußte, daß sie sich an nichts erinnern würde.

Aber am nächsten Morgen, als ich mir gerade mein Frühstück machte, kam sie hereingestürzt und fragte: »Patricia, habe ich gesagt, daß ich dich schon immer gehaßt habe?«

»Nein«, sagte ich. Ich fühlte mich so ruhig und wohlig und geliebt. »Du hast gesagt: ›Du bist schon immer meine Feindin gewesen. Ich hasse dich.‹«

Sie stieß einen langen, erleichterten Seufzer aus.

Ich fragte: »Wie geht's deiner Hand?«

»Meiner Hand?«

»Ich habe dich gebissen.«

»Wirklich?«

»Ja.«

Irgendwie hatte unser Streit, trotz der Gefahr, daß er uns für immer voneinander entfremden würde, das Gift aus uns herausgewaschen. Sie betrachtete den roten Streifen abgeschürfter Haut, den meine Zähne hinterlassen hatten, lachte und schüttelte den Kopf. Ich holte ein Stück Gaze und Leukoplast und verband ihr die Wunde, damit Daddy nicht danach fragte. Wir vergaßen, sie zu desinfizieren.

Aber selbst als sich der Biß entzündete, mußte sie lachen. »Wieviel schärfer als ein Schlangenbiß sind doch die Zähne eines undankbaren Kindes«, sagte sie.

Und ich – ich war so stolz, als hätte ich ihr ein Kind gemacht.

* * * * *

So merkte ich endlich, wie wundervoll Mutter war, aber ich verlor schon bald wieder die Geduld mit ihr. Wenn sie so wundervoll war, warum hatte sie es dann zum Beispiel zugelassen, daß Daddy sie von ihrer Dozentur in Vassar wegholte und sie zu seiner Bediensteten machte? *Gefiel* es ihr etwa, siamesische Zwillinge mit dem Bügelbrett zu spielen, während der Rest der Welt ungeschoren davonkam? Amüsierte es sie wirklich, wenn Daddy oder Everett ein ungebügeltes Taschentuch hochhielten und süßlich-vornehm sagten: »Hätten Sie vielleicht ein Minütchen für ein bescheidenes

Tüchelchen?« Warum machte sie ein schuldbewußtes Gesicht, als Daddy ein einziges Mal die Scherben einer Glühbirne auffegte, die er zerbrochen hatte, so als dürfte ein Mann keinen Besen in die Hand nehmen? Stimmt, er hatte sie tadelnd angesehen, aber hätte sie ihn nicht auslachen können? Mußte sie sein überzogenes Selbstbild unbedingt teilen? Warum fuhr sie denn mit zum Alten Haus, obwohl sie es – seltsamerweise – nicht leiden konnte? Da ging ein großer Teil ihres Lebens doch den Bach runter, für nichts und wieder nichts.

Ich berief mich selbst zu Mutters Verteidigerin. Ja, ich hatte sogar das Gefühl, sie hätte mich auserwählt, sie verließe sich auf mich. (Zugegeben, darauf hatte mich der Seelenklempner gebracht, und durch ihn hatte ich auch begriffen, daß ich stolz darauf war.) Das Problem war nur, daß ich mich nicht mit Daddy darüber streiten wollte, wie er sie behandelte, und mir keine Entrüstung über das Los der Frauen leisten wollte, weil er denken sollte, ich wäre normal, ich wäre soweit, mit der Therapie aufzuhören. Also schützte ich Mutter, indem ich sie dazu drängte, sich selbst zu schützen. Ich finde schon, daß ich es richtig angefangen habe, abgesehen davon, daß ich meine eigenen Interessen verfolgt habe. Was nützt es schon, den Käfig zu öffnen, wenn der Vogel nicht fliegen will? Erst mußt du den Vogel davon überzeugen, daß er gefangen ist, *dann* kannst du den Käfig öffnen. So schlau und tüchtig sie auch war, Mutter ließ sich nicht überzeugen, und mein Schutz bewirkte nichts. Sie sagte, ich verstünde sie nicht. Da hatte sie allerdings recht.

Nun ja, immerhin wußte ich, daß *ich* eine Gefangene war, und ich wußte auch, wer den Schlüssel zu meinen Käfig besaß. Daddy hatte ich immer mühelos um den Finger wickeln können – mit ein bißchen mädchenhaftem Kichern und Schmollen bekam ich alles, was ich wollte. Er hatte nie verstanden, warum Mutter so ein süßes kleines Kind als so schrecklich empfand. Aber seit dieser Ärger wegen Sharon angefangen hatte, benahm er sich seltsam. Irgendwie ernst und unbeholfen. Peinlich berührt. Nachdem er mich das ganze Leben hindurch zum Lachen gebracht hatte, sagte er jetzt plötzlich so blödes Zeug wie: »Wie geht es dir, Patricia?« Mit dumpfer Stimme und gespannt auf eine Antwort wartend. Manchmal tätschelte er mir das Haar oder klopfte mir auf die Schulter, so als hätte er beschlossen, liebevoll zu sein. Als hätte ich mich schlecht entwickelt, weil er nicht liebevoll genug war. Das war mir dann auch peinlich, aber ich wußte, ich mußte ihn behandeln wie immer und dafür sorgen, daß wir zu unserem alten, lockeren Umgangston zurückfanden und daß ich für gesund erklärt wurde.

Er saß lesend im Wohnzimmer, in seiner alten, an beiden Beinen zerrissenen Autowaschhose. Seine stämmigen Knie guckten raus, und ich ging wie ein ganz vertrauensvolles, geliebtes Kind zu ihm hin, kitzelte ihm die Knie und sagte: »Würden die sich im Landwirtschaftsministerium nicht freuen, wenn sie wüßten, daß unsere Professoren ihre Hosen so lange tragen, bis sie durchscheuern? Würden sie dann den Unis nicht eine Menge Geld sparen?« Ich küßte seinen glänzenden Kahlkopf, diese umwerfend glatte Haut, fast so schön wie eine Brust, nur härter innen drin, und setzte mich auf die Sessellehne.

»Du unterrichtest doch nicht in der Sommerschule, oder? Wir können doch ins Alte Haus fahren?« fragte ich.

»Nun, ähm, ich habe mich noch nicht entschieden. Ich muß wirklich mal wieder in die Heimat, aber, ähm, ich möchte deine Therapie nicht unterbrechen.«

»Ach, meine Therapie. Laß uns fahren!«

»Nun, sie ist sehr – ähm – wichtig. Wir möchten, daß du mit den besten Voraussetzungen ins Leben gehst.«

»Ach, die Therapie. Die ist doof. Das Alte Haus ist mein bester Start ins Leben.«

»Also, ähm, ich habe daran gedacht, daß du mit deiner Mutter hierbleibst –«

»Daddy!«

»Laß mich bitte ausreden.« Das war seine etwas altmodische Art zu sagen, halt den Mund und hör zu. »Du stimmst mir doch sicher zu, daß es unfair wäre, wenn Everett deinetwegen auf das Alte Haus verzichten müßte.«

»Ich stimme dir *nicht* zu. Warum soll *überhaupt* jemand verzichten? Warum sollen Mutter und ich verzichten?«

»Ich glaube nicht, daß sie es als Verzicht empfinden würde.«

»*Ich* aber.«

Er stand auf und lief im Zimmer herum. Ich ließ mich in seinen warmen Sessel sinken.

»Ähm, Patricia, ich weiß nicht, wie ich das sagen soll«, sagte er. »Aber es gibt da, ähm, ein ungeschriebenes Gesetz, daß man nichts Unangemessenes mitbringt ins Alte Haus.«

»Ich bin nicht unangemessen!«

»Wenn du, ähm, eine ansteckende Krankheit hättest – wenn *irgend jemand* eine hätte –, dann würde man dem die Familie natürlich nicht aussetzen. Das ist einfach ein Zeichen von Anstand.«

»Aber es geht mir gut! Ich bin gesund! Siehst du das nicht?«

»Körperlich, ja. Aber ehrlich gesagt, ich warte noch auf ein Zeichen, daß du die Ernsthaftigkeit – die Größenordnung – dieser, ähm, Geschichte mit Sharon begreifst.«

»Wir haben nur *gespielt.*«

»Du bagatellisierst es schon wieder. Nun, ich muß mich jetzt für das Seminar fertigmachen. Wir können später weiterreden, wenn du möchtest. Ich lasse mich überreden. Ich wünsche mir, überredet zu werden. Laß mich deinen ernsthaften Versuch sehen, das ernste Problem anzupacken«, sagte er.

Ich hatte nicht mehr die geringste Kontrolle über ihn.

Ich hatte keine Ahnung, wie ich so tun konnte, als würde ich jetzt besser klarkommen, und Daddy und Everett fuhren ohne Mutter und mich zum Alten Haus. Da es niemanden beeindruckt hatte, daß ich mit Mike herumgelümmelt hatte, sagte ich ihm, ich wollte viel Zeit mit meiner Mutter verbringen, um sie besser kennenzulernen. Er wußte, daß ich log, aber er trollte sich gehorsamst. Schließlich hatte er während der sexuellen Revolution Besseres zu tun, als sich am T-Shirt nuckeln zu lassen.

Ich blieb meist in meinem Zimmer, malte aus dem Gedächtnis und anhand von Schnappschüssen Bilder vom Alten Haus und war ernsthaft der Ansicht, daß mir einiges entging, doch bald fing ich an, das Alleinsein mit Mutter zu genießen. Ich hatte nicht gewußt, wie anstrengend Männer waren.

Wir machten uns einen lockeren Sommer, mit Fertigmahlzeiten, Tempos und den Blumen, die Mutter jetzt endlich selbst ziehen konnte. Wir gingen sogar zu McDonald's. Manchmal aßen wir Haferschleim und hartgekochte Eier zum Abendessen, und ich sagte: »Das habe ich mir schon immer gewünscht – ein anständiges Frühstück!« Mutter lieh einen Fernseher, und abends blieben wir oft lange auf und starrten auf das graue Geflimmer, bis wir ganz kleine und rotgeränderte Augen hatten. Andere Abende verbrachte sie mit ihrem kläglichen Ehrgeiz, Ordnung zu schaffen, indem sie ihre Papiere sortierte – ein Durcheinander von Briefen, liegengelassenen Manuskripten, Wurfsendungen, Zeitungsausschnitten und Rezepten aus einem ganzen Leben. Sie las und überlegte, entschied sich fürs Abheften oder fürs Wegwerfen, und ich saß derweil auf dem Liegesofa hinter ihr, spielte Gitarre und sang mein kleines Repertoire: »Shorty George«, »East Virginia«, »O Lula!« und unser Lieblingslied, »I Got No Use for Women«, das uns immer zum Lachen brachte.

Es tat so gut, mich nicht mehr so tragisch zu fühlen, so daß ich allmählich auch auf Sharon nicht mehr so wütend war. In jenem Sommer wollte ich alle weibliche Dummheit verzeihen. Ich beschloß, Sharon zu sagen, daß in ein paar Jahren, wenn wir erwachsen wären, alles wieder gut würde und daß sie einfach durchhalten sollte.

Das Problem war, an ihrem wuchtigen Vater vorbeizukommen. Er ließ sie nicht mal nach draußen, und ich sah nie mehr ihre Silhouette im Dunkeln, wenn sie mein Fenster beobachtete. Wahrscheinlich hatte er ihr Bett in ein Zimmer nach hinten raus gestellt.

Sharons Schwester Rayanne arbeitete bei McDonald's, also schrieb ich Sharon einen Brief und trug ihn in der Tasche meiner Shorts mit mir herum, damit ich vorbereitet war, wenn ich eine Chance hatte, Rayanne zu bitten, ihn Sharon zu geben. Als Mutter mich endlich bat, allein mit dem Fahrrad zu McDonald's zu fahren, war der Brief schon ganz verkratzt und schmuddelig, aber endlich stand ich da, als erste in der Schlange, Rayanne direkt gegenüber, hielt ihr mein feuchtes Papierkügelchen hin und sagte: »Bitte laß dies Sharon irgendwie zukommen.«

»Sie ist weg«, sagte Rayanne.

»Weg? Wohin denn?«

»Pa hat sie zu Grandma gebracht.«

»*Wo wohnt Grandma?*«

Noch ehe Rayanne antworten konnte, kam der Chef zu uns rüber. »Würden Sie jetzt Ihre Bestellung aufgeben? Andere wollen auch noch drankommen.«

Ich war zu erregt, um mich darum zu scheren. »Wo?« brüllte ich.

»Rayanne kann sich in ihrer Freizeit unterhalten.«

»Zwei Burger, zwei große Portionen Pommes. *Wo?*«

»Pa hat gesagt, wir dürfen es dir nicht sagen«, sagte Rayanne.

Fünftes Kapitel

Sharon

Wie kam Pa nur darauf, daß seine Mutter eine gute Aufpasserin für mich wäre? Vielleicht hat er sie nie beachtet, als er in diesem Bauernhaus voller dicker, lauter Männer aufwuchs. Bestimmt hat sie immer schon ein paar Schrullen gehabt. Mir kann keiner erzählen, daß sie sich *einfach so*, über Nacht sozusagen, in eine Vollzeitspinnerin verwandelt hatte, als Grandpa starb.

Mir war es egal, wo ich hinkam, solange ich dadurch nicht mehr Gefahr lief, Patricia und Mike zusammen zu sehen. Ich meckerte Pa gegenüber ein bißchen herum, daß die nächstgelegene Stadt, Mote, ein Witz war – ein Gemischtwarenladen mit einer Benzinsäule davor, ein Getreidesilo, eine Milchsammelstelle, ein Imbiß, eine Schule, eine Kirche –, damit er das Gefühl bekam, daß er richtig hart war, mich wirklich bestrafte, aber in Wirklichkeit war es mir egal.

Der Scherz ging auf Pas Kosten. Er wollte, daß ich mich bei Grandma schrecklich fühlte und merkte, was ich von meinem seltsamen Benehmen hatte, aber er erreichte am Ende nur, daß ich im großen und ganzen dankbar war.

Als wir ankamen, war Grandma in ihrem Overall auf dem Dach. Wir bemerkten kaum, daß der Hof voller Betonstatuen war, Zwerge in Siebenergruppen und Tiere und Vögel und Frösche und Pilze und Statuen der Jungfrau Maria. Wir sahen nur, daß Grandma oben auf dem Dach war.

»Du wirst dir dein dummes Genick brechen!« brüllte Pa.

»Ach was«, sagte sie und kletterte sorgsam die Leiter herunter. Sie sah ziemlich gut aus, dick und kuschlig, aber innen wahrscheinlich spröde. Warum machte sie überhaupt diese ganze Arbeit, wo sie doch ohnehin sterben und nichts mehr davon haben würde?

»Sharon«, sagte sie, »du bist vielleicht groß geworden.«

Pa sagte: »Sie ist noch was ganz anderes geworden. Ich möchte, daß du richtig gut auf sie aufpaßt.«

»Klar mach ich das«, sagte sie und drehte ihren Kopf ein wenig, um ein Auge vor ihm zu verbergen. Damit zwinkerte sie mir zu, ohne eine Miene zu verziehen.

Sie schickte mich ins Haus, damit ich mir ein Zimmer aussuchte, welches, war ihr egal. Ich konnte zwischen fünf Zimmern wählen, die alle heiß und staubig rochen, wie Dachböden, und widerhallten wie Höhlen. Mir gefielen sie alle nicht, aber ich suchte mir eins aus, von dem aus man auf einen Apfelbaum voller winziger, unförmiger, grüner Äpfel gucken konnte, und ging wieder nach unten, um Bettzeug für das Eisenbett zu holen, in dem irgendein dicker, lauter Onkel groß geworden war.

Pa fuhr schon wieder weg. Er fuhr nicht gerne nachts, besonders in den Bergen. Grandma bot ihm nicht an, zum Essen zu bleiben. »Auf Wiedersehen, Ivan«, sagte sie. »Danke, daß du mir Sharon gebracht hast. Grüß alle von mir.« Er sah irgendwie verwirrt aus, als er wegfuhr. Er dachte wohl, es gehörte sich für Mütter, daß sie leidenschaftlich gerne den Leuten Essen auftischten und sich ganz verloren fühlten, wenn ihre Kinder aus dem Haus waren, und sich an ihre Söhne klammerten, wenn ihr Besuch zu Ende ging.

»Also, Sharon, wie kommst du mit Höhen klar?« fragte sie.

»Weiß ich nicht.«

»Wirst du bald merken. Du fängst an der niedrigsten Stelle an.«

Ich mühte mich ab, die verrotteten Schindeln vom Dach des Küchenflügels zu brechen und mich an die Höhe zu gewöhnen, mit Anfällen von Übelkeit. Ein Stockwerk ist höher, als es von unten aussieht. Grandma hievte Stapel glänzender neuer Zedernschindeln mit einem Flaschenzug nach oben, den sie montiert hatte.

»Was hast du denn getan, daß sie dich verbannt haben?« fragte sie. »Drogen? Ein Junge?«

»Nein.«

Dabei beließ sie es, drängte mich nicht, machte weiter mit ihrem Flaschenzug. Und ich übte, mich aufzurichten, ohne Angstanfälle zu bekommen.

In jener Nacht sah Grandma in einer Vision einen klaren, reinen Wasserstrom. »Das ist deine Seele, rein, klar und sauber«, sagte sie am anderen Morgen. »Die Vision wurde mir geschickt, um mir zu sagen, daß ich dich unterrichten kann. Du wirst dich nicht einmischen, und du wirst das Wissen nicht mißbrauchen.«

Zum Beispiel erzählte sie mir, daß Autos und Traktoren erfunden worden seien, weil die Pferde während der napoleonischen Kriege so gelitten hätten, daß sie ihr ganzes Karma verloren hätten. Was soll man dazu sagen?

Sie sagte, daß sie sich über Nevada immer wieder den Kopf zerbrochen hatte. An Scheidung glaubte sie auch nicht mehr als an die Ehe. Was hatte dieser Staat nur getan, um all diese Scheidungen und Atombombentests und die Spielsalons zu verdienen? Dann hatte sie herausgefunden, daß es dort ein Massaker gegeben hatte, und so fand sie ihre Antwort. Nevada würde so lange leiden müssen, bis es das Karma für dieses Massaker abgeleistet hatte.

Nicht gerade die Art von Wissen, mit der man im Geschäft der Weisen Frauen reich werden kann. Aber sie brachte mir auch bei, einen Nagel gerade ins Holz zu schlagen und eine Schlagschnur zu spannen, um die Schindeln in eine gerade Reihe zu legen.

Sie hatte ein Dutzend Projekte, meistens schwer und mit harter Arbeit verbunden, wie zum Beispiel diese Statuen im Hof. »Mein Viehzeug«, nannte sie sie. Sie stellte sie her.

Machte sie selber. Und verkaufte sie an Leute, die auf der Durchfahrt vorbeikamen. Also lernte ich, eine Betonmischmaschine zu bedienen und an den richtigen Stellen Knebel anzubringen. Sie kaufte die Gußformen. Ich schleppte ziemlich viele Zentnersäcke Zement und Sand und jede Menge Gerüste für die Skulpturen. Bevor ich gekommen war, hatte sie das alles allein gemacht. Und endlich erlaubte sie mir zu gießen. Das ist auch nicht so einfach. Wenn du einmal angefangen hast, darfst du nicht mehr aufhören und mußt es gleichmäßig fließen lassen, und gleichzeitig mußt du immer wieder mit einem Stock im nassen Zement herumstochern, damit es keine Hohlräume gibt, aber wir hatten trotzdem immer Hohlräume. Und wenn du sie dann stürzt, mußt du die Lücken mit Mörtel füllen und die Formgrate wegraspeln. Ich fand, daß das Viehzeug so grau am besten aussah, aber bemalt verkauften sie sich am besten. Es machte mir Spaß, bei den Skulpturen der Jungfrau Maria die Kleider blau zu bemalen.

Vor dem Haus standen Schilder, an Pfähle genagelte Bretter. Auf dem einen stand DANICA ALMO. Für GARTENSCHMUCK wurden zwei Bretter benötigt, ebenso wie für BIOLOGISCH ANGEBAUTES GEMÜSE. BITTE HUPEN paßte auf ein Brett. Die seltsamsten Schilder hatte sie abgenommen, bevor Pa sie sehen konnte. Ich half ihr, sie wieder aufzustellen. WAHRSAGEN. VERLORENE GEGENSTÄNDE. Sie hatte gebetet, daß das kein Mißbrauch ihrer Gabe war, und das Universum hatte Verständnis geäußert, schließlich mußte sie auch leben, oder nicht? NADELKISSEN. PUPPENMÖBEL. HEILUNGEN DURCH HANDAUFLEGEN. SCHNITTBLUMEN.

Der riesige Garten war mit Stroh und Laub gemulcht, damit wir ihn nicht jäten oder gießen mußten. Er brauchte ständig mehr Stroh und Laub, da sich die untere Schicht in Humus verwandelt hatte, und ich hatte das Gefühl, Tag und Nacht da draußen zu sein und eine Schubkarre nach der anderen abzuladen. Außerdem brauchten die Pflanzen die mit selbstgebrautem Bier gefüllten Schneckenfallen, der

Mulch war nämlich für die Nacktschnecken der siebte Himmel.

Ich weiß nicht, ob das Mulchen weniger anstrengend war als Gießen und Jäten, aber das Gemüse war toll. Erbsen, Möhren, Radieschen, grüne Bohnen, dann Mais und Tomaten, ganz frisch, ganz reif, total gut – vermute ich zumindest. Wir aßen das Gemüse nämlich nie selbst, außer den Tomaten, in die wir ein Loch bissen und dann das Innere aussagten. Seitdem sind mir gekaufte Tomaten aus dem Laden für immer verleidet.

Grandma hatte keine Lust mehr zu kochen. Sie setzte jeden Sonntag einen großen Topf voll Gulasch oder Chili auf, worauf wir dann die ganze Woche herumkauten. Kochen war Arbeit, die sie sonntags heimlich im Haus machen konnte, ohne beschuldigt zu werden, den Feiertag zu entweihen – ganz anders als das Dachdecken. »Eine Hexe kann gar nicht vorsichtig genug sein«, sagte sie.

Sie ließ mich nicht bei ihrer Hexerei zusehen, auch nicht beim Wahrsagen und den Visionen über den Verbleib der verlorenen Gegenstände. Dafür zog sie ein Hauskleid und eine geblümte Schürze an. Wenn jemand kam – und manche kamen jede Woche, wie zu einem Seelenklempner –, brachte sie sie in das kleine Zimmer, das sie immer abschloß und die Gardinen zuzog, so daß ich von außen auch nicht reingucken konnte.

Manchmal fastete sie, duschte am Abend noch mal und zog ein sauberes weißes Baumwollgewand ohne Metall an – keine Schnallen, keine Reißverschlüsse, keine Nadeln –, und bald hörte ich ihren Singsang, und dicker, süßlicher schwarzer Rauch quoll durch die Ritzen in der Tür und hinter den Vorhängen hervor. Das war Weihrauch, den sie auf geweihter Holzkohle verbrannte, erzählte sie mir. Sie sagte, das katholische Ritual sei in theurgischer Hinsicht sehr gut, was auch immer das heißen mochte, es funktioniere aber nicht mehr, weil die Talare der Priester zu reich bestickt wären, um sie waschen zu können, und voller Metall – voller Gold. Ihr

Weihwasser funktionierte aber noch, wenn man wußte, wie man es machen mußte.

Im Winter wohnten wir fast nur in der Küche, wo uns der Holzofen wärmte. Im restlichen Teil des Hauses lag der Schnee in kleinen Häufchen auf den Fensterbänken. Die alten Farmhäuser waren nie fürs Einheizen gebaut worden. Sie waren nicht mal isoliert. Man blieb halt in der Nähe des Ofens, und abends nahm man seinen Backstein, der den ganzen Tag auf dem Ofen aufgeheizt worden war, wickelte ihn dick in Zeitungspapier ein, legte ihn ins Bett, auf dem jede Menge Decken lagen, und sprang schnell rein. Mit dem Zeh hast du den Backstein berührt, aber er war zu heiß, und du hast es immer wieder versucht, und immer war er zu heiß, und wenn du ihn dann zwischen den Füßen halten konntest, warst du eingeschlafen, ob du traurig warst oder nicht. Der Geruch nach heißem Zeitungspapier berührt mich heute noch, er schnürt mir die Kehle zu.

Die Küche, erzählte mir Grandma, war die ursprüngliche Blockhütte, vergipst und erweitert, als die Pionierfamilie wohlhabend wurde. Es war kaum zu glauben, daß dieses arme alte Haus, das sich allmählich wieder gen Erdboden knarrte und farblos wie Treibholz war, jemals ein Zeichen für Wohlstand gewesen sein sollte, aber Grandma sagte, ja, es sei tatsächlich einst sehr glanzvoll gewesen, eine Attraktion. Das war natürlich vor ihrer Zeit. Und der Kern des Hauses war die Blockhüttenküche gewesen, wo wir an einem runden Eichentisch von eineinhalb Meter Durchmesser saßen, über dem eine Glühbirne hing, und wo sie bastelte und ich lernte oder auch bastelte.

Sie saß dann mit einer Blechschneideschere am Tisch wie ein mehr oder weniger normaler Mensch (nicht wie eine Hexe, meine ich) und schnitt Kaffeedosen in dünne Streifen, die noch am Boden der Dose hingen. Mit einer dünnen Rundzange bog sie die eine Hälfte der Streifen nach unten und drehte sie zu kunstvollen kleinen Beinen, und die andere Hälfte nach oben zu einer kunstvoll gedrehten Lehne. Das

Ganze malte sie golden an. Den Boden der Dose polsterte sie zu einem Sitz aus, und Simsalabim! hatte sie ein Nadelkissen in Form eines eleganten Sessels. Messerscharf natürlich, aber von weitem ganz süß.

Es war ihr egal, ob die Sachen niedlich waren. Sie tat alles nur, weil es Geld einbrachte, einschließlich meiner Aufnahme in ihr Haus. Pa mußte dafür zahlen. Bei ihr wurde nichts aus Spaß gemacht, und doch war es in gewisser Hinsicht alles nur Spaß. Das Spiel hieß »Ich sorge für mich selbst«, und allmählich verlor sie es. Nicht genug Zeit. Nicht genug Hände, selbst mit meinen beiden guten. Jedes Jahr mußte sie ein etwas größeres Stück Land verkaufen, noch ein Baugrundstück, um die Steuern zahlen und ihre Kosten decken zu können. Die Farm war auf dreißig Morgen geschrumpft – die baufällige Scheune und die Schuppen, der riesige Garten, Heuwiesen und Weiden, die sie an die Nachbarn verpachtete, und ein Waldstück mit Buche und Ahorn. Sie hoffte, daß sie sterben würde, bevor das Waldstück verkauft werden mußte.

Für die Nadelkissen gab es einen kleinen, aber umkämpften Markt. Sonst hätte sie sie nicht gemacht. Aber es war der Grund und Boden, der die Installation der Strom- und Wasserversorgung für die Toilette mit Wasserspülung und die heiße Dusche bezahlt hatte, von der Grandpa immer sagte, das wäre albernes Zeug, das niemand wirklich brauchte. Wäre er nicht schon tot gewesen, hätte er gegrunzt, als sie seine Felder dafür verkauft hatte. Aber ich bin auf ihrer Seite.

Die Puppenmöbel fanden alle toll. Sogar ich. Wir schafften es kaum, die Nachfrage zu bedienen. Wir schnitten sie mit X-Acto-Messern aus dünnem Balsa-Holz aus, leimten sie zusammen, beizten und lackierten sie, winzige Kommoden mit funktionierenden Schubladen und Tische und Stühle und Betten und Standuhren. Sie waren nichts für Kinder. Sie sollten Erwachsene an die Dinge aus der Familie erinnern, die sie weggeworfen hatten.

Eines Morgens sagte Grandma: »Irgend etwas sagt mir, ich soll eine Blockhütte bauen.«

Mittlerweile war ich genauso gewinnsüchtig wie sie, und ich sagte: »Die wird sich aber nicht verkaufen.«

»Vielleicht soll sie das auch gar nicht. Nimm einfach die Gartenschere, und schneid mir ein paar schöne Ahornzweige ab, vielleicht zwei Zentimeter dick.«

Um ihr zu zeigen, wie dumm und geschäftsuntüchtig sie war, brachte ich ihr einen ganzen großen Ahornast und warf ihn auf die Veranda. Es kümmerte sie nicht. Sie machte sich mit der Gartenschere an die Arbeit und schnitt Stücke von ungefähr dreißig und fünfzig Zentimetern ab. Sie sagte: »Und jetzt hol mir ein paar kleine flache Steine für den Kamin und den Schornstein, so kleine Schiefersplitter wären genau richtig.«

Da schafften wir es kaum, mit den Puppenmöbeln nachzukommen, und ich sollte Steine suchen. Ich ließ mir Zeit und war nicht besonders wählerisch. Als ich mit einem Beutel voller Steine zurückkam, die fast alle zu groß waren, hatte sie schon sechs Reihen winziger Baumstämme aufgeschichtet und schnitt Kerben in weitere Zweigstücke. Es gab eine kleine Tür. Zwei Fenster. Ich betrachtete das Haus und fing an zu weinen.

Sie tat so, als merkte sie nichts. »Ich mache ein kleines, abnehmbares Dach dafür. Es fehlt noch ein Bett mit einem hübschen Quilt. Mit dem Lebensbaum, glaube ich. Kann ich mit Buntstiften nachzeichnen.«

Ich weinte einfach weiter. Ich wußte nicht, warum. Weil ich nicht nach Hause konnte? Mit zu Hause hatte es etwas zu tun. Ich wußte nur nicht, was.

»Es ging um ein Mädchen«, hörte ich mich sagen.

»So eine war ich früher auch mal«, sagte Grandma. Ich konnte es ihr wohl nicht übelnehmen, daß sie da nicht mitkam, wo sie doch nicht mal wußte, welche Frage ich überhaupt beantwortet hatte.

»Verdreht, meine ich«, sagte sie und schnitzte weiter an ihrer Kerbe herum, sauber und mit sicherer Hand.

Ich betrachtete das kleine Zuhause aus Baumstämmen und weinte weiter. Wer wußte schon, was so eine alte Dame wie sie mit »verdreht« meinte? Vielleicht meinte sie, sie mochte keine Erdbeeren oder sowas.

»Natürlich nicht in diesem Leben«, sagte sie. »Ich weiß, wie man zurückgeht und einen Blick in die Vergangenheit wirft. Erzähl's bloß deinem Vater nicht.«

»Keine Angst. Dann würde er uns beide einsperren.«

»Ich war mal ein dicker schwarzer Häuptling in Afrika. Ich war schon vieles. Einmal war ich ein Prediger und wurde meines Amtes enthoben, weil ich meine Gemeinde beim Gebet zum Lachen brachte. Für das Lachen haben sie mich verurteilt. Was hätten sie wohl getan, wenn sie gewußt hätten, daß ich auf Jungen stand! Aber ich floh und wurde ein reisender Buchhändler. Amerika versank damals in dunklen Zeiten, genau wie heute. Es wird nicht schlimmer. Laß dir von denen nichts vormachen.«

Sie schnitzte ihr Stämmchen fertig, befestigte es und lehnte sich zurück, um ihr Werk zu bewundern. »Heute weiß ich«, sagte sie, »daß es schwer ist, weiß zu sein oder schwarz, ein Mann oder eine Frau, aber damals dachte ich, es wäre leicht, eine weiße Frau zu sein. Ich dachte, ich wollte einfach sein. Nur für einen guten Mann sorgen und ihm jedes Jahr ein Kind schenken.« Sie seufzte. »Ein weit verbreiteter Irrtum.«

»Pa denkt, ich bin total verdorben«, sagte ich und weinte wieder.

»Er denkt nichts dergleichen. Er versucht, dich vor anderen Menschen zu retten.«

»Was könnten mir denn andere antun, was er mir nicht schon angetan hat?«

»Wie auch immer, das hat er jedenfalls vor.«

»Ich habe bald den Eindruck, daß er mich richtig haßt.«

»Er haßt dich nicht. Du hast eine Regel gebrochen, das ist alles. Er zeigt dir nur, was es kostet, eine Regel zu brechen.«

»Gibt es eine Regel, die sagt, du sollst deine Freundin nicht lieben?«

»Nein, nein. Komm mal mit, ich will dir was zeigen.«

Sie schloß ihren geheimen Raum mit dem Schlüssel auf, den sie an einer Schnur um den Hals trug, und öffnete vorsichtig die Tür. »Zieh lieber die Schuhe aus«, sagte sie. »Es ist ein bißchen heilig. Mittelmäßig heilig.«

Ich zog die Schuhe aus und folgte ihr ins Zimmer. Es war dunkel, aber sie zog die Gardinen auf, und helles Sonnenlicht strömte herein.

Sie sagte: »Sieh dich um, soviel du willst – du wirst sowieso nichts verstehen.«

Ich verstand so wenig davon, daß ich mich nicht mal erinnere, was es da alles gab. Ein Schaubild in leuchtenden Farben, mit Kreisen auf Stielen, wie ein Lutscherbaum, und einen Holztisch mit ein paar Holzkisten und einem doppelten Kerzenhalter darauf, und es roch nach Weihrauch. Alles war sehr sauber. Nackter Holzfußboden, weiße Wände. Eine Holzkiste gefüllt mit Erde. Das Zimmer hallte ein bißchen, weil es praktisch leer war, aber ob mit oder ohne Hall, es war einfach und hell und gar nicht gruselig. Ich hatte den Verdacht, daß Grandmas Nähmaschine hier vielleicht auch irgendwo versteckt war.

»Schau dir das an«, sagte Grandma und zeigte auf ein Kreuz an der Wand. Es sah nicht wie ein christliches Kreuz aus. Die vier Arme waren gleich lang, mit drei Ausbuchtungen an jedem Ende, wie Kleeblätter. »Lies mal, was drauf steht«, sagte sie.

Ich ging näher heran und las es.

»Lies es laut vor«, sagte sie.

Auf dem oberen Arm las ich: »›Wagen.‹«

»Weiter.«

Ich mußte den Kopf schieflegen und las: »›Wollen.‹«

»Weiter.«

Ich legte den Kopf auf die andere Seite und sagte: »›Wissen.‹«

»Weiter.«

Ich stellte mich praktisch auf den Kopf und entzifferte langsam das auf dem Kopf stehende Wort »›Schweigen.‹«

»Da hast du die Regel, gegen die du verstoßen hast.«

Der Rat hatte irgendwie etwas Offizielles an sich, wie er da auf diesem Kreuz in so einem geheimen Raum stand. Er war wie ein Gebot und wirklich entmutigend. Da lebte ich in einem Haus, das zu schäbig war, um jemanden einzuladen, ging als Fremde auf eine neue Schule, was an sich schon schwer und einsam genug war, auch ohne daß mir befohlen wurde zu schweigen. Wie sollte ich jemanden kennenlernen, wenn ich es keinem erlaubte? Sollte ich etwa den ganzen Tag allein bleiben und dann nach der Schule schnell nach Hause rennen, wie eine arme Seele aus der Psychiatrie, die resozialisiert werden soll?

* * * * *

Bei der Entlassung rannten die anderen alle heulend durch die Gegend und sagten, jetzt ginge die glücklichste Zeit ihres Lebens zu Ende, aber ich wußte, daß das Leben besser werden mußte, wozu sollte es sonst gut sein?

Ich meine nicht, daß die Schule vollkommen daneben war. Grandma machte mir das Lernen irgendwie schmackhaft. Sie sagte, alles ist interessant, wenn man es nur richtig anpackt, und du kannst selbst an der Mote Consolidated High School eine anständige Bildung bekommen, wenn du gut aufpaßt. »Denk dran, was das Kreuz dir noch gesagt hat: ›Wissen.‹«

Also lernte ich Autofahren in der Fahrschule am College, obwohl ich zum Üben nur Grandmas schauderhaften alten Transporter Papa Bär hatte. Und einen Winkel halbieren und zweitausend Anschläge die Minute tippen und eine Landkarte lesen und meine Muttersprache sprechen und schreiben, mehr oder weniger – das ist das Allermindeste, sagte Grandma –, und noch ein paar ähnliche Dinge, die wahrscheinlich nichts damit zu tun hatten, was auf dem Kreuz stand. Aber ich war so einsam, so mutterseelenallein, eine richtige Außenseiterin.

Abends stieg ich auf den Hügel nördlich vom Haus und sah mir den Sonnenuntergang an, bis der erste Stern sich zeigte, und ging dann wieder hinunter zum Abendessen, als es schon fast dunkel war. Dieser Stern, der gar kein Stern war, sondern der Planet Venus, war mein einziger Freund. Bei ihm mußte ich nicht schweigen. Ich bat ihn, mich eines Tages nicht mehr einsam sein zu lassen.

Ich war die erste in meiner Familie, die jemals ein High-School-Diplom schaffte. Die ganze Familie kam zur Abschlußfeier, bis runter zur allerkleinsten Schwester. Ich war richtig froh, sie zu sehen. Sie sahen so schön aus, so hübsch, alle miteinander, wie sie da auf den Klappstühlen in der Turnhalle in einer Reihe saßen. Ganz Mote konnte sehen, daß ich nicht einfach eine hergelaufene Ausgestoßene war, die in einem Holzhaus ohne Anstrich wohnte, sondern geachtetes Mitglied einer soliden, gutaussehenden, anständig gekleideten Familie. Anständig gekleidet sein zählte am meisten.

Ich war die Abschlußrednerin – *Valedictorian*. Wenn man in der Schule aufpaßt, wird man das fast automatisch. Also mußte ich eine Rede halten. »Valedictorian«, so stellte sich heraus, hieß »die Person, die Auf Wiedersehen sagt.« Ich bin ganz gut durchgekommen. Obwohl ich an Grandmas Mundbewegungen sah, daß sie es kaum abwarten konnte, ihr unteres Gebiß herauszunehmen, mußte ich nicht lachen.

Danach bei Grandma zu Hause sagte Pa: »Nun, Sharon, du hast da oben ganz gut ausgesehen und hast dich auch nicht schlechter angehört als die anderen. Ich mußte mich nicht für dich schämen.«

Ich glaube fast, das war das erste Lob, das ich je von ihm bekommen hatte, und ich kam damit fast nicht zurecht. Es führte nicht mal dazu, daß ich mich gut fühlte. Es war mir eher peinlich.

Er sagte: »Also, was machst du jetzt?«

»Könnte ich vielleicht aufs College gehen?«

»Ich denke, du kannst jetzt überall hingehen. Du kannst so stolz sein, wie es dir paßt. Du bist jetzt eine erwachsene Frau. Du bist selbständig.«

Ja, ich war eine erwachsene Frau und außerdem ein Kind. Aber was konnte ich schon mehr von einem erwarten, der nicht mal meine Vorschule bezahlen wollte?

Mama sagte: »Ivan, sie braucht einen Beruf. Sie braucht etwas, auf das sie zurückkommen kann, wenn ihr Mann stirbt oder so.«

Die liebe Mama. Ich wünschte mir schon, sie könnte besser mit ihm umgehen. Na, sie versuchte es zumindest.

»Ihr Mann! Sie ist diejenige, die der Mann sein wird!«

Ich merkte, wie meine Schwestern über diesen Spruch nachgrübelten.

Grandma sagte: »Aber Ivan, wie kannst du so etwas über dein eigenes Kind sagen, das uns heute abend alle so stolz gemacht hat! So ein liebes Mädchen, und so schnell und fleißig, wie sie ist.«

Grandma spielte ihre Rolle als liebevolle Oma ganz gut. Sie behielt sogar ihre Zähne drin, damit sie süßer aussah, auch wenn das kaum was brachte. Für Pa war Bildung Einbildung, reine Zeitverschwendung, selbst die High-School. Aus ihm war schließlich auch so etwas geworden, oder? Und für Frauensachen braucht man keine Schule.

Es war einfach ausgeschlossen, daß er mir helfen würde. Das Geld, das er Grandma für meinen Unterhalt gab, würde auch ausbleiben. Und ohne das Geld würde sie es sich nicht mehr leisten können, mich dazubehalten.

Meine Familie fuhr in der Nacht noch zurück. Bevor sie losfuhren, nahm Mama mich kurz beiseite und gab mir Geld. Sie legte mir die Finger auf die Lippen, damit ich nichts sagte, und steckte mir ein Bündel Geldscheine in die Tasche. Ich versuchte, es ihr wiederzugeben, weil ich wußte, daß es die geheimen Ersparnisse ihres ganzen Lebens waren, das Kleingeld, das sie Pa gegenüber als Einkaufsgeld deklariert aber nicht ausgegeben hatte, jahrelang. Tränen traten ihr in die Augen, und sie schüttelte den Kopf, und ich wußte, sie wollte sagen, daß es ihr leid tat, mich verpetzt und mein Leben so traurig gemacht so haben, also behielt ich das Geld.

Später stellte ich fest, daß es siebenhundertfünzig Dollar waren, hoffentlich genug, um damit nach New York zu gehen.

Ich blieb noch bei Grandma, um ihr dabei zu helfen, den Garten winterfest zu machen, und um Mutter Eins einen Brief zu schreiben. Ich wußte, sie würde ihre Antwort nicht an die Adresse meiner Eltern schicken.

»Jetzt bin ich achtzehn. Sie dürfen mit mir reden«, schrieb ich. »Ich habe Ihren Rat befolgt. Ich habe beschlossen, nicht zu sterben oder verrückt zu werden. Mit der Schule bin ich fertig. Wenn ich nach New York gehen würde, könnte ich Sie dann mal treffen?«

Ich wußte, daß sie sich an mich erinnern würde. Ich wußte, daß es in ihrem Leben keine andere gab, die so war wie ich. »Ich kann es nicht ertragen, daß noch eine Generation niemanden hat, an den sie sich wenden kann«, hatte sie gesagt. Ich wußte, sie würde mir antworten.

Während ich auf ihren Brief wartete, fuhr ich Mulch. Ich pflanzte Tomatenpflanzen auf den Südhang, noch in ihrer Papierhülle. Grandma konnte sich zwar noch bücken, sich aber nicht mehr hinknien, und wenn sie sich hinsetzte, würde sie vielleicht nicht wieder hochkommen.

Sie hatte mir das Handauflegen beigebracht, bei dem man nach einer schmerzenden Stelle tastet und sie sieben Sekunden lang mit dem Daumen hält, dann langsam nachläßt und immer ein kleines Stück weiterrückt, bis man die nächste schmerzende Stelle findet. »Alles, was weh tut, möchte berührt werden«, sagte sie. Handauflegen funktioniert wirklich, und die Leute müssen sich nicht ausziehen und sich blöd vorkommen oder dir ein blödes Gefühl geben. Ich konnte auch Grandma heilen, aber am nächsten Tag machte sie sich immer wieder kaputt. Ich war besorgt, was mit ihr geschehen würde, wenn ich wegging.

Der Brief von Mutter Eins war mehr als vorsichtig formuliert, absolut nichtssagend, und ich malte mir aus, wie sie sich mit Mutter Zwei darüber gestritten hatte, ob sie mir überhaupt schreiben durfte. Außerdem hatte sie eine schreckliche

Schrift. »Danke für deine Zeilen. Uns geht es hier gut, wir haben viel zu tun. Das Wetter ist wunderbar. Melde dich doch mal wieder.« Das hätte sie auch auf eine Postkarte schreiben können. Ich war entzückt, wie über einen Liebesbrief. Ich mußte ihn immer wieder lesen.

Grandma sagte, ich sollte Mutter Eins eine Aufstellung darüber schicken, was ich alles konnte, die sie dann ihren Freundinnen zeigen konnte, falls mir jemand einen Job in ihrem Laden oder Büro geben könnte, oder als Putzfrau oder den Hund ausführen oder so was – egal was. Es machte mir irgendwie Mut, wie lang meine Liste wurde. Dann las Grandma sie und erinnerte mich noch an ein paar Sachen, und sie brachte mich dazu, auch meine Abschlußrede zu erwähnen. Wie peinlich! Ich gebe ja gerne an, aber nicht mit der Mote Consolidated High School.

»Damit sie sehen, daß du lernen kannst. Sie merken dann, daß du vielversprechend bist«, sagte Grandma. Heute denke ich gern daran zurück. Es hilft mir in Zeiten der Dummheit, mich nicht abzuschreiben.

Mein gesamter Besitz – einschließlich einer Nachbildung von Grandmas Kreuz, die sie für mich machte – paßte in einen Rucksack, und es war immer noch Platz. Einmal die Woche kam ein Bus durch Mote, gerade häufig genug, um die Lizenz zu behalten, falls das Unternehmen sie einmal brauchen würde. Grandma und ich standen an der Landstraße. Sie winkte dem Bus, damit er anhielt, und da fuhr ich hin, verängstigt und aufgeregt, Kind und erwachsene Frau zugleich. An meiner Aufregung merkte ich, daß ich lange Zeit nur im Zeitlupentempo funktioniert hatte. Deprimiert war ich gewesen. Ich möchte Grandma nicht herabsetzen. Das Zusammenzusein mit ihr hatte auch seine Reize. Aber deprimiert ist das richtige Wort. Die beste Großmutter der Welt – und vermutlich war sie das – konnte Mote nicht wettmachen.

Ich hatte in einem armseligen, schmuddeligen alten Hotel, das nicht sehr sauber war und nach Insektentod roch, ein

Zimmer reserviert – im Abbey Victoria. Es lag an der Ecke der 51st Street und der 7th Avenue, mitten im Zentrum des Stadtkerns, und war billig – für New York. Grandma hatte da mal gewohnt, als sie in *Was bin ich?* auftrat und alle in Verwirrung stürzte. (Die Antwort war Hexe gewesen. Gottlob konnte man diesen Sender in Mote nicht empfangen.)

Das Abbey Victoria wimmelte förmlich von Rucksackreisenden. Ich sah so aus wie sie, aber sie wollten mit Last-Minute-Flügen nach Europa und legten nur einen Zwischenstop ein, um sich New York anzusehen. Wenn eine von ihnen mich darum gebeten hätte, wäre ich mitgekommen. Ich haßte das Gefühl, vor der Zeit alt zu sein, schwerfällig und vorsichtig, eine Oma, wo ich doch zu meiner eigenen Generation hätte gehören sollen, zu denen, die gerade noch ein Flugzeug erwischen, dessen Türen sich eben schließen, bereit, ihr ganzes Geld zu riskieren und dem Glück blind zu vertrauen.

Aber keiner fragte mich, und ich kaufte ein paar Zeitungen und Stadtpläne und fing an, mich nach einem Job und einem Zimmer umzusehen. Ich war entschlossen, die Mütter nicht zu belästigen, bis ich mich eingelebt und Arbeit gefunden hatte, damit ich eine Freundin und nicht ein Problem für sie sein konnte.

Die U-Bahn verwirrte mich total. Ich dachte, es wäre nur eine U-Bahn. Warum nannten sie sie sonst *die* U-Bahn? Ich dachte, daß sie da unten immer im Kreis herumfuhr, wie eine Spielzeugeisenbahn auf einem ovalen Gleis, und daß man überall einsteigen konnte und früher oder später an jeder Station ankommen würde. Darum war ich plötzlich in Far Rockaway, während ich die Lower East Side suchte, aber ich vertiefte mich in meinen Stadtplan und fand mich mit der Zeit zurecht.

Ich fand Arbeit als Botin bei einer Druckerei. Ich brachte Texte von Läden und Büros zur Druckerei und Fahnen und Repros und Blaupausen wieder zurück, dabei kannte ich die Stadt noch gar nicht und verlief mich ständig. Selbst wenn ich an der richtigen Station ausstieg, kam ich doch ganz verdreht aus dem Tunnel und konnte die Innenstadt nicht mehr vom Villenviertel unterscheiden. Ich kaufte einen billigen Kompaß, den ich mit mir herumtrug, aber die Kompaßnadel zeigte ständig woandershin. Damals gab ich dem Kompaß die Schuld, später stellte ich aber fest, daß jeder Kompaß und jede Uhr in meiner Nähe verrückt spielt. Ich bin ein bißchen stolz darauf, so magnetisch zu sein, aber es ist lästig.

New York schockierte mich anfangs oft. Zum Beispiel die ungeschorenen Lämmer, die in den Schaufenstern der Fleischereien hingen. Oder das Blut in der Gosse der Gansevoort Street. Dampf, der aus Rohren auf der Straße zischte wie aus Löchern im Höllenofen. Oder Männer, die plötzlich neben mir gingen, obwohl ich sie nicht mal angesehen hatte, und fragten: »Hey, Baby, willste mir einen blasen?« Damals trug ich ein Kleid. Später, als ich mir die Haare schnitt und überall in Jeans hinging, nannten sie mich nur Lesbe und gingen vorbei. Ich frage mich, ob so viele Heterafrauen ja sagten, daß die Typen weitermachten. War das ernstgemeinte Anmache? Funktionierte das auch manchmal? Wenn nicht, warum haben sie dann aufgehört, als sie merkten, daß ich kein Interesse hatte?

Und es gab noch eine Menge kleinerer Schocks, oder eher Überraschungen, ich hatte nämlich erwartet, daß alles größer und beeindruckender wäre als zu Hause. Aber was für ein Haufen altmodischer, provinzieller Kleinstädte New York doch war, an jeder U-Bahn-Station eine andere – kümmerliche Lebensmittelläden, die diese Menschenmassen bestimmt nicht versorgen konnten, Jungen auf großen Dreirädern, die Lieferungen ausfuhren, Antiquitätenhändler, die auf dem Fußweg knieten und Möbel restaurierten, weil sie im Laden keinen Platz hatten, viel Pferdeäpfel und Hundehaufen, in jedem Fenster eine Katze, Männer, die mit der U-Bahn zum Angeln fuhren.

Und Menschenmengen, wie bei Footballspielen bei uns daheim an der Uni, und das jeden Tag. In der Rush-Hour waren die Fußwege in New York so überfüllt wie die Straßen, so voll, daß man stehenbleiben und warten mußte, auch wenn man es eilig hatte. In den Zügen und Bussen wurde man so eng an die anderen Leute gepreßt, daß man hätte sterben können und doch nicht umgefallen wär, und selbst außerhalb der Rush-Hour war immer jemand da.

Mir fiel eine Zeile aus einem Gedicht ein, das ich in der Schule gelernt hatte. Es handelte von London im Morgengrauen, und die Zeile hieß: »*O Gott. Dies ganze mächtige Herz, es ruht.*« Immer wieder versuchte ich, den Moment abzupassen, wenn New Yorks mächtiges Herz still dalag, aber das war nie der Fall. Selbst im Morgengrauen lief entweder jemand herum, oder ein Taxi kam die Straße herauf. Selbst in seinen ruhigsten Momenten gab es Geräusche in New York, zumindest ein Summen. Man konnte es immer unter den Füßen spüren. Manche sagten, das seien nur die U-Bahn-Züge, die zu jeder Stunde durch die Gänge ihrer Erdhöhlen rumpelten, oder Klimaanlagen, aber Grandma zufolge kam das Summen durch die großen kosmischen Energiebahnen, die sich in New York kreuzten, im Schnittpunkt der Energien des Universums, und ich glaube ihr.

Ich liebte es, Teil dieser Energie zu sein. Ich liebte es, jeden Zoll New Yorks auf meinen realen Botengängen abzulaufen, bei jedem Wetter, mit meiner Leinentasche und meinen gelben Laufschuhen. Und wann immer ich einen Raum voller aufgetakelter Sekretärinnen sah, taten sie mir einerseits leid, und andererseits dachte ich »Ätschibätsch!«

Zweites Buch

Erstes Kapitel

Patricia

Als es Zeit fürs College wurde, bat ich darum, wie Mutter nach Smith gehen zu dürfen, aber Daddy rief mit höhnischer Stimme: »Ach ja, du willst wohl genüßlich der Sünde frönen, was?« Mein jahrelanges unbescholtenes Leben hatte seine Erinnerung an meine Verbrechen nicht getrübt. So sind sie, die Historiker.

Er schickte mich aufs Brundidge-Willson-College. Es hätte schlimmer kommen können. Er hätte mich auf ein Bibelcollege schicken können, das dafür garantierte, daß ich nach vier Jahren mit tiefem Verständnis für Gottes Zorn auf die Menschen und mit unversehrter Jungfräulichkeit zurückgekommen wäre, aber zum Glück war er Agnostiker. Die wirkliche Gefahr war, daß er mich zu Hause behalten würde und ich jeden Morgen mit ihm zur Uni fahren müßte, wie in der Schulzeit, wo doch sonnenklar ist, daß man nur zum College geht, um von zu Hause wegzukommen. Glücklicherweise war er ein Snob. Die Burley-Familie schickte ihre Kinder einfach nicht auf große staatliche Einrichtungen mit Footballmannschaften.

Ich versuchte, Brundidge-Willson nicht liebzugewinnen, weil es so betont liebenswert war – klein und schlicht, Ahornbäume und Efeu, ein Wasserfall –, aber ich konnte nicht anders. Das Verwaltungsgebäude war eine alte Shaker-Scheune aus Granitblöcken. Niemand lief herausgeputzt herum. Die einzigen Sportler, die Tennismannschaft, trugen ihre Schläger in schwarzen Pappkoffern mit sich herum, um nicht entdeckt zu werden. Der Präsident war eine Frau. Man sagte, daß sie sich ihre Kleidung selber nähte und sich die Haare auch selbst schnitt.

Es gab eine nette Mischung von Frauen und Männern, Daddys wichtigste Bedingung: auf keinen Fall eine dieser eingeschlechtlichen Brutstätten. Eine Menge sanfter, arroganter junger Männer, aber am ersten Tag des Englischunterrichts verliebte ich mich in meine Lehrerin, Ms. Hayes. Also hatte Daddy mich richtig eingeschätzt.

Gott, war das schön, dazusitzen und Ms. Hayes anzuhimmeln, Noel hieß sie – den Fall ihres langen, glänzenden, braunen Haares, ihre große runde Brille, ihre eckigen, lückenhaften Zähne, ihr verrückter Akzent (ein Hauch Oklahoma, ein Hauch Oxford) –, und nicht zu widerstehen, nichts zu bereuen, die Liebe einfach rauszulassen, Herz und Hirn einfach aufwachen zu lassen.

»Was Hänschen nicht lernt, lernt Hans nimmermehr, Daddy«, dachte ich.

* * * * *

Noel Hayes war mit einem Schwarzen aus Afrika verheiratet, mit einem dieser wunderbaren afrikanischen Namen, die man sich am liebsten selbst ausgedacht hätte, Bassikounou. Alle nannten ihn B. »Wir hatten nie vor, unsere *Beziehung* mit etwas so trostlosem wie der *Ehe* zu belasten«, sagte sie zu mir, »aber sonst hätten sie ihn einfach nicht in dieses *Scheißland* aufgenommen.«

Sie waren glücklich wie die Kinder, wie Sharon und ich, bevor die ganze Sache rauskam. Ich sah, wie Noel nach dem Unterricht zu B rannte und ihn umarmte, und dann gingen sie weg, lachend, Hand in Hand. Manchmal stieß er etwas in seiner Muttersprache hervor, warf sie sich über die Schulter und rannte los, und sie schrie: »Hilfe! Dieser Wilde entführt mich! Die Reinheit der Rasse ist bedroht!«

Ich wußte also, daß meine Liebe nie erfüllt werden würde, wie man so sagt, aber darum ging es nicht. Es ging darum, daß die Liebe zu ihr mein altes Bedürfnis weckte, Hervorragendes zu leisten. Wenn ich ein Referat mit einem winzigen »Schön« oder »OK!« neben dem Titel zurückbekam, war das wie ein Kuß. Ich strengte mich an und sorgte dafür, daß das häufig passierte.

Alle paar Tage kündigte Noel eine Demo oder eine Kundgebung an. Sie war für Abtreibung, Marihuana, das Ende der Ausgangssperre für Studentinnen, für die gewerkschaftliche Organisation von Büroarbeiterinnen, die Liberalisierung der Einwanderungspolitik und schwarze Bürgerrechte – mit all dem hatte ich noch nie was anfangen können, aber ich marschierte mit. Manchmal bestand die ganze Demo nur aus uns beiden, die wir mit erhobenen Transparenten Parolen brüllten. Am Anfang kam ich mir dabei richtig blöd vor, aber mit der Zeit färbte ein bißchen von Noels Mut und Engagement auf mich ab. Am Ende machte es mir Spaß, die Ruferin in der Wüste zu sein. Am besten war es hinterher, wenn sie mich mit nach Hause nahm und mir schrecklichen Tee anbot, Lapsang Souchong, der wie geräucherte schmutzige Socken schmeckte, und davon sprach, daß wir Amerika verdammt noch mal auf seine *Verheißung* festnageln mußten. Und B saß an der Nähmaschine und nähte afrikanische Hosen und Hemden, Shogatos und Dashikis. Damit verdiente er seinen Lebensunterhalt.

Ihre Wohnung bestand aus einem Zimmer, das Bad am Ende des Flurs konnten sie mitbenutzen. »Das einzige, was wir in dieser *rassistischen* Gesellschaft *kriegen* konnten«, sagte Noel. Ich war vernarrt in die Wohnung. Sie hatten sie mit Möbeln aus dem Sperrmüll eingerichtet und sie schön gemacht. An jeder Wand standen Kistenstapel mit Büchern und Geschirr und Pappkartons, die ihrem Inhalt entsprechend schön beklebt waren. Auf dem Karton mit der Bettwäsche war zum Beispiel ein Spinnrad. In der Ecke war ein Waschbecken und hinter einem Vorhang im Schrank stand ein tuckernder alter Kühlschrank. Das Bett-Sofa-Sozialzentrum war eine Matratze auf dem Fußboden, nicht sehr weich, aber hübsch mit einem Überwurf bedeckt, den B aus seinen bunten Stoffresten zusammengenäht hatte. In einem riesigen Korb lagen ordentlich gefaltete Quilts. Auf einem Brett, das von zwei Kisten gehalten wurde, stand Noels tragbare Royal-Schreibmaschine. Sie schrieb an einem Buch.

»Worüber denn?« fragte ich.

»Das darfst du eine Schriftstellerin nie fragen«, sagte sie. »Wenn ich es in zwei Sätzen – oder in zehn – sagen könnte, müßte ich es ja nicht *schreiben*.«

Ich kam mir so dumm vor. »Sorry«, sagte ich.

Sie sagte: »Es geht um den Glauben der Männer, daß Frauen böse sind. Daß die Männer Engel wären, wenn nur die Frauen sich nicht an sie *klammern* und sie daran hindern würden, nach den Sternen zu greifen. Daß Frauen das Yin verkörpern – kennst du Yin und Yang?«

»Mhm«, log ich.

»Daß alles Schwere, Lichtlose, Negative, Teerige, Klebrige, Feuchte, Sumpfige, Eklige *weiblich* ist, also *Yin*.«

»Das glauben sie?«

»Ich sammle Material darüber. Bald habe ich einiges gegen sie in der Hand. *Ja*, das glauben sie. Es steht in ihren Büchern, ihren Philosophien, ihren Religionen. In *B* ist es auch. Hier ist er nicht auf seinem Terrain. Prince Bassikounu steht in Afrika *nicht* unterm Pantoffel, darauf kannst du wetten.«

»Glaubt denn mein Vater, daß ich all das Schlechte in mir habe?«

»Das ist genau die Frage, die mich darauf gebracht hat. Warum steht nicht so ein Präsident, der nur Töchter und keine Söhne hat – Johnson, *Nixon* –, mal auf und schreit: ›Verdammt, mir kann keiner erzählen, daß *mein Kind* minderwertig ist!‹? Oder Heinrich der Achte? Warum bestehen Männer nicht darauf, und sei es nur aus Stolz, daß ihre Lebensgefährtinnen *gleichwertig* sind? Wer will sich schon mit jemandem paaren, der nicht gleichwertig ist? Was habe ich denn von der Liebe einer Sklavin? Warum haben sie uns immer unterdrückt?«

»Hast du das rausgefunden?« fragte ich.

»Warum sehen sie nicht, daß es nicht nur in unserem, sondern auch in ihrem Interesse ist, daß wir so stark und so schlau und so tüchtig wie möglich sind?«

»Warum? Ich meine, warum begreifen sie es nicht?«

»Das ist ein einziges großes Rätsel. Es hat mit Yin und Yang zu tun. Manchmal fürchte ich, daß es schon in der Struktur ihrer Psyche liegt. Daß es archetypisch ist. Dann wäre es unausrottbar. Sie glauben, wenn sie uns nur fest genug einsperren, uns tief genug vergraben, *können sie alles Böse auf der Welt loswerden.*«

Ich sagte: »Aber das ist doch dumm! Sie sind irgendwie furchtbar, aber dumm sind sie nicht.«

»Nein, Gott sei Dank nicht«, sagte Noel. »Deshalb werden sie hoffentlich damit aufhören, wenn ich ihnen zeigen kann, daß sie an etwas Dummes glauben. So wie wenn du glaubst, du kriegst Durchfall, wenn du deinen Hut auf das Bett legst, und der Seelenklempner bringt dich dazu, deinen Irrglauben einzugestehen und aufzugeben.«

»Viel Glück«, sagte ich und dachte an meinen armen Therapeuten, und ob er mich davon abhalten konnte, Noel zu lieben, indem er mir zeigte, daß das Unsinn war.

Noel sagte: »Ich sehe so gerne zu, wie Schwäne zusammen fliegen, Weibchen und Männchen, und man kann sie nicht voneinander unterscheiden. Ihm kommt es nie in den Sinn, er könnte besser dran sein, wenn ihre Flügel beschnitten wären.«

Nur der Vietnamkrieg holte richtige Massen von Leuten auf die Straße. Ich staunte, daß alle anderen sich mehr Gedanken darüber machten als ich. Irgendwie hatte ich geglaubt, der Krieg ginge mich nichts an. Damit hatten nur die Erwachsenen etwas zu schaffen, er war weit weg, gehörte nicht zu meiner Welt. Bis die Jungs, die ich kannte, oder meine Brüder oder Cousins dran waren, würde alles vorbei sein. Um sich dem Krieg zu entziehen, mußten sie nur weiterhin zur Schule oder zur Uni zu gehen, bis sie sechsundzwanzig waren. Everett war kurz davor, seinen Doktor zu machen, dabei hatte er das nie vorgehabt. Ich kannte keinen, der für diesen Trick zu arm oder zu lernunwillig war.

Selbst als Everett und Daddy sich über den Krieg stritten, kapierte ich nichts. Everett schien zu sagen: »Du sollst nicht *deine* Illusionen mit *meinem* Körper verwirklichen.« Daddy schien zu sagen: »Ich habe meinen Krieg gekämpft, jetzt halt den Mund, und kämpf deinen.« Irgendwie verträumt dachte ich bei mir, komisch, dem eigenen Sohn so was zu wünschen, aber weiter ging ich nicht. Daddy sagte: »Kann sein, daß der Krieg ungerecht ist – oder gerecht. Darauf kommt es nicht an. Es geht darum, daß eine Gesellschaft nicht überleben kann, wenn ihre Bürger selbst entscheiden, welchen Pflichten sie nachkommen wollen«, und ich nickte im Halbschlaf, stolz auf seine Weisheit, seinen unvoreingenommenen historischen Standpunkt.

So dumm war in Brundidge-Willson sonst keiner. Hunderte gingen zu den Anti-Kriegs-Kundgebungen, und auf einmal wurden die Leute von Rednern aufgerüttelt, die ich noch nie gesehen hatte. Sie verlangten, daß die militärische Forschung und die Anwerbung von Soldaten auf dem Campus aufhörten. Sie waren hitzig, mitreißend, tollkühn, und manchmal, wenn die Menge brüllte, spürte ich, wie eine Welle der Tollkühnheit in mir hochstieg und mir fast den Verstand raubte. Mein Kopf schwebte fast, wie abgekoppelt von meinem Körper. Fast stimmte ich ihnen darin zu, daß wir dieses Scheißland abfackeln und noch mal von vorn anfangen sollten, außer daß es dann nur noch Scherben und Asche geben und es vierzig Jahre dauern würde, bis die Züge wieder fuhren, deshalb sollten wir vielleicht einfach versuchen, das Land *in Ordnung zu bringen* – keine besonders beliebte Idee.

Es war aber zur Abwechslung mal ganz schön, Teil einer Menge zu sein, statt zu den isolierten Idioten zu gehören, und Noel nahm mich immer noch mit nach Hause, weil wir inzwischen Freundinnen waren. Eines Abends kam eine der hitzigen, mitreißenden, tollkühnen Fremden mit uns, eine junge Frau, groß und mager wie ein Model, eine blonde Schönheit namens Wendy. Ich mußte mich sehr anstrengen rauszukriegen, worüber Wendy eigentlich so lebhaft sprach. Es kam mir so vor, als hätte ich den ersten Teil eines Films verpaßt. Noel verstand sie anscheinend, deshalb gab ich mir selbst die Schuld dafür, keine Ahnung von Geschichte zu haben und davon, und wer oder was Dienbienphu war und so weiter. Dow Chemical. Napalm. Der Tonkin-Golf. Eisenhowers Warnung. Eisenhower? Endlich mal ein vertrauter Name, aber wie konnte eine Radikale wie Wendy Eisenhower recht geben?

»Also, ich übertrage dir die Leitung«, sagte Wendy.

»Gut, aber ohne Vietkong-Fahnen«, sagte Noel.

Inzwischen waren wir bei Noel, und sie setzte gerade eine Kanne Lapsang Souchong auf. Wendy saß im Schneidersitz auf dem nackten Fußboden, aufrecht und tugendhaft. Sie verachtete Komfort – nicht daß die Matratze viel bequemer war. Ich wälzte mich darauf herum wie eine Kapitalistensau. B nähte einen türkisfarbenen Stoff mit roten und gelben Ringen.

»Wir achten den Mut der Befreiungsfront. Natürlich wird ihre Fahne auch da sein«, sagte Wendy.

»Diese Fahne ist den Leuten aus Mittelamerika ein Dorn im Auge«, sagte Noel. »Wollen wir nun, daß die Leute ihre Meinung ändern, oder nicht? Wollen wir den Krieg beenden oder nicht?«

»Natürlich«, sagte Wendy.

»Also bitte, dann eben keine Fahnen.«

Noel goß den Tee in Becher. B sang ein geheimnisvolles Lied vor sich hin.

»Aber wenn jetzt Schluß ist«, sagte Wendy langsam – ich glaube, es war ihr peinlich, oder sie hatte Angst, mehr zu sagen, als sie sollte –, »dann werden sie überhaupt nichts gelernt haben. Wenn Lateinamerika dran ist, holen sie das Napalm wieder raus.«

Noel sagte: »Du willst ja gar nicht, daß der Krieg aufhört! Du Idiotin, Wendy, du versuchst, ihn zu verlängern! Du benutzt die Fahnen dazu! Die Vietnamesen und wir und alles andere ist dir egal, alles außer deiner Scheißrevolution!«

»Ich hätte wissen müssen, daß du es nicht verstehst. Also schön, keine Fahnen«, sagte Wendy. »Aber du mußt Seagirt zwingen, die Bullen zu rufen. Wer diesen bürgerlichen Kindsköpfen die Bullen auf den Hals schickt, ist nämlich *erledigt*.«

* * * * *

In der Collegezeitung wurde ein offener Brief von der Präsidentin Dr. Seagirt abgedruckt, in dem es hieß, daß der Campus von Brundidge-Willson für alle Auffassungen offen war, auch für abscheuliche, und daß jeder – selbst Anwerber von Rekruten, selbst Napalm-Hersteller – auf diesem freien Platz seine Meinung sagen konnte. Dr. Seagirt schloß mit einem aufrüttelnden Voltaire-Zitat: »Was Sie sagen, lehne ich ab, aber Ihr Recht, es zu sagen, werde ich bis auf den Tod verteidigen.«

Als ich an dem Morgen ins Seminar kam, las Noel den Brief gerade laut vor. »Hier haben wir den Liberalismus in Reinkultur – so lieben wir ihn, und so hassen wir ihn. Das ist doch die reine Dekadenz. Heute nachmittag gibt es eine Protestkundgebung. Sagt allen Bescheid.«

Wir versammelten uns vor der schönen Shaker-Scheune und intonierten: »Rauskommen! Rauskommen!« Dr. Seagirt kam raus, unbeholfen, mit zerzausten Haaren und zerknautschter Kleidung, und kletterte unbeholfen auf einen Stuhl. Sie mußte sich an der Hauswand festhalten, um das Gleichgewicht zu wahren. Noel, die junge, schwungvolle, sprühende Noel – genau das Gegenbild von Dr. Seagirt – stellte sich auch auf einen Stuhl und rief durch ein Megaphon: »Wir wollen über Ihren offenen Brief reden!«

Mit der hohen, zitternden Frauenstimme der letzten Ostküsten-Aristokratin fragte Dr. Seagirt: »Bekomme ich auch ein Megaphon?« Kaum jemand verstand sie. Noel schon, aber sie ignorierte es. Wir hatten nur ein Megaphon.

»Sie wissen, daß der Krieg unrecht ist«, intonierte Noel, »aber Sie tun nichts dagegen. Im Zweiten Weltkrieg starben sechzig Millionen Menschen, um zu beenden, was das deutsche Volk selbst hätte beenden können, wenn es sich gegen das offensichtliche Unrecht zur Wehr gesetzt hätte.«

»Hey, Seagirt! Wir besetzen das Haus!« schrie jemand. »Wir pissen Ihnen das Büro voll!«

»Hey, Seagirt! Wir klauen Ihnen die Corega-Tabs!« schrie eine andere.

»Hey, Seagirt!« brüllte Wendy. Ich hätte wissen müssen, daß sie trotzdem kommen würde. »Wir holen uns Ihren Dildo!«

Es entstand ein Raunen, weil die Leute sich gegenseitig fragten, was denn ein Dildo sei. Noel rief: »Wir werden die Rekrutierungen behindern. Wir fangen die Lieferungen an die Physik-Labors ab. Und die an die Chemie-Labors. *Los! Los!*« Und obwohl Wendy schrie: »Stürmt das Haus! Stürmt das Haus!«, folgte die Menge Noel und brüllte: »*Los! Los!*« Dr. Seagirt lächelte, kletterte wieder von ihrem Stuhl und humpelte ins Haus. Sie brauchte doch nicht die Bullen zu rufen.

Wendy holte uns ein. »Du bist der letzte Dreck, Noel. Du bist für die Revolution erledigt. Erledigt bist du. Wir werden diese historische Gelegenheit nicht verpassen. Wirst schon noch merken, was es heißt, in einer Revolution der letzte Dreck zu sein. Du hattest sie schon so weit, und dann hast du gekniffen – bloß weil sie lesbisch ist.«

Später, als wir die Posten aufgestellt und die Wachen rund um die Uhr eingeteilt hatten, fragte ich Noel: »Warum *hast* du sie denn nun laufenlassen?«

»Weil sie lesbisch ist. Ist doch klar. Aus Solidarität. *Sisterhood is powerful.*«

Ich hörte hin, dachte darüber nach und hörte noch mal hin, und es blieb immer dasselbe. Es beantwortete zwar nicht alle Fragen, wie zum Beispiel: »Und was bedeutet dir B dann?«, aber es war ein Ja auf die Frage, die ich schon vor Monaten aufgegeben hatte.

»Ich liebe dich«, sagte ich.

»Ich weiß.«

»War wohl nicht so schwer zu merken.«

»Hhm.«

Wir spazierten zwischen hochgetürmten Schneemassen herum, und es schneite immer noch. Es war Februar. Vor kurzem war ich neunzehn geworden.

»Ich hab mich immer gefragt, was ich machen würde, wenn so was passiert«, sagte Noel. »Es mußte ja passieren. Ist einfach zu klassisch.«

»Was passiert denn?« fragte ich. »Klassischerweise, meine ich.«

»Naive Studentin verwechselt jugendliche Verwirrung mit einer Neigung und Bewunderung und Einsamkeit mit Liebe und gerät in die Fänge einer verdorbenen Sportlehrerin oder Englischlehrerin, Französischlehrerin, egal was für eine. Die Folge ist entweder A, sie bringt sich um, oder sie wird B von einem stattlichen jungen Mann gerettet.«

»Mir gefällt nur der Anfang der Geschichte«, sagte ich.

»Aber die Zeiten haben sich geändert. Wir befinden uns in der sexuellen Revolution. Es gibt ein neues Drehbuch und andere Regeln.«

»Die kenn ich aber nicht«, sagte ich.

»Sie sind genauso streng wie früher. *Coolsein* ist alles. Wenn du Gefühle investierst, gehst du leer aus.«

Wir waren an ihrem Haus angekommen. Ich wollte nicht mit hochgehen, weil B da sein würde. Er ging nie weg. Mit in den Flur bin ich schon gegangen. Im Haus spielte jemand sehr laut eine Beatles-Platte.

Ich sagte: »Ich hab nur Spaß gemacht. Ich meine, es wäre bestimmt toll mit dir. Geil.«

Sie lachte und küßte mich rasch, ganz sanft. Voll Verlangen öffnete ich den Mund. Sie schloß ihn mir mit der Fingerspitze und sagte: »Selbst die schönsten Dinge im Leben soll man nicht verlängern wollen«, und küßte mich noch einmal. Wir waren genau gleich groß, unsere beiden Münder auf gleicher Höhe.

»Ich werde dich schon noch abkühlen, und wenn ich dich die ganze Nacht küssen muß.«

Trotzdem tätschelte sie mir den Hintern und schob mich zur Tür hinaus.

Es ist wohl richtig zu sagen, daß ich wie auf Wolken ins Studentenwohnheim zurückkehrte. Ich hatte das Zimmer für mich allein, weil meine Zimmergenossin bei ihrem Freund im Ort wohnte.

Die ganze Nacht stand ich am Fenster, sah zu, wie der Schnee an den Ästen der Bäume hängenblieb, wie die Flokken im Licht der Straßenlaterne schräg zu Boden schwebten wie eine Billion Silberfische, spürte Noels Küssen nach, mit verzücktem Herzklopfen, und betete zur Höheren Macht, der Göttin, die Mutter bei den Anonymen Alkoholikern kennengelernt hatte. »H.M.«, betete ich, »ich brauche deine Hilfe.«

Ich glaubte Noel nämlich hundertprozentig. Wenn ich es schaffte, cool zu bleiben, konnten wir es sehr schön zusammen haben, uns sogar irgendwie lieben. Wenn ich mich dagegen blöd anstellte, war der Ofen aus.

Am nächsten Morgen kam sie nach dem Seminar mit zu mir nach Hause. »Diese Scheißeingangshalle ist ja riesig«, murmelte sie. »Der gesamte Lehrkörper guckt uns zu. Gleich rufen sie all ihre Bekannten an.«

Das war nur ein halber Scherz. Ich hängte mein »Bitte nicht stören«-Schild auf, schloß die Tür ab und lehnte mich dagegen. Ich hatte Angst, daß sie nie wieder kommen würde.

»Morgen steht es in der Zeitung«, sagte sie. »*Dozentin mißbraucht Kind im Studentenwohnheim.*«

»*Schockierte Kollegen stehen hilflos daneben*«, ergänzte ich. Zum Glück hatte ich den richtigen Ton erwischt. Als ich unsere verschneiten Mäntel in der Dusche aufhängte, kam sie hinter mir her und umarmte mich von hinten.

»Bist du schön warm«, sagte sie. »Die Körperwärme ist meine Göttin. Am Ende wird sie uns heilen. Bei aller Vernunft und Rationalität, unser warmer, animalischer Körper.«

So kam ich zu meiner zweiten Göttin. »Höhere Macht und Körperwärme, ich brauche eure Hilfe«, betete ich.

»Ich friere«, jammerte sie, genau wie Queen JoAnn, und sprang in mein schmales Bett, mit allen Klamotten, nur ohne Schuhe und Brille. Sie zog sich die Decke bis ans Kinn. Heuchlerisch klapperte sie mit den Zähnen. Ich wußte, daß sie nicht fror.

»Ich auch«, sagte ich, gleichfalls lügend, und legte mich ganz mutig zu ihr, wurde dann aber schüchtern, wie sie so nah war, so anders ohne ihre Brille, eine ganz andere, fremde Frau, die sich mit Noel vielleicht nicht einig war, es womöglich bereute. Der Blick aus ihren sanften braunen Augen ermutigte mich, aber ich hatte das Gefühl, sie wartete auf etwas ganz Tolles von mir und ich sei zu langsam, zu jung, zu blöd, schüchtern und tolpatschig und sie könnte jede Sekunde aufspringen und sagen: »Vielen Dank, es war nicht uninteressant«, und ihre Brille wieder aufsetzen. Auch vor dem Gegenteil hatte ich Angst, daß sie mir etwas *beibringen* würde, wenn sie merkte, daß ich keine Ahnung hatte. »Sanfter, härter, weiter oben, weiter unten.« So ähnlich. So was war in Ordnung, wenn man wissenschaftliche Absichten hatte, wie bei Doktorspielen von Zehnjährigen, aber in einer erwachsenen Beziehung fand ich es ziemlich abstoßend – falls es sich dazu entwickeln würde. Falls mir etwas einfiel, das Noel so gut fand, daß sie deswegen wiederkommen würde. Mir mußte schleunigst etwas einfallen. Ich fand es ja himmlisch genug, sie zu küssen, aber wie lange würde eine Frau von Welt nur dafür still liegen bleiben?

Meine einzigen Erfahrungen waren Doktorspiele und die King-Albert-und-Queen-JoAnn-Geschichte, was ungefähr so viel Erfahrung bewies, wie über unanständige Ausdrücke zu kichern, aber was sollte ich machen? Ich hielt meinen Mund im wissenschaftlich erprobten Abstand an Noels Ohr, nicht so dicht, daß es dröhnte, aber dicht genug, um den warmen Atem zu spüren, und hauchte: »Du bist so schön. Du hast so sanfte Augen.«

Sie schaffte es ganz gut, amüsierte Coolheit vorzutäuschen und sagte leise: »So was nennt man Kurzsichtigkeit«, aber ich spürte ihr Erschauern. Ich wußte, daß ich sie gewonnen hatte, und spürte, wie Selbstvertrauen mich erfüllte wie Gas einen Luftballon. So was nennt sich nicht umsonst Aufgeblasenheit. Mit ihrem Nacken machte ich weiter, griff unter ihrem Pullover nach den Brustwarzen und den vielen tollen Stellen am Rücken und an der Seite, die erschaudern, wenn man zart mit dem Fingernagel darüberfährt, und als sie zitterte und hervorstieß: »Oh Patricia, du bist göttlich!«, fühlte ich mich, wie die Männer sich wohl fühlen, als könnte ich wirklich die Brötchen verdienen. Ich kam mir vor wie die Siegerin, die frischgebackene Meisterin, die als einzige das Recht hatte, Noel in Besitz zu nehmen, und nicht mit roher Gewalt, durch Gesetz oder Sitte, sondern nur durch die Macht der Freude. Fast hätte ich ihr befohlen: »B soll das aber nicht mit dir machen!«

Dank der Höheren Macht hielt ich jedoch den Mund, und so hatten wir noch mehrere aufregende Begegnungen. Aber die Vorstellung, daß Noel mit einem Mann zusammen war, machte mir immer mehr zu schaffen. Als ich es mehrere Wochen später endlich riskierte, mein Gebot auszusprechen, war es nicht mehr, weil ich Macht wollte, sondern weil ich das Unbehagen und die bestürzenden Fantasien loswerden wollte.

»B soll das aber nicht mit dir machen«, sagte ich weinerlich und überhaupt nicht herrisch.

Noel stand auf und setzte die Brille auf.

Sie zog sich an und sagte: »Heute abend um Punkt acht werden eine Million Lesben in New York City einstimmig rufen: ›Bisexualität ist das Ideal. Warum sollten wir die halbe Menschheit ausschließen?‹ Aber versuch mal, bisexuell zu *leben*, Baby, und du wirst schon sehen, was du davon hast. Dann kriegst du nur Männer, sonst nichts. Und die vielen freundlichen, emanzipierten, unvoreingenommenen Lesben laufen haufenweise, scharenweise, ach was, *massenweise* vor dir weg.«

Ich saß auf der Bettkante und sah zum letzten Mal zu, wie ihr geliebter Körper in den Kleidern verschwand. »Ich bin nicht weggelaufen«, sagte ich, »aber –«

»Aber ich komme dir irgendwie verseucht vor, nicht wahr? Glaub bloß nicht, mir wären deine … Unterlassungen nicht aufgefallen.«

»Hm, ähm, kannst du nicht –«

»Vergiß es. Es war sowieso keine gute Idee.«

Ich hatte Angst, es könnte schwierig werden, peinlich in den Seminaren und so weiter. Weil ich aber von Anfang an gewußt hatte, daß es für Noel und mich keine Zukunft gab, ging es mir nicht so schlecht. Ich glaube, bei solchen Geschichten gibt es am Anfang einen kurzen Moment, in dem du dich noch entscheiden kannst, wieviel Herzblut du riskieren willst.

Hätte Noel mir je gesagt, daß sie mich liebte, hätte ich meine erste Einschätzung vielleicht revidiert und mich zu sehr hineingesteigert.

Ich danke ihr dafür, daß sie sich vor mir in acht genommen hat.

Aber ich war aufgewacht und hatte genug davon, cool zu sein, Angst davor zu haben, mich auf etwas einzulassen oder meine Bedürfnisse kundzutun, und zwei Türen weiter wohnte Marina, die ständig dazukam, schüchtern, wenn ich beim Abendessen saß, oder schüchterne Zettel schrieb, komm nachher doch mal vorbei, wenn du Lust hast. Sogar zu Demos kam sie manchmal, aber sie kam nie so weit, daß sie Parolen brüllen konnte.

Eine Verehrerin, dachte ich. Diesmal werde ich die Regeln festlegen. Und wenn Marina sich in mich verknallt und rührselig wird, dachte ich, um so besser. Nach Noel täte mir ein bißchen Rührseligkeit ganz gut.

Jetzt kam ich öfter bei ihr vorbei. Unter Marinas durchschnittlich hübschem Gesicht war eine gewisse Schönheit zu entdecken, die vielleicht echt und menschlich war und davon sprach, daß sie stille Heldentaten vollbringen konnte. Eine richtige Frau! Eine Pilgermutter, die es nicht stören würde, wenn sie im Pilgergesang nicht vorkam und der Gesang von mir handelte!

Sie kam sich so blöd vor, wenn sie über ihr blödes Leben schwafelte, sagte sie. Oder sie fühlte sich so schuldig, weil sie mir ihre ganzen Probleme auflud, statt lustig und unterhaltsam zu sein.

Ihr Problem war, daß ihre Eltern sich scheiden ließen. Sie sagten, daß sie das schon seit Jahren hatten tun wollen und nur gewartet hatten, bis sie erwachsen wurde. »Ich *bin* aber nicht erwachsen. Warum begreifen sie das nicht?«

Ich hörte immer nur zu. »Es gibt überhaupt keine Sicherheit mehr auf der Welt!« rief sie. Sie wiederholte sich oft. »Ich verliere mein Zuhause!« rief sie. Es ist so viel leichter, die Probleme anderer Leute zu ertragen als die eigenen. Ich bemerkte nur, wie hübsch ihr Mund aussah, und fragte mich, ob ich es wagen konnte, ihn zu küssen, und warum ich es nicht wagte. Flehte Marina mich nicht geradezu an, es zu wagen – damit mal etwas passierte, an dem sie keine Schuld trug, weil es einfach so passierte?

Sie wünschte sich, mehr so zu sein wie ich, sagte sie, gutaussehend und gelassen und schlau und selbstbewußt und vernünftig. Das schien mir gerechtfertigt, überhaupt nicht übertrieben. Sie sagte, schon beim bloßen Zusammensein mit mir ging es ihr erstaunlich gut, sie wüßte auch nicht, warum. Vielleicht fühlte sie sich dann doch erwachsen, aber ihre Eltern durften das natürlich nicht wissen (das sollte wohl ein Witz sein) und sich dann leichten Herzens scheiden lassen. Eine Tochter, die mehr war wie ich und weniger wie sie, hätte ihre Eltern vielleicht glücklich und stolz genug gemacht, um zusammenzubleiben.

Wie viel Lob und Bestätigung brauchte ich eigentlich noch? Ich rührte Marina nicht an, selbst als sie weinte, als es jeder mitfühlende Mensch getan hätte. Auch ich wartete darauf, daß etwas von selbst geschah und nicht durch meine Schuld.

Um die Weihnachtszeit kam Marina in mein Zimmer gestolpert. Ich saß an meinem Schreibtisch. Sie war blind vor Tränen und stieß überall an. Da geschah es ganz von selbst! Ich hatte keine Wahl, ich mußte sie auf den Schoß nehmen. Sie hatte keine Wahl, sie mußte sich an mich drücken. Ohne daß sie etwas dafür konnte, hatten ihre Eltern nämlich kurz nacheinander angerufen und sie aufgefordert, sich für die Weihnachtsferien zwischen ihnen zu entscheiden. »Er sagt, *er* erwartet mich. Sie sagt, *sie* erwartet mich. Und was soll ich nun machen? Warum machen sie mich verrückt? Sie wird mir nie verzeihen, wenn ich zu ihm gehe, und er wird mir nie verzeihen, wenn ich zu ihr gehe. Das ist so unfair. Warum wollen sie mich verrückt machen?«

Ich küßte Marina die Tränen weg und sagte: »Komm mit zu mir nach Hause.«

»Das könnte ich nicht! Es würde sie umbringen. – Meinst du? Würde ihnen recht geschehen.«

Ihre Augen und Wangen waren schon wieder trocken, aber ich küßte sie trotzdem weiter. »Mein Zuhause wird dir gefallen.« Kuß. »Du wirst meine Familie mögen.« Kuß.

»Ja«, sagte Marina. »Ich tu's. Die können mich mal.«

»Richtig so«, sagte ich und küßte sie auf den Mund.

»Patricia, nicht.«

»Ich wußte nicht, daß das passieren würde«, sagte ich und küßte sie wieder.

»Oh, was habe ich getan?«

»Nichts. Es passiert einfach. Ganz von selbst.«

»Nein, nein, ich habe falsche Hoffnungen in dir geweckt.«

Seit wann war sie so schlau? Bisher war sie nie schlau gewesen.

»Das wollte ich nicht«, sagte sie. »Ich mag dich, aber ich liebe dich nicht. Ich meine, ich liebe dich, aber nicht so.«

»Okay. Geh bitte von meinem Bein runter. Es ist eingeschlafen.«

Sie stand auf. »Jetzt bist du sauer«, sagte sie.

»Bin ich nicht.«

»Jetzt willst du nicht mehr, daß ich Weihnachten mitkomme.«

»Doch, klar. Geh jetzt, ich muß Mutter Bescheid sagen.« Ich riß ein Blatt von meinem Notizblock und klickte den Kugelschreiber an.

An der Tür wandte sich Marina um und sagte: »Ich habe nichts gegen dich.«

»Ich weiß«, sagte ich, während ich mit ernster Miene schwachsinnige Silben schrieb.

»Ich glaube, ich bin einfach ein sehr konventioneller Mensch.«

»Ich weiß.«

»Wenn es ein Mädchen sein könnte, dann wärst du's.«

»Ich weiß.«

»Es ist mir egal, daß du so bist.«

Das einzige, wofür ich mich bei der ganzen Geschichte nicht schämte, ist, daß ich nicht gesagt habe: »Ich *bin* nicht so.«

Sie fragte: »Können wir noch Freundinnen sein?«

»Jawohl.«

»Du kannst so sein, wie du willst, und ich kann so sein, wie ich will, und wir sind trotzdem Freundinnen, ja?«

»Gehst du jetzt bitte und läßt mich meinen Brief schreiben?«

»Ich habe Angst, daß es jetzt zwischen uns anders wird.«

»Wird es nicht. Geh halt«, sagte ich, und endlich ging sie.

Dann kamen meine Tränen, keine ganze Flut, aber mehrere. Ich war überrascht, daß überhaupt welche kamen. Schließlich hatte ich keine Gefühle investiert oder so was. Und ich brauchte mir keine Sorgen zu machen. Wenn Marina sich erst an die Idee gewöhnt hatte, würde sie dann nicht auf mich zukommen müssen? Wo sie mich doch liebte und alles?

Eine von Everetts unangenehmsten Eigenschaften war, daß er mich vor anderen Leuten »Schwesterchen« nannte und brüderlich gluckste, während er mich sonst immer ignorierte. Als ich Marina mit nach Hause brachte, machte er es auch wieder. Man hätte meinen können, wir wären eine liebevolle Familie. Er nahm mich sogar in den Arm, aber ich spürte, wie er über meinen Kopf hinweg Marina ansah.

Ich meine nicht, daß er sich nicht in sie hätte verlieben sollen. Er hätte es später tun sollen, wenn er mehr in ihr gesehen hätte als gutes Aussehen, das ist alles.

Sie verliebte sich auch sofort in ihn. Weil sie ein hübsches Paar waren, dachte ich. Er sah gut aus: modifizierter Hippie, halblanges rotes Haar, leicht abgeschabte Jeans und eine halbwegs solide Ausstrahlung, da seine Doktorprüfung näherrückte; er war bereit, wichtige Auffassungen gewichtig zu äußern. Erst Jahre später fand ich heraus, wie banal es ist, eine Lesbe zu lieben und dann ihren Bruder oder ihren Mann zu heiraten – den Mann nämlich, der ihr am nächsten steht.

Es ist nicht meine Aufgabe, das langweilige Auf und Ab von Everetts und Marinas Beziehung zu preisen. Das ist ihre Welt. Ich bin für meine eigenen Leute da.

Das College war ein lausiger Ort für Liebesaffären. Ich konnte meine Umgebung und meine Gesellschaft nicht kontrollieren. Jahr für Jahr mußte ich die Frau sehen, die mich nicht ernst nahm, und die Frau, die meinen Bruder mehr liebte als mich. Eine neue Adresse und eine andere Familie konnte ich nicht bekommen.

Das College war jedoch ein guter Ort zum Studieren, nachdem ich zur Psychologie gewechselt war. Das Kunststudium hatte mir fast die Hand gelähmt. Die Psychologie war mein Versteck, während die Malerin in mir heilte und zu wachsen begann. Kein Dozent würde der Malerin in mir je wieder Vorschriften machen.

Zweites Kapitel

Sharon

Ich wohnte in einem ramponierten alten Mietshaus auf der East Ninth Street, sechster Stock. Ich hatte sonnige Fenster für meine Pflanzen und einen Kamin, den ich mit zerlegten Kisten und Holzstücken fütterte. Sonst war nicht viel dran an der Wohnung, ein einfaches Elendsquartier und ganz kahl, abgesehen von einer Matratze auf dem Fußboden, mit hübschem Bettzeug und Decken, die ich gekauft hatte. Neue Möbel konnte ich mir nicht leisten, und alte wollte ich nicht – weil ich unter dem Sternzeichen Löwe geboren war, sagt Grandma –, aber kahl oder nicht kahl, die Wohnung war mein Zuhause, und sie gefiel mir. Die fünf Treppen sprang ich immer zwei Stufen auf einmal hoch und schloß die Tür hinter mir und lehnte mich dagegen und spürte, wie die Wände mich umarmten, weil sie mir gehörten.

Die Mütter traf ich ziemlich oft. Sie luden mich zu ihren Sonntagsspaziergängen ein. Bezirk um Bezirk erforschten sie die Stadt und schossen Photos.

Beim ersten Mal, als ich es noch nicht besser wußte, kreuzte ich mit meiner normalen Hose und Stiefeln in der Perry Street auf.

Mutter Zwei sagte: »Wußtest du nicht, daß wir zum Rockefeller Center gehen?«

»Hab ich ihr vielleicht nicht erzählt«, schwindelte Mutter Eins. Sie versuchte immer, die Strenge von Mutter Zwei ungeschehen zu machen, und wußte nicht, daß sie mir irgendwie gefiel.

Mutter Zwei sah mich streng an und sagte: »Wir gehen nie in Hosen über die Fourteenth Street hinaus, Kindchen«, als meinte sie, ich würde uns die Sitte auf den Hals hetzen. Sie trug ein altes, abgetragenes Nylon-Jersey-Kleid und sah darin viel mehr nach Butch aus als je in Hosen. Sie sah aus wie ein kleiner gepolsterter Lieferwagen. Die dicke weiche Mutter Eins überragte sie zwar haushoch, schien aber trotzdem nach Hefeteig und Babypuder zu riechen.

M-2 entschied sich gegen das Rockefeller Center. Wir gingen runter zum Wall-Street-Bezirk, der sonntags schön leer ist. Beruflich war ich da unten schon oft gewesen, und ich dachte, ich könnte die Mütter mit meinem Wissen beeindrucken, aber sie interessierten sich nur für all die rußigen kleinen Überbleibsel aus alter Zeit zwischen den wunderbaren neuen Türmen aus Glas, die aussahen wie von Zauberhand hochgehaltene Gebilde aus Licht und Luft. Die Mütter hatten es auf bröcklige rote Ziegel abgesehen und auf Grabsteine auf Friedhöfen, wofür man nicht erst nach New York kommen mußte. Am besten von allem, was wir an jenem Tag sahen, gefiel mir eine riesige Ansammlung von Sonnenblumen, die massenweise im Schutt blühten, dort wo man das Gelände für das World Trade Center vorbereitet hatte. Mutter Eins sagte: »Das zeigt, daß sich die Natur selbst heilt, egal, was wir ihr antun.«

»Es zeigt, daß da jemand 'ne Menge Sonnenblumenkerne hatte«, grummelte Mutter Zwei, um vernünftig zu tun, aber sie schoß jede Menge Photos.

Ich sagte: »Ich verspreche euch, einen Rock anzuziehen, wenn ihr mich noch mal einladet.«

»Ja, mach das«, sagte Mutter Zwei.

Wir gingen bei jedem Wetter raus, sommers wie winters. Manchmal fror uns die Blende ein. Manchmal klebten uns die Sachen schweißnaß am Körper. Wir sahen Dinge, die ich ohne die Mütter verpaßt oder übersehen hätte, Tiffany-

Fenster in einer Kirche in Brooklyn zum Beispiel und Tauben, die sich auf beleuchteten Schildern wärmten, und Susan B. Anthony in der Ruhmeshalle in der Bronx. Schon ihretwegen müssen Frauen immer zur Wahl gehen, sagte M-1.

Wir sahen aus Eisen gebaute Häuser, an die man einen Magneten halten konnte, und in Fensterrahmen geschnitzte Götter und Löwen. In den *Cloisters*, dem Museum für Kunst des Mittelalters, sahen wir eine Statue, die aussah wie Maria, müde und stolz auf das Jesuskind, aber es war die Heilige Anna, die da mit der neugeborenen kleinen Maria lag, ein *Mädchen*! Das *Poe Cottage* besuchten wir auch. Wir nahmen die Fähre nach Staten Island und fuhren dann mit dem Bus zu einem tibetanischen Museum voller abgefahrener Statuen, die den Müttern gefielen, mir aber nicht. Den Weihrauch dort fanden sie auch gut. Hinten auf der Fähre stand ein Mann und sang der Freiheitsstatue »America the Beautiful« vor und scherte sich nicht darum, ob er ein Spinner war. War er natürlich, aber wir scherten uns auch nicht darum.

Ständig trugen wir einen Stadtführer, Stadtplan und eine Kamera mit uns herum, und die Leute fragten uns immer wieder: »Haben Sie sich verlaufen? Kann ich Ihnen helfen?« Selbst in Harlem, also wirklich, wo alle sagten, wir sollten da nicht hingehen, sie würden uns nur überfallen.

Als wir einmal auf der Mole saßen und zusahen, wie die Ebbe den Hudson rückwärts fließen ließ, lud M-1 mich zu einer Party ein.

M-2 sah darüber so unglücklich aus, daß ich fürchtete, sie würde mich wieder ausladen, aber sie sagte nur: »Du wirst wichtige Leute kennenlernen, hochdotierte Leute. Ich verlasse mich darauf, daß du den Mund halten kannst.«

»Natürlich kann sie das«, sagte M-1.

»Woher sollen wir das denn wissen?«

»Wir wissen immerhin, daß ihr Vater uns nicht mit dem Gewehr verfolgt hat. Wir wissen, daß wir nicht unsere Jobs verloren haben.«

Bis dahin hatte ich nicht gewußt, wozu der ganze Aufstand gut gewesen war. Natürlich mußte man vorsichtig sein, wenn die Leute sonst ihren Job verlieren konnten oder so was. Aber wie begegneten sie sich dann, wie konnten sie Freundschaften schließen, wenn alle vorsichtig waren?

»Ich hab nichts erzählt«, sagte ich.

»Dann ist es also geritzt«, sagte M-1.

»Lucille, manchmal bist du so naiv.«

Ich sagte: »Hör zu, wenn es für dich ein Krampf wird, muß ich nicht mitkommen.«

»Nein, ist schon in Ordnung«, antwortete M-2.

Fast wäre ich nicht hingegangen. Wie sollte ich mich amüsieren, wenn alle Angst hatten, ich würde sie erpressen? Aber ich war einsam, und ich war ja gerade deswegen nach New York gekommen, also ging ich hin.

Mutter Zwei zuliebe zog ich ein Kleid und Sandalen an. Ich kämmte meine Löwinnenmähne aus und machte eine Art WASP-Afro daraus. Jetzt sah es zwar etwas länger aus, aber nicht ordentlicher. Ich kam mir immer noch vor wie ein Straßenkind aus den Slums.

Als ich auf die Party kam, waren zehn oder zwölf Frauen da, alle furchtbar alt, um ehrlich zu sein, und es kamen noch mehr, paarweise und genauso alt. Ich merkte an meiner Enttäuschung, daß ich gehofft hatte, jemanden für mich zu finden. Warum wäre es mir sonst so wichtig, wie alt sie waren?

Anscheinend mochten sie einander und lächelten immer wieder und begrüßten sich mit Umarmungen und Küßchen auf den Mund, und sie tanzten zusammen zu alter Musik, die ohne jeden Rhythmus nur so dahinplätscherte.

Für mich interessierten sie sich überhaupt nicht. Die meiste Zeit saß ich allein auf der Holzkiste, tätschelte Mutter Eins' große graue Katze, die bei jeder Berührung die Haare von sich warf, und sah zu. Diese komische Tanzweise, so merkte ich bald, war richtig sexy. Wie sich ihre Körper von oben bis unten berührten. Wie sie zusammen dahinschwebten, wie im

Traum. Wie weich ihre Bewegungen waren. Wie schön es sie machte. Ihre Kleidung gefiel mir – ausgebleichte, knielange Shorts, weiche Hemden. Außer mir hatte keine ein Kleid an. Nie wieder würde ich eins anziehen. Ich wollte so sein wie sie, wollte zu ihnen gehören, wollte mir ihre Gewohnheiten abgucken.

Mutter Eins hörte auf zu tanzen und setzte sich zu mir. Sie sagte: »Du siehst sehr hübsch aus. Ich hoffe, du amüsierst dich auch.«

»Tu ich«, sagte ich.

»Ich hätte dich warnen sollen, wir Lesben sind keine freundlichen Menschen. Meist reden wir nicht mit Leuten, die wir nicht kennen. Ich hab noch nie eine getroffen, die weiß, wie man auf einer Party die Runde macht. Wir kennen keinen Small talk. Dürfen natürlich nicht sagen: ›Wo wohnst du denn?‹ oder ›Was arbeitest du?‹ Deshalb dauert's ein bißchen. Nimm's nicht persönlich. Laß dich nicht entmutigen. Mit der Zeit werden wir richtig nett.«

»Ich hab mich in alle hier verliebt«, sagte ich.

»Da bin ich aber froh. Ich war auch ganz aufgeregt, als Vera und ich zum ersten Mal Freundinnen kennengelernt hatten. Ich war sogar ganz versessen darauf. Endlich frei! Endlich zu Hause! Und so weiter.«

»Ja«, sagte ich. »Geht mir auch so.«

»Deine Begeisterung scheint ja hohe Wellen zu schlagen. Du hast so beherrscht hier gesessen, daß man es nicht sagen konnte. Im Schneidersitz, völlig gesammelt. Selbstsicher. Abschätzend. Etwas voreingenommen vielleicht. Und trotzdem lauert die ganze Zeit diese Verrückte in dir? Und ist ganz wild vor Freude? Echt?«

»Ja«, sagte ich, versuchte cool zu bleiben, grinste aber mein breites, wenig cooles Grinsen. Andere Leute können wenigstens gemäßigt grinsen, aber bei mir geht es nur bis an beide Ohren oder gar nicht.

»Komm mal mit«, sagte sie und führte mich in die Küche. »Da ist eine, der ich dich vorstellen möchte.«

Hoffentlich war es eine zum Verlieben, aber eine zum Gernhaben war fast genauso gut, und es war auch eine, für die ich arbeiten und von der ich lernen konnte, Marnie Fellowes nämlich, die eine Mischung aus Ökokneipe und Kräuterladen auf der West Eleventh Street führte.

Marnie stand neben dem Kühlschrank und fuchtelte mit den Armen und ereiferte sich über etwas, was das Bundesgesundheitsamt verbrochen hatte, und es war nicht leicht, ihre Aufmerksamkeit auf sich zu lenken, aber Mutter Eins ließ ihr keine Ruhe.

»Marnie, das ist die Kleine, deren Brief ich dir gezeigt habe, Sharon.«

»Ist die in Ordnung?«

»Sie ist mehr als in Ordnung.«

Marnie sah mich an. Ich war mein Riesengrinsen immer noch nicht losgeworden. Sie ließ mir auch eins zukommen, ein kleineres allerdings, und sagte: »Gut siehst du aus. Gesund. Und glücklich, das gefällt mir. Solche Schwingungen brauch ich für meine Kräuter. Aber ich weiß nicht recht. Naja, was soll's. Versuchen wir's. Hast du Lust?«

Mir reichte es allmählich mit der Arbeit als Botin, für diese schönen Menschen, denen es völlig am Arsch vorbeiging, ob ich eine Gleichgesinnte war. Es würde richtig schön sein, an einem Ort zu bleiben und jemanden kennenzulernen, angefangen mit Marnie. Ihr Aussehen gefiel mir auch. Mittelgroß, braunes ergrauendes Haar, aber am besten fand ich, daß sie nicht verklemmt war und ihr ungezwungenes Lächeln und wie sie sich ereiferte und mit den Armen in der Luft herumfuhrwerkte. Ihre Lebendigkeit, meine ich.

Die vernünftigen Fragen nach Bezahlung und Arbeitszeit und meinen Aufgaben stellte ich nicht. Ich sagte nur: »Klar«, und grinste wieder.

Die Arbeit in *The Rose Hip* gefiel mir. Ich konnte meine ganz normalen Sachen anziehen, ich mußte nur darauf achten, daß sie frisch gewaschen waren, und ich mußte mir öfter die

Haare waschen – was nicht leicht war, ich hatte nämlich keine Dusche, nur eine Badewanne mit Klauenfüßen in der Küche. Marnie wollte, daß ich irgendwie strahlte, damit die Leute meinten, wenn sie ihr Zeug kauften, würden sie auch strahlen.

Der Laden war schön, besonders die ersten Atemzüge morgens, wenn sich meine Nase noch nicht daran gewöhnt hatte und noch nicht anfing zu unterscheiden. Die Regale reichten bis zur Decke und standen voller Gläser mit getrockneten Kräutern und Tinkturfläschchen und Absuden und Lotionen und Salbendosen. Es gab eine kleine Bibliothek, damit die Leute ihre Symptome nachschlagen und nach einem Heilmittel fragen konnten, weil Marnie offiziell nichts verschreiben durfte, es aber trotzdem tat, wenn sie nur oft genug kamen und sie den Eindruck hatte, sie wären keine Bullen. Hinten gab es eine Theke, wo wir echt gutes Essen verkauften, dicke Suppe, Möhrensaft oder Gurkensaft mit Minze und tolle Sandwiches (mit Avocadocreme, Ziegenkäse und Sprossen, auf Vollkornbrot), die wir vor allen Leuten selbst machten, nicht hinter einer Trennwand. Viele Kunden wurden beim ersten Mal von dem Geruch des frischgebackenen Brotes angelockt, der nach draußen auf den Gehsteig wehte.

Marnie gab mir die stupiden Arbeiten, wie Bioerde von den Möhren schrubben und die Kräutergläser abstauben oder die Sprossen durchspülen. Wir zogen Rettichsprossen, die man damals noch nicht überall bekam. Und Leinsamen, Sesam, Dill, Bockshornklee, Erdnüsse, Kichererbsen, außerdem Luzerne und Mungobohnen.

Marnie bediente an der Theke, weil die Leute da über ihre Leiden redeten, wie sie es nie taten, wenn sie nur in den Regalen stöberten. Sie saßen da und aßen, und Marnie wußte ziemlich schnell Bescheid über ihre Schlaflosigkeit und Verdauungsbeschwerden, Erkältungen, lahme Knie, ihre Kopfschmerzen oder Beinkrämpfe. Dann schickte mich Marnie die Leiter hoch, um ein Glas mit irgendeinem Zeug zu holen –

Waldmeister, Beinwell, Klettenwurzel, Löwenzahn, Eibischwurzel, Teufelskralle –, das sie auf einer antiken Waage mit Waagschalen und Gewichten abwog. Sie brachte es fertig, die Leute *beim Essen* zu fragen, welche Farbe ihre Scheiße hatte und ob sie oben schwamm. Ich brauchte eine Weile, bis ich mich daran gewöhnt hatte, aber den Leuten machte es nie was aus. Anscheinend interessiert sich jeder für seine Scheiße.

Eines Tages, als keine Kunden da waren, setzte ich mich an die Theke. Ich bestellte ein Glas Gurkensaft mit Minze und schlürfte ihn traurig, wie eine verstörte Kundin. »Ich bin lesbisch und habe keine Liebste«, sagte ich. »Hast du ein Heilmittel dagegen?«

»Führen wir nicht«, sagte Marnie und sah mich so behutsam an wie alle anderen Leidenden. »Hattest du schon mal eine Liebste?«

»So ähnlich. Wir haben es nicht so genannt.«

»Du weißt also eigentlich nicht, was du bist und was du willst.«

Andere fragte sie nie, ob sie sicher waren, daß ihnen die Knie wirklich weh taten.

»Doch«, sagte ich und wandte mich ab, weil ich merkte, daß mir ein Vortrag drohte statt Hilfe oder gar Mitgefühl. Damit hätte ich mich schon zufriedengegeben.

»Und du läßt dir von so 'ner kleinen Schulmädchenaffäre das ganze Leben bestimmen?« schrie sie, mit den Armen wedelnd. Jetzt bereute ich, daß ihr Aufgeregtsein und ihr Armwedeln mir mal gefallen hatte. Damals hatte es eben nicht mir gegolten. »Du solltest im College sein, mit Jungs ausgehen. Gib ihnen doch 'ne Chance, Sharon. Was weißt *du* denn schon davon?«

Und wenn ihr ein Mädchen sagte, sie stünde auf Jungs, würde Marnie dann auch sagen, Hey Mädel, gib den Mädchen mal 'ne Chance?

Um die Wahrheit zu sagen, verachtete ich Marnie ein bißchen. Ich wußte, daß sie das alles überhaupt nicht so meinte, außer vielleicht das mit dem College. Sie ging bloß auf Nummer sicher, damit ihr später keiner einen Vorwurf machen konnte. Ich hier und jetzt, mit gebrochenem Herzen, hätte ihr wichtiger sein sollen als das, was irgendein Fremder möglicherweise eines Tages sagen würde.

Ich nahm den Staubwedel und fuhr damit um die Kräutergläser herum, um ihr zu zeigen, daß die Beratungsstunde vorbei war und sie jetzt den Mund halten konnte. Sie machte weiter und erhob die Stimme, damit ich auch zuhörte, aber ich legte sie rein und hörte nicht hin. Irgendwas über die unbegrenzten Möglichkeiten der Welt und so weiter. Spinn ruhig, Marnie. Ich sollte mir in so jungen Jahren keine Türen verschließen und so. Und wenn ich eine Liebste wollte, müßte ich mir eine *suchen.*

Häh?

Ich ging wieder zu meinem Gurkensaft zurück.

»Hast du schon mal von A.P.F.U. gehört? Auch Ap-Fuu genannt?« fragte sie. »*A Place for Us* – Ein Raum für Uns? Steht im Telefonbuch. Ruf doch mal an. Frag sie, wann sie sich treffen.«

Sie trafen sich donnerstags abends in einem Raum im ersten Stock auf der West Thirty-First Street. Ich drückte mich so manchen Donnerstag in der Nähe im Schatten herum und beobachtete, wie die Frauen reingingen, hatte aber nicht den Mumm, selbst reinzugehen. Sie waren anders als die Frauen auf der Party. Manche sahen hart aus. Ich habe den Verdacht, daß Mutter Zwei härter war als sie alle zusammen, aber sie *sah nicht so aus.* Manche Frauen sahen aus wie Heteropaare, die eine mit kurzen, mit Gel zurückgekämmte Haaren, die andere mit hochtoupiertem Haarturm und Make-up.

Ich fragte mich allmählich, ob Marnie mich dahin geschickt hatte, damit ich merkte, daß ich so ein Leben doch nicht wollte.

Aber es gab auch ganz normale Frauen, manche sogar in meinem Alter, ungefähr zumindest, und ich hatte keine Lust mehr, feige zu sein, und ging die Treppe hoch. Was konnte schon passieren?

Ich suchte mir einen Klappstuhl ganz hinten im Raum und gab mir alle Mühe, mich unsichtbar zu machen. Sie hatten eine Gruppendiskussion: Butch und Femme – Mythos oder Wirklichkeit? Sie hätten Mythos sagen sollen, aber viele sagten: »Also für mich ist es Wirklichkeit.« Gerade als es spannend wurde, kam eine, die sich als Vorsitzende bezeichnete, zu mir rüber und fragte mich, wie alt ich sei.

»Zwanzig.«

»Tut mir leid, du mußt einundzwanzig sein.«

»Einundzwanzig, meine ich.«

Sie lachte. »Komm in einem Jahr wieder«, sagte sie. »Tut mir leid.«

Also mußte ich gehen, aber eine folgte mir und holte mich unten an der Treppe ein. Sie sah toll aus. »Du bist mir aufgefallen«, sagte sie.

Nur gut, daß sie Jeans und Stiefel anhatte wie ich. Sonst wäre sie einfach zu viel des Guten gewesen. Blond, klasse gebaut, reines, sauberes, glückliches Gesicht. Marnie hätte sie sofort engagiert.

Wir gingen in ein Café und redeten ein bißchen. Sie sagte: »Ich bin die Huckleberry Muffin Queen, aber du kannst mich Candi nennen, mit i.« Ap-Fuu wär 'ne Geisterbahn, sagte sie, Angsthasen und Langweiler alle miteinander, außer wenn sich jemand wie ich blicken ließe. Was nicht häufig vorkam, sagte sie, und wenn doch, war ja klar, daß sie rausgeworfen wurde, oder?

»Was bist du, Butch oder Femme?« fragte sie.

Ich wußte es nicht, also sagte ich ausweichend: »Ist doch 'n Mythos, oder?«

»Nein. Was bist du also?«

»Was bist du denn?« fragte ich.

»Ich bin Butch.«

»Ich bin Femme.«

»Kommst du mit zu mir?« fragte sie.

»Okay«, sagte ich und hatte vor nichts Angst, außer nicht zu wissen, wie ich ihre Erwartungen erfüllen konnte.

Im Bus preßte sie ihren Oberschenkel gegen meinen. Ich hätte nicht geglaubt, daß ich von einer, in die ich nicht verliebt war, die ich vielleicht nicht mal mochte, im Bus so angetörnt werden könnte. Sie starrte stur geradeaus und ließ ihr Kaugummi platzen. Sein Zimtgeruch, die leisen Geräusche ihres Mundes, die Hitze ihres Oberschenkels griffen auf meinen Oberschenkel über und schossen weiter nach oben.

Sie erwartete nichts außer einer Reaktion, und davon bekam sie eine Menge, da oben in ihrem Dachzimmerbett, umgeben von ihren Katzen. Als ich versuchte, sie auf den Rücken zu drehen und ihr auch etwas zu geben, ließ sie mich nicht. »Butches geben nur. Ich bin befriedigt«, sagte sie, und so sah sie auch aus. Eigentlich richtig eingebildet. Ich hatte das dumpfe Gefühl, sie dachte, Butches wären besser als Femmes, aber den Kampf würde ich ein andermal ausfechten. In dem Moment war alles einfach nur toll.

Wir machten die ganze Nacht weiter, mit kurzen Pausen, und morgens, als ich meine zerknautschte Unterhose wieder anzog, um zur Arbeit zu gehen, gar nicht müde, sagte sie: »Kommste heute abend wieder?«

»Okay.«

Marnie warf mir einen Blick zu und fragte: »Geht's dir besser?«

»Ja. Komisch. Ich bin nicht mal verliebt.«

»Lust hat auch was für sich. Ist eigentlich genauso selten wie Liebe.«

»Was weißt du über Butches?«

Marnie lachte.

Ich drängte: »Doch, sag mal.«

»Na ja, sie sind eine komische Rasse. Irgendwer hat mal gesagt, sie sind die Humphrey-Bogart-Imitation eines jungen Mädchens.«

»Sie wollte nicht, daß ich sie – ähm –«

»Manche wollen auch. Sie wissen, daß sie allmählich aus der Mode kommen, und sie wollen mit der Zeit gehen. Also liegen sie da, steif wie ein Brett. Sie breiten die Beine aus, ungefähr drei Zentimeter breit. Und du bist schuld – du bist ein unwissender Tölpel. Schließlich sind sie dir auf halbem Weg entgegengekommen, oder etwa nicht? Sind ja nicht ausgerastet. Was willst du mehr?«

Sie lachte zärtlich. Ich merkte ihr an, daß sie viele glückliche Erinnerungen hatte.

Sie sagte: »Sie glauben, sie wollen genauso viel spüren wie du. Sie glauben, das würden sie auch, wenn du so 'ne Expertin wärst wie *sie*. Sie beneiden dich. Du hast schließlich *sie,* und sie haben nur *dich*. Wie unfair! Und bevor du nur piep sagen kannst, darauf wärst du im Traum nicht gekommen, schleichen sie irgend 'ner hergelaufenen Butch hinterher. Das dauert dann von kurz vor Thanksgiving bis nach Neujahr – gerade lang genug, um dir die Ferien zu verderben. Im Januar kommen sie dann zurück. Ist deine Frage damit beantwortet?«

Ich fand es schon gut, daß Marnie sich endlich öffnete und mit mir redete, aber ich hütete mich, ihr alles zu glauben. Ich wußte, daß sie nicht über *alle* Bescheid wissen konnte, egal wie viele Liebsten sie gehabt hatte.

Butches waren anscheinend ihr Lieblingsthema. Sie konnte gar nicht wieder aufhören. Ich stand oben auf der Leiter und wischte Staub, und sie sah zu mir hoch und quasselte. Klasse.

»Wenn du Glück hast, sind sie hinterher ein bißchen schlauer«, sagte sie. »Dann wissen sie, wieviel Mut es kostet, verwundbar zu sein. Und daß sie nicht dein Boß sind. Und daß sexuelle Kapitulation keine wirkliche Kapitulation ist.«

Ich wollte nicht genauer hinsehen und mir das gute Gefühl verderben, das Candi meinem Körper gab. Freitags und samstags abends war es noch besser. Sie machte ein paar Extras, ließ zum Beispiel ihre Haare über meinen Rücken schleifen, machte meinen Hals mit der Zunge naß und pustete darauf. Von mir aus konnte sie ruhig glauben, daß sie mich in ihrer Gewalt hatte. Ich war nicht in der Verfassung, darüber zu streiten. Und wenn sie triumphierend aufschrie, als ihre Finger in mich eindrangen, was kümmerte mich das? Wir schrien uns beide die Seele aus dem Leib, und die Nachbarn hämmerten gegen die Wand und brüllten: »Ruhe da drüben!«, und es kümmerte mich immer noch nicht.

Aber ich war nicht in sie verliebt.

Am Sonntagmorgen mußten wir Katzenfutter besorgen. Die Katzen, königliche Abessinierinnen, wie sich herausstellte, fraßen nur eine bestimmte Sorte Hühnerbrustfilet in Dosen, die sie im Laden an der Ecke nicht mehr hatten. Wir mußten die Third Avenue runtergehen, zu einem Deli.

Ein Mann in einem schicken Kabrio hielt neben uns und sagte: »Hallo Mädels.«

Wir ignorierten ihn und gingen weiter, vorbei an den geschlossenen Läden. Er fuhr langsam am Gehsteig entlang und sagte: »Ach, seid doch nicht so. Ihr beide seid so hübsch, und ich bin Manns genug für euch beide.«

»Kein Interesse, Mister«, sagte ich.

»Aha, so ist das also! Hey, ihr macht einen großen Fehler!«

»Lassen Sie uns in Ruhe, Mister!« sagte Candi.

»Na los, kommt schon! Ich kann euch was ganz Schönes zeigen.«

Candi ging zu ihm ans Auto. Sie sah sehr schön aus. Er wurde ganz erregt. Sie hatte ihre großen gelben Cowboystiefel an, und sie holte aus und gab seinem Auto einen Tritt, der drei Blocks weit zu hören war.

»Hey Mister, Ihr Auto hat 'ne Beule!« sagte sie.

Er trat so heftig aufs Gaspedal, daß seine Reifen Spuren hinterließen.

Da hätte ich mich fast in Candi verliebt.

Aber nicht ganz. Sie hatte schlechte Angewohnheiten. Manchmal sah sie mich zum Beispiel zärtlich an und sagte: »Gedanken.« Natürlich tat ich dann höflich so, als wüßte ich nicht, was sie meinte, und sie mußte sagen: »Ich möchte deine *Gedanken* lesen können«, angewidert, daß ich so dumm war. Aber ich verriet ihr nie meine Gedanken. Sexuelle Kapitulation ist keine wirkliche Kapitulation.

Dann wieder blickte sie mich zärtlich an und sagte: »D.M.M.A.«, und mußte erklären, daß es »Du machst mich an« hieß. Das erinnerte mich an eine katholische Kirche bei uns zu Hause, die »Kirche der H.J.M.« hieß. Manche Leute kürzen einfach alles ab.

»D.R.M.A.«, sagte ich genervt.

Candi war auch nicht in mich verliebt. Das hoffe ich zumindest. Ich weiß, daß sie es sehr wollte, daß ich sie liebte, aber das ist nicht dasselbe. Ich glaube nicht, daß ich sie verletzt habe, und sie hat mir genau zum richtigen Zeitpunkt sehr gutgetan. Immer wenn ich an sie zurückdenke, geht es mir gut.

Drittes Kapitel

Patricia

Mein Zug kam am Bahnhof Grand Central an. Ich nahm ein Taxi zu Sharons Haus. Ihre Mutter hatte mir die Adresse gegeben. Sie war voller Reue und hätte mir jeden Wunsch erfüllt. Ich wünschte, das hätte ich schon früher gewußt.

Der Taxifahrer sagte: »Ich würde Ihnen raten, hier nicht auszusteigen, Miss. Ist eine gefährliche Gegend.« Ich zahlte und stieg aus. Besorgt blieb er stehen. Ich stieg die Stufen zu Sharons Haustreppe hoch und klingelte, ganz die ausgebuffte weltgewandte Globetrotterin, und winkte ihn weg.

Im hellen Tageslicht sah alles nicht so schlimm aus, nur dreckig, schäbig, aber Sharon kam nicht, und ich mußte warten. Und warten. Und warten. Ich setzte mich auf eine Milchkiste gegenüber dem Haus. Der Abend kam. Gut gekleidete Menschen mit Einkaufstüten kamen von der Arbeit nach Hause. In Hippies verwandelt und begleitet von ihren Hunden kamen sie wieder heraus. Um neun erschienen sie noch einmal, um die *Times* vom nächsten Tag zu kaufen. Immer noch keine Sharon. Es wurde dunkel. Ihre Haustreppe füllte sich mit schlafenden Pennern und Junkies. Straßenmusiker spielten beängstigend gut Dixieland. Sorgte Amerika so für seine Künstler? Würde es so auch für mich sorgen? Prostituierte stiegen in langsam herumfahrende Autos. Es wurde Mitternacht. Streunende Katzen und Hunde kamen zum Vorschein. Ratten untersuchten den Müll und starrten mich an. Was hatte ich in ihrem Revier zu suchen? Ich mußte ihnen recht geben.

Ich ging rüber zur Hauptstraße, hob die Hand für ein Taxi und fuhr zum Abbey Victoria, einem schäbigen Hotel, in dem ich mal mit meiner Familie übernachtet hatte, als wir Daddy zu einer Preisverleihung begleitet hatten.

Der Angestellte an der Rezeption wußte nicht, ob er mich reinlassen sollte. Allein war ich unerwünscht. Keine Reservierung? Nur der Rucksack? Mit Bargeld zahlen? Hatte ich denn keine Kreditkarte? Hmm. Er genoß sein bißchen Macht, zog sie in die Länge, dehnte sie aus.

Wenn Sharon tot war, würde ich ihr verzeihen. Wenn sie aber, wie ich vermutete, mit einer anderen schlief, sollte sie sich in acht nehmen!

Ich ließ mich in das muffige Bett fallen, das der Angestellte mir schließlich zugestanden hatte, und schlief sofort ein, trotz des Hungers.

Ich träumte, daß die Erdenmenschen von Wesen aus dem Weltraum gefangengenommen wurden, die uns in kleinen Gruppen einpferchten, während sie sich überlegten, ob sie uns umbringen sollten. Meine Gruppe war in der großen Halle des Bahnhofs Grand Central, die mit dem Tierkreis und den Sternen an der Decke. Da wurde Sharons Gruppe reingescheucht. Als sie mich sah, riskierte sie ihr Leben, indem sie sich von ihren Wachen losriß, zu mir rannte, mich umarmte und küßte. Wir schluchzten vor Freude, weil wir uns noch einmal sehen konnten, bevor wir starben. Die Wesen aus dem Weltraum beobachteten uns. Sie berieten sich miteinander. Sie ließen ihren Anführer holen, dessen Geschlecht ich nicht ausmachen konnte. Sie/Er erklärte die ganze Welt für frei, weil Sharon und ich gezeigt hatten, daß Erdlinge die Fähigkeit hatten, sich über rein körperliche Triebe zu erheben. So retteten wir mit unserer Liebe die Menschheit, wie Jung es vermutet hatte.

Dies war einer der großen klaren Träume meines Lebens. Er ließ die Frustrationen von gestern verblassen, sie waren nicht mehr wichtig. Was konnte ich schon erwarten, wo ich Sharon nicht mal gesagt hatte, daß ich kam?

Am Morgen rief ich Mrs. Almo an, die mir sagte, wo Sharon arbeitete. Im *Rose Hip*. Stand im Telefonbuch. West Eleventh Street.

Die Tür vom *Rose Hip* war gegen Einbrecher verschlossen. Ich mußte erst gegen das Glas klopfen und mich anschauen lassen, dann drückte die grauhaarige Besitzerin auf den Summer. Ich schob die Tür auf und wurde von einem heftigen Duftstoß getroffen wie von der Hitze eines Backofens, ein Gemisch aller unschuldigen erdigen Pflanzen des Paradieses, wie Himbeere und Weide, Klee und Storchschnabel, vermischt mit dem Duft gebackenen Brotes. Es war einfach schön. Ich wünschte mir gleich, ein besserer Mensch zu sein, gesünder und bescheidener.

Als ich hineinging, fuhr ein duftender Hauch nach draußen und bekehrte auch andere Leute zu einem reinen Leben. Auch sie entdeckten, daß es gleich neben den qualmenden Lastern auf der Straße eine kleine Kapsel mit ursprünglicher Luft gab, etwas Göttliches.

Der Laden war also voll, ausgerechnet als ich hoffte, Sharon könnte den Tag frei bekommen. Sie stand auf einer Leiter und bearbeitete die Behälter mit einem Staubwedel. Sie bemerkte mich nicht, so daß ich sie in Ruhe anschauen konnte.

Die sechs Jahre unserer Trennung hatten sie nicht sehr verändert. Sie war immer noch meine frische, rosige, liebliche Queen JoAnn, vielleicht ein bißchen größer, die Knochen etwas ausgeprägter, die Handgelenke eleganter.

»Wo warst du bloß?« fragte ich.

Sie sah auf mich runter. Sie griff nach der Leiter, um nicht runterzufallen. So blieb sie stehen, gebannt, lächelte aber ihr herrliches, allumfassendes Lächeln und sah auf mich runter. Ich hatte ein blitzartiges Déjà-vu-Erlebnis, als ich so zu ihrem Lächeln aufblickte, aber es verging, und ich sagte noch mal: »Wo warst du bloß?«

»Wo warst *du* denn?« fragte sie.

»Auf der East Ninth Street, ich habe dich gesucht.«

Ihr Lächeln verging. »Ich war wohl nicht da«, sagte sie, aus der Fassung gebracht.

»Nein«, sagte ich.

»Was machst du denn hier? Ich meine, was soll der Rucksack? Willst du irgendwohin, oder was?«

»Kommt drauf an.«

»Wo wohnst du denn?«

»Kommt drauf an.«

Ihre Chefin sagte: »Tut mir leid, Sharon, du sollst nicht mit leeren Händen reden«, und zeigte auf ein Bund schmutziger Möhren.

Sharon kletterte herunter und sagte: »Marnie, das ist Patricia Burley. Wir kennen uns schon ewig.«

»Sieht man«, sagte Marnie. »Ich verderbe euch ja nur ungern das freudige Wiedersehen, aber vergeßt bitte das Atmen nicht.«

Ich sagte: »Ich kann ja später wiederkommen.«

»Nein, nein«, sagte Marnie. Sie ergriff meinen Arm und zog mich hinter die Theke. »Wenn du dich hier hinstellst, stehst du nicht im Wege.«

Also stand ich da neben Sharon am Spülbecken, während sie mit ihren schönen Händen Möhren wusch. Marnie verwandelte sie rasant schnell in Saft für ihren kleinen Kundenkreis.

»Also erzähl«, sagte Sharon.

»Ich bin gekommen, um Malerin zu werden und dich zu suchen«, sagte ich.

Pause am Spülbecken. Dann sagte Sharon langsam: »Das wird deinen Leuten nicht gefallen.«

»Vielleicht. Sie wollen, daß ich weiter studiere. Sie sagen, ein B.A. in Psychologie bringt nichts. Da haben sie natürlich recht.«

»Sie kriegen einen Anfall«, sagte Sharon.

Ich hatte nicht den ganzen Weg zurückgelegt und mich um Mitternacht bei den Ratten herumgetrieben, um mir denselben Mist anzuhören, der mir sowieso im Kopf rumging, deshalb ignorierte ich sie.

»Das Kunststudium hat mich fast ruiniert. Ich machte mir Sorgen, fragte mich: ›Ist die Gestaltung gut? Oder epigonal? Oberflächlich vielleicht? Oder lieblich?‹ Ich war so verklemmt. War schon kritisch, als ich noch gar nichts aufs Papier gebracht hatte, das ich kritisieren *konnte*. Aber ich habe mich gerettet. Ich mußte noch mal von vorn anfangen, mit Prinzessinnen. Hab mich aber wieder gefangen. Jetzt geht's.«

Sharon sagte noch einmal: »Deine Leute kriegen einen Anfall.«

»Wohnst du mit jemandem zusammen?« fragte ich.

»Nein.« *Dafür* hatte ich mich bei den Ratten herumgetrieben.

»Hast du Platz für mich?«

»Klar. Aber die Wohnung ist nicht so toll. Und deine Leute kriegen einen Anfall.«

»Könntest dich wenigstens ein bißchen freuen.«

»Tu ich ja. Aber deine Leute kriegen einen Anfall.«

Ich würde um sie werben müssen. Darum machte ich mir aber keine Sorgen. Damit hatte ich Erfahrung.

»Ich hol dir was zu essen«, sagte ich.

Sie gab mir ihre Schlüssel. Ich ließ meinen Rucksack da, damit sie ihn nach Hause brachte, und ging zum Grand Central, um den großen Seesack zu holen, den ich in der Gepäckaufbewahrung zurückgelassen hatte. In meiner Erinnerung war der Sack ganz schwer, aber irgendwie kam er mir an dem Tag ganz leicht vor.

An jenem Tag war alles leicht, locker und schön. Die Menschen in der U-Bahn waren schön. Wo sonst konnte ich fremde Menschen mehr als flüchtig betrachten? Natürlich mußte ich so tun, als guckte ich nicht hin. Als träumte ich vor mich hin, im Halbschlaf, unkonzentriert. Mußte ein bißchen zur Seite gucken.

Die gesprühten Graffiti waren schön, so leuchtend und dicht, übereinanderliegende Netze. Entschiedene Bürger waren losgegangen und hatten die U-Bahn gegen jeden Widerstand in eine endlose Galerie von Jackson Pollocks verwandelt.

In einem kleinen Laden in der Gegend besorgte ich schöne braune Eier, Frühlingszwiebeln und eine grüne Paprika, Käse und Butter für Omelettes, an Marktständen Weintrauben und Chrysanthemen und erklärte, daß ich zu Sharon zog und New York liebte. Wie können die Leute nur einkaufen gehen, ohne mit der Verkäuferin zu reden? Nicht mehr ganz so leichtfüßig stieg ich die lange Treppe hoch. Zugegebenermaßen keuchte ich, als ich die Tür aufschloß und mich in Sharons leerer, ungemütlicher Kaserne umsah.

»Oh Sharon, du brauchst mich wirklich«, sagte ich leise und schnappte nach Luft, ließ mich aber nicht entmutigen. Hätte sogar am liebsten gleich losgelegt. Noel und Bassikounou hatten aus etwas Geringerem ein behagliches Heim gemacht und meine Mutter auch, wenn auch im größeren Rahmen. Der Nestbau lag mir im Blut. Ich konnte es kaum abwarten. Shaker-weiße Wände, belebt von meinen Bildern. Die Möbel auf der Straße sorgfältig ausgewählt, aus dem Weggeworfenen anderer Leute. Ich würde sie reparieren und restaurieren. Der Duft warmer Mahlzeiten. Ein Feuer im Kamin. Unser kleines Heim.

Als ich mein winziges Plasikradio einstöpselte, erklang der wunderbare Clementi, so klar und groß wie auf Daddys schicker Stereoanlage. Gesegnet sei New York für seine schönen Sender, für WBAI, WNYC, WNCN, WQXR.

Sharon aß anscheinend nicht oft zu Hause. Ihre einzige Bratpfanne war ganz verstaubt. Ich wusch sie ab und schnippelte das Gemüse für die Omelettes. Dann malte ich mit Filzstiften ein Bild auf die braune Einkaufstüte, in allen Farben. Eine rothaarige Prinzessin mit Krone und Schleppe. Vielleicht lieber zwei Prinzessinnen.

»Es ist siebzehn Uhr, und in New York scheint die Sonne«, sagten sie im Radio. »Die Nachrichten. Nach den Krawallen von Homosexuellen in der letzten Nacht fürchtet die Polizei neue Unruhen und verlegt deshalb Einsatzkräfte zum Sheridan Square.«

Ich hielt inne. Mein Atem setzte aus. »Mist!« sagte ich.

»Die Razzia der Polizei im Stonewall Inn, eine bei Homosexuellen beliebte Nachtbar in der Christopher Street, löste in den frühen Morgenstunden Spottrufe und einen Münzenhagel aus. Auf dem nahegelegenen Sheridan Square kam es zu heftigen Unruhen, als die Polizei festgenommene Gäste in Polizeifahrzeugen festsetzte. Einige Aufrührer warfen Scheiben ein und zündeten Mülltonnen an. Die Polizei äußerte sich überrascht. ›Normalerweise laufen sie einfach weg, bitten uns, sie laufenzulassen, oder versuchen, uns zu bestechen. So was hat's hier noch nie gegeben‹, sagte ein Beamter.«

Ich war zu erregt, um mein Bild fertig zu malen. Warum mußte dieser Haufen verrückter Raufbolde auch herumspinnen und uns in die Nachrichten bringen, jetzt wo ich mich mit Sharon einrichtete und nur unauffällig und in Frieden leben wollte?

Ich schob das dreckige Fenster hoch und lehnte mich raus. Meine Ellbogen wurden ganz sandig. Der Blick auf die Straße war wie der Blick aus dem sechsten Rang in der Oper. Ich sah zwergenhafte, verkürzte Figuren in busgroßen Haufen. Endlich war auch Sharon dabei, sie ging schnell, mit meinem Rucksack und einer Handvoll Gänseblümchen. Sie sah nicht nach oben. Hoffentlich wußte sie nichts von den Unruhen. Wenn sie es wußte, hätte sie es mir dann nicht im *Rose Hip* erzählt? Ich fing mit den Omelettes an.

Schneller als überhaupt möglich war sie oben und hielt mir die Gänseblümchen hin. »Hi. Wir müssen zum Sheridan Square gehen.« Sie ging zu einem Kreuz an der Wand und drehte es, so daß das Wort »Wagen« nach oben wies.

»Ich nicht«, sagte ich und stellte ihre Blumen zu meinen in das Erdnußbutterglas. Ich glaube nicht, daß sie meine bemerkt hatte.

»Du verstehst das nicht«, sagte sie. »Wir müssen da hin. Es ist eine Demonstration für schwullesbische Rechte.«

»Die demonstrieren nicht, die randalieren. Und die Bullen warten nur darauf, sie zu verprügeln, und dann haben sie einen Hirnschaden, und wofür?«

»Für mich«, sagte Sharon.

»Für nichts und niemanden. Nur um Lärm zu machen. Wasch dir die Hände, das Essen ist fast fertig.«

Ich hatte mir vorgestellt, daß wir beim Essen im Schneidersitz auf der Matratze sitzen und uns anlächeln würden. Statt dessen liefen wir mit den Tellern herum und stritten weiter. Ein Omelette reichte, und das meiste davon ließen wir übrig.

Wir stritten und stritten, brausten auf und wiederholten uns. Ich versuchte den Streit in die Länge zu ziehen, bis es zu spät war für die Demo, aber ich wußte, daß es mir nicht gelingen würde. Ich wußte, die Demo hatte mehr Energie als wir.

Schließlich sagte Sharon: »Du bist genau wie Marnie! Wie kommt es nur, daß du so alt geworden bist wie Marnie? Den ganzen Nachmittag habe ich sie angefleht, daß sie heute abend mitkommt. Sie sagte immer wieder, es wäre deren Problem, das Problem der Typen. *Wir* kriegen keinen Ärger. *Uns* lassen sie in Ruhe. *Wir* grapschen schließlich nicht fremde Leute in öffentlichen Toiletten an.«

»Das sage ich ja gar nicht. Wir kriegen ja Ärger. Mein Vater macht mir die Hölle heiß. Ich kann nicht zum Alten Haus fahren, weil er glaubt, ich wäre eine Bedrohung für die Kinder. Er will mir nicht seine Unterschrift geben, die ich brauche, um das Geld zu kriegen, das mir meine Großmutter vererbt hat, weil ich seiner Meinung nach nicht gesund bin. Ich sage nur, daß Steinewerfen und Brandstiftung meinen Vater auch nicht dazu bringen wird, seine Meinung zu ändern. Klar?«

»Ich muß da hin, egal was du machst«, sagte Sharon.

»Hast du mir überhaupt zugehört?«

»Ja, aber ich muß da trotzdem hin. Bitte komm mit.«

»Nein.«

Sie ging zur Tür. Mit der Hand auf der Klinke wandte sie sich um und sagte: »Ich habe Angst. Wenn ich verschwinde, weiß keiner, wo ich bin. Bitte komm mit.«

»Nein!« Es klang schärfer, als es sollte. Hoffentlich merkte sie nicht, daß ich mitkommen mußte, wenn sie hinging.

»Ich will kein Feigling sein«, sagte sie leise.

»Du bist kein Feigling und ich auch nicht.«

»Bist du wohl, und jetzt bin ich auch einer.«

»Paß mal auf, Sharon!« schrie ich. »Ich bin gegen den Vietnamkrieg und für Abtreibung und für schwarze Bürgerrechte und was weiß ich noch alles auf die Straße gegangen, auch wenn manchmal nur ich und meine Freundin Noel marschiert sind, und wenn du glaubst, daß ein Feigling so was machen könnte –«

»Für alle hast du demonstriert, bloß nicht für uns.«

»Wenn es eine friedliche Demo gibt, gehe ich hin, das versprech ich dir«, sagte ich. »Aber bei einem Aufstand mache ich nicht mit.« Ich versuchte, ihr eine Hintertür offen zu lassen, damit sie aufgeben konnte.

Sie legte sich mit dem Gesicht nach unten auf die Matratze. Ich kniete mich neben sie und nahm ihre Hand. »So habe ich mir unser Wiedersehen nicht vorgestellt«, sagte ich.

»Ich schäme mich«, sagte sie und drehte sich von mir weg, ließ aber ihre Hand in meiner. »Ich sollte da sein. Ich sollte nicht andere Leute für mich kämpfen lassen.«

Ich beugte mich über sie und küßte ihre Schläfe. Sie hatte den Duft des *Rose Hip* im Haar.

Sie sagte: »Ich glaube nicht, daß du je auf eine Demo gehen wirst.«

»Wart's nur ab«, murmelte ich und küßte ihre Wange. Ich schüttete meine Liebe über sie aus, aber von ihr kam nichts zurück, außer einer Art steifer Trauer. Es war mir egal. Zumindest hatte sie keinen eingeschlagenen Schädel.

Ich blieb neben ihr, weil die Matratze das einzige Möbelstück war. Bald schliefen wir ein, ohne uns zu berühren.

Diese bescheuerten Unruhen hielten noch zwei Nächte an, und Sharon war die ganze Zeit sauer auf mich. Sie hätte ohne weiteres nach der Arbeit zum Sheridan Square gehen und warten können, bis die Aktionen anfingen, und ich hätte sie nicht davon abhalten können. Aber es schien ihr nicht bewußt zu sein, und ich sagte es ihr nicht.

Fortan gab sie immer mir die Schuld, daß wir bei der Geburt der Revolution nicht halfen, die damit anfing, daß eine Tunte mit ihrer Handtasche auf einen Bullen losging.

Ich fragte mich, warum sie mir die Schuld gab. Warum nicht der Frau, mit der sie in der Nacht zusammen gewesen war, die ich bei den Ratten verbracht hatte? Warum nicht Marnie oder ihren geliebten Müttern Eins und Zwei?

Ich wußte schon, warum. Weil ich ihr am wichtigsten war. Ich konnte also nicht allzu beleidigt sein. Ich war sogar sehr heiter und energiegeladen und fing sofort an, unser Zuhause einzurichten.

Drei Schichten weißer Farbe und ein ganzer Tag Arbeit verwandelten das Wohnzimmer. Es wurde hell, schlicht und rein. Sharon schien unbeeindruckt. Wir stritten weiter.

Ich sagte: »Können wir mal das Thema wechseln? Könnten wir vielleicht einen *Beziehungsstreit* haben? Du weißt doch, daß ich dich liebe. Was ist denn los?«

»Ich weiß nicht«, antwortete sie traurig. »Vielleicht habe ich deinetwegen so lange die Hände hinter meinem Rücken gehalten, daß sie da festgefroren sind.«

Und wieder schliefen wir ein, ohne uns zu berühren.

Hätte sie mich nicht ohne Zögern bei sich einziehen und mich eigenmächtig ihre Wände streichen lassen und wäre sie nicht jeden Abend sofort nach Hause gekommen, statt hinzugehen wo sie sonst immer hinging, dann hätte ich mich vielleicht fragen müssen, ob sie mich noch liebte.

Ich war entschlossen, viele Bilder zu malen und sie auf der Straße zu verkaufen, egal wie wenig die Leute dafür zahlen wollten, und davon zu leben. Meine Heldin war Grandma Moses, die zu malen anfing, als ihre Augen für Handarbeiten zu trübe wurden, und die ihr erstes Bild wie jedes andere Hoferzeugnis, wie Eier oder Butter, in den Laden brachte.

Als sie starb, stellte die Familie einige ihrer Sachen in einer alten Schule aus, um ihr langes, reges und ernsthaftes Leben zu ehren, und vielleicht auch, um ein bißchen Geld zu machen. Sie nahmen Eintritt. Das hätte ihr nichts ausgemacht. Ihre Rührschüssel war da, ihr Backbrett, und am besten war der alte Küchentisch, an dem sie malte, die Deckel der Mayonnaisegläser, in denen sie ihre Farben mischte. Mutter und ich sind einmal hingegangen, ohne Daddy. Grandma Moses paßte nicht in seine Auffassung von Geschichte. Lange Zeit stand ich nur da, versuchte meine Poren zu öffnen und ihre Schwingungen aufzunehmen. Versuchte, mich von ihr besetzen zu lassen und unschuldig und praktisch zu werden wie sie. Und dabei natürlich ganz ich selbst zu bleiben.

Vielleicht wollte ich nicht Grandma Moses' schwieriges heterosexuelles Leben, aber ich wollte ein Genie sein und einen Tisch besitzen, an dem ich es sein konnte, und bitte auch einen Stuhl. Irgendwer würde schon den perfekten Tisch und Stuhl rauswerfen. Das passierte jeden Tag, ich würde auf der Lauer liegen. Noel hatte mir erzählt, daß es in New York Leute gab, die auf der Straße nach genau dem Teil suchten, das sie brauchten, zum Beispiel ein drei Meter sieben langes Teakholzbrett oder zwei Meter vierundsiebzig lila Stoff mit schwarzen Punkten oder einen Kerzenhalter, und daß sie immer fündig wurden, nur nicht sofort.

Da ich noch ein bißchen Geld hatte, konnte ich auf meinen Tisch warten und mir ein paar Tage Zeit nehmen, um die großen Museen zu erkunden. Als ich endlich merkte, daß die Künstler kleine Gags hineingemalt hatten, um dagegen zu protestieren, es der Kirche immer recht machen zu müssen, gefielen mir die Madonnas im Metropolitan. Manchmal dauerte es eine Weile, bis ich den Gag gefunden hatte, aber es gab immer einen. Zum Beispiel das Jesuskind, das geistig zurückgeblieben ist oder von Mary fallengelassen wird oder dessen Anblick sie anwidert. Der Wärter kam zu mir und fragte, warum ich lachte – das hätte noch nie jemand getan.

Als ich es ihm zeigte, lachte er auch, und hoffentlich gefiel ihm nun seine Arbeit ein bißchen besser.

Ich mußte nicht das ganze Museum im Laufschritt abklappern wie meine Familie den Louvre. Ich wohnte ja in New York. Das Met war mein Hausmuseum. Ich mußte nicht mal so lange laufen, bis ich völlig fertig war. Ich konnte zwischendurch einen Dufthauch im *Rose Hip* schnuppern und Sharon fragen, was sie zum Abendessen wollte.

* * * * *

Ich schaute durch die Tür vom *Rose Hip*. Es war nur eine Kundin da, eine blonde junge Frau, die sich inbrünstig über die Theke lehnte und Sharons Hände hielt, dieselben Hände, die bei mir festgefroren waren. Und Sharon ließ es zu, wehrte sich nicht. Fühlte sich wohl damit. Ganz vertraut. Mir wurde schlecht. Ich klopfte gegen das Glas. Sharon blickte auf, guckte betreten, machte ihre Hände los und drückte auf den Summer. Marnie war nicht da.

Ich sagte: »Wie ich sehe, bist du beschäftigt.«

Meine Rivalin war ausgesprochen schön, richtig überwältigend und betont gesund dazu, wie eine Milchwerbung. Beeindruckend. Ich war froh, nicht bescheiden und demütig zu sein. Aber selbst ich in meiner Arroganz war mir nicht sicher, daß Sharon mich vorziehen würde. Legte sie nicht vielleicht wie der Rest der Welt mehr Wert auf blendende Effekte als auf einen schlichten, soliden guten Charakter? Ich hätte zu gern einen Ballermann gehabt, eine Laserkanone. Ich wollte diese Blonde umpusten, nicht aus Eifersucht – dafür war ich viel zu aufgeklärt –, sondern als gute Tat, als Dienst an der Öffentlichkeit.

Sie sah mich ungeduldig an, wartete darauf, daß ich wieder ging, sah dann noch mal hin und noch mal, lächelte und meinte: »Hallo, ich bin die Huckleberry Muffin Queen, aber du kannst mich Candi nennen, Candi mit i.«

Ich wußte nicht, ob Sharons plötzliche Bittermiene mit mir oder Candi zu tun hatte, aber ich dachte, es könnte auf jeden Fall für mich gut ausgehen und lächelte zurück.

Ich sagte: »Ich war den ganzen Tag im Metropolitan Museum.«

»Ich war den ganzen Tag am Hunter College, aber ins Met gehe ich mit am liebsten. Wirklich. Ich mag Kunst. Total gern.«

»Morgen gehe ich ins Guggenheim«, sagte ich.

»Ich auch! Das ist ja ein Zufall! Das hab ich schon seit Wochen vor! Vielleicht treffen wir uns da!«

Ich blieb nicht lange. Zu Sharon sagte ich eigentlich überhaupt nichts. Als ich ging, kam Candi mit und wartete mit mir an der Bushaltestelle.

»Wie gut kennst du Sharon?« fragte sie.

»Fast gar nicht«, sagte ich. Nicht unbedingt gelogen.

Candi sagte: »Sie macht mich verrückt. Wir hatten wirklich was ganz Schönes zusammen, und auf einmal will sie Schluß machen. Einfach so. Das bin ich nicht gewohnt.«

»Ist doch ihr Pech.«

»Ich meine, nicht daß ich wegen ihr mein Leben lang Trübsal blasen werde oder so. Aber warum? Warum? Das ist es, was mich nervt. Habe ich was falsch gemacht? Oder irgendwas nicht gemacht? Sie sagt, sie will nur 'n bißchen Zeit zum Nachdenken. Was soll denn der Mist?«

»So was gibt's.«

»Ich frage sie, gibt es eine andere? Sie sagt nein, nicht direkt. Es ist jemand von ganz früher, an die sie in letzter Zeit denken muß. Und ich, was war denn so toll an ihr, daß du an sie denken mußt, wenn du die Liebesgöttin direkt vor der Nase hast? Gibt es irgendwas, was ich nicht tue? Nicht besser tue als alle anderen? Weißt du, was sie gesagt hat? Du wirst es nicht glauben. Eigentlich wollte ich es dir gar nicht erzählen. Sie hat gesagt: ›Sie hat an meinen Fingern gelutscht.‹ Mannomann! Ist das nicht zum Kotzen?«

»Is' wohl pervers«, sagte ich. »Da kommt mein Bus.«

Der Bus wurde weiter unten durch den Verkehr aufgehalten. Candi hatte jede Menge Zeit, mich zu umarmen, an Ort und Stelle, auf offener Straße. Ich hatte nicht gewußt, daß wir es schon so weit gebracht hatten mit unserer Befreiung. Sie hätte mich auch geküßt, aber ich wich zurück und sagte, ausnahmsweise ehrlich: »Du machst mich verlegen.«

»Im Guggenheim? Morgen? Versprochen?« fragte sie und ließ mich los.

»Vielleicht«, sagte ich.

»Nein, hör mal, mit dir könnte ich Sharon so schnell vergessen –«

»Mal sehen.«

»Ich will das Seminar nicht umsonst schwänzen. Sag, daß du kommst.«

»Wenn ich mich festlegen muß, dann nein. Vielleicht 'n andermal.«

»Hör zu, es ist nicht, weil ich Sharon eifersüchtig machen will. Ich weiß, daß du das glaubst, aber ich mag dich wirklich.«

Ich schüttelte nur weiter den Kopf und lächelte.

»D.M.M.A.«, sagte sie, was immer das hieß.

Endlich ratterte mein Bus heran und schluckte mich. Ich hatte viel Stoff zum Nachdenken. »Etwas ganz Schönes«, aha! »Liebesgöttin«, soso! Candi hatte Glück, daß sie größer war als ich, sonst hätte ich sie zusammengeschlagen. Andererseits, »sie hat an meinen Fingern gelutscht« war auch nicht schlecht. Ich beschloß, mich daran zu halten und den Rest zu vergessen, und war so glücklich, wie ich es wagen konnte, solange ich noch nicht wußte, ob ich oder Candi der Grund für Sharons schlechte Laune war und ob sie nach der Arbeit nach Hause kommen oder zu Candi gehen würde. Ich war vorsichtig glücklich.

Als ich Sharon unten die Straße entlanghasten sah, ging ich raus, um oben auf der Treppe auf sie zu warten. Sie kam hochgerannt, immer zwei Stufen auf einmal, und kam auf dem Treppenabsatz des fünften Stocks in Sicht, sehr rosig und taufeucht, so vital, langbeinig, gesund und ernsthaft.

Ich lächelte sie an, sie mich nicht. Sie blickte stirnrunzelnd zu mir hoch, mit konzentriertem Ernst, so als wollte sie mich aus einem Feuer retten. Genauso ernst und entschlossen war sie, aber im Gegensatz zu mir atmete sie ruhig. Ich glaube, sie war vom Rennen weniger atemlos als ich vom bloßen Zusehen.

Bevor sie bei mir ankam, ging ich wieder rein, um Atem zu holen. Sofort fühlte ich sie hinter mir, sie schlang die Arme um mich, und ihr leichter Atem bewegte mein Haar.

»Du bist hier! Du bist hier!« sagte sie.

Ich lehnte mich an sie. Ihr Körper fühlte sich so warm und verläßlich an, ganz konkret. »Natürlich bin ich hier«, sagte ich.

»Ich hatte Angst, du würdest mit zu Candi gehen.«

»Warum sollte ich denn so was tun?«

»Na ja, vielleicht bist du einsam.«

»So einsam nicht.«

»Weil ich gemein zu dir war.«

»Warst du nicht.«

»Nein, hör mal, ich weiß, wie ich mich aufgeführt habe. Als ob ich dich nicht wollte, aber ich wollte dich doch.«

»Schon gut. Das weiß ich ja. Ich dachte, du hättest es einfach vergessen.«

»Ich wollte mich nicht noch mal darauf einlassen, und dann kriegen deine Leute einen Anfall, und du haust wieder ab.«

Wie ungerecht! Ich drehte mich zu ihr um, noch in ihren Armen, und sagte entrüstet: »Damals waren wir doch Kinder. Was sollte ich denn machen? Heute würde ich das nie tun.«

»Sag das nicht. Das weißt du doch gar nicht.«

»Doch.«

»Nein, tust du nicht. Aber es ist mir egal. Wir können was draus machen. Wenn du dir irgendwas wünschst, wenn du irgendwas willst, komm einfach zu mir, und wir überlegen uns was.« Sie kuschelte sich an meine Wange und sagte ganz leise: »Du brauchst nicht mit dieser blöden Candi rumzumachen.« Sie hatte nicht vergessen, wie man Ins-Ohr-Flüstern spielte.

Es ließ meine Kopfhaut und meine ganze Seite erschauern. Ich rührte mich nicht, wollte mehr. Sie begriff und summte mir weiter Unsinn ins Ohr, wie zum Beispiel, na ja, vielleicht war Candi ja okay, wenn man eine umwerfende Butch-Schönheit lieber mochte als schlichte graue Mäuse von zu Hause, bis aus meinem Erschauern ein Zittern wurde und mein Mund sich von selbst mit einem Stöhnen öffnete das hieß wenn du mich nicht küßt breche ich zusammen, deshalb mußten wir uns da hinlegen wo wir standen, auf den nackten Holzfußboden, Sharons Knie waren nämlich auch ganz weich geworden, und wir umklammerten uns in unseren verschwitzten Sachen, endlich dicht genug beieinander, Mund an Mund, Körper an Körper und schweigend. So wild darauf, zusammen zu kommen und dann so still. Was für ein Wunder.

»Ich hab es nicht vergessen«, sagte sie. »Wie konntest du so was nur denken?«

Wir waren so schön geworden. Wir konnten nicht aufhören, einander anzusehen. Ich glaube, wir hatten zum ersten Mal unsere wahren Gesichter, so verschieden von unseren langweiligen Alltagsgesichtern wie Sterne von Schlamm.

Nach einer langen Weile sagte ich: »Es würde nur eine Sekunde dauern, ins Bett zu kommen.«

»Oder weniger.«

»Los.«

»Okay.«

Aber wir merkten, daß der Schweiß und die Tränen und die Spucke uns zusammenleimten, wußten nicht, was zu wem gehörte, und immer wenn wir versuchten, uns zu trennen, und sei es nur um einen Zentimeter, flogen unsere Körper wieder aufeinander zu, keuchend, und kamen, ein köstliches Problem, mit dessen Lösung wir es nicht eilig hatten, auch wenn das alles sehr schwierig machen würde.

Wir würden uns dann zum Beispiel komplett neu einkleiden müssen – Jeans mit vier Beinen, Ponchos mit übergroßen Halsausschnitten – und abwechselnd rückwärts gehen müssen. Und lieferte *Chicken Delight* auch in Wohnungen im sechsten Stock und ohne Fahrstuhl? Was noch wichtiger war, ließen sie einen anschreiben?

Wir blieben auf dem Fußboden und dachten ganz in Ruhe über diese Probleme nach, aneinandergekuschelt und ganz still. Aber es gab noch ein anderes Problem, das ihr vielleicht Kummer machen würde. Jetzt, wo sie noch unfähig war, etwas Schlechtes an mir zu entdecken, war es wohl die beste Zeit, es zu erwähnen.

»Schatz, ich muß dir etwas sagen.«

Viertes Kapitel

Sharon

Ich mit meiner theatralischen Ader kriegte gleich Schiß, Patricia wollte mir sagen, sie nähme Drogen oder hätte eine Geschlechtskrankheit oder in einem Militärstützpunkt eine Bombe gelegt oder Gott weiß was.

Sie hatte wohl gemerkt, daß sie mir einen Schrecken eingejagt hatte. Sie wechselte das Thema.

»Ich mag die sexuelle Revolution eigentlich nicht«, sagte sie.

Ich wartete.

»Anscheinend gibt's da 'ne Regel, daß man keine Gefühle investieren darf.«

»Scheint so«, sagte ich und versuchte so auszusehen, als wüßte ich darüber alles, hätte alles ausprobiert und seit langem die Schnauze voll davon.

Sie sagte: »Ich weiß, es ist spannend, zumindest als Idee.«

»Klar«, sagte ich. Ich hatte Candi wahrscheinlich auch spannend gefunden, aber ich wußte nicht mehr warum oder wie es sich angefühlt hatte. Wann kam Patricia denn nun zur Sache?

Sie sagte: »Ich weiß, es ist gefährlich, sich ganz auf eine einzige Person einzulassen, weil, was ist, wenn du sie verlierst?«

»Ja, das ist Marnie auch passiert. Ihr Anhang ist in irgendeinen Aschram abgehauen, und jetzt lebt sie allein und schläft manchmal mit ihren Freundinnen, und sie sagt, sie hätte es so am liebsten, keine großen Hochs, aber auch keine Dramen. Ich meine, nichts Schreckliches. Schlechte Zeiten hat sie natürlich, aber keine schrecklichen.«

»Ich weiß, die alte Lebensweise war schlecht. Die Leute waren gelangweilt oder verklemmt oder haben die ganze Zeit gelogen oder sich gestritten. Es ist schon richtig, nach etwas Natürlicherem zu suchen.«

»Marnie sagt, man kann sich auch aus Freundschaft lieben. Sie hat mal mit einer geschlafen, die eine Totaloperation hatte und geglaubt hat, jetzt ginge es nicht mehr, da hat Marnie mit ihr geschlafen, um ihr zu zeigen, daß es okay war. Das finde ich echt gut.«

»Find ich auch. Für Marnie. Aber Schatz, ich will *lieben.* Ich will, daß die Mauern zwischen uns einstürzen, so wie heute, und ich will, daß unsere Gesichter so aussehen wie grade, und ich will sagen: ›Wo bleibst du denn?‹ und ›Warum hast du bloß so lange gebraucht?‹, und ich will wissen, daß die Antwort mir nicht weh tun wird und daß du nicht wütend bist, daß ich dich frage.«

»Natürlich bin ich das nicht.«

Ich würde auch gern ›Schatz‹ sagen können, so wie Patricia. Aber bei mir würde es sich komisch anhören, wie ›Geliebte‹.

Und hoffentlich beeilte sie sich mit ihrem Geständnis, solange ich noch eine Chance zum Aussteigen hatte, falls es mir nicht gefiel.

»Ich will nicht –« fing sie an. Sie ließ sich viel Zeit, daraus schloß ich, daß jetzt der schwierige Teil kam. »Ich will nicht, daß wir –« Und wieder hielt sie inne und stand sogar auf und lief herum, also stand ich auch auf. So angespannt waren wir und waren doch nicht zusammengeleimt.

»– mit anderen ins Bett gehen.«

Wenn sie für so was Einfaches so lange brauchte, wie sollte sie jemals mit dem rausrücken, was sie eigentlich sagen wollte?

Ich sagte: »Okay«, und wartete weiter auf ihre schlechte Nachricht.

Patricia kam wieder zu mir. Wir paßten so schön zusammen. Eine Große und eine Kleine können richtig schön zusammenpassen.

»Ich will treu sein«, sagte sie.

»Klar«, sagte ich und wartete, doch da verschwand plötzlich die ganze Spannung aus ihrem Körper, und ihr Gesicht bekam wieder diesen reinen schönen Ausdruck; endlich begriff ich.

Ich kann ganz schön bescheuert sein.

Wir lachten, und diesmal fielen wir erst um, als wir am Bett waren, und da tun dir die Ellbogen nicht so weh wie auf dem Boden, wenn du dich über jemanden beugen und sehen willst, was für ein Engel sie ist, und die Knie tun dir nicht weh, wenn du eine untersuchst, die seit Jahren keine ärztliche Untersuchung hatte und dringend eine braucht.

Sie war in besserer Form, als sie verdient hatte, seidig oder flauschig oder glatt an den richtigen Stellen und so hübsch zusammengefügt, jeder Teil paßte ganz genau zu den anderen. Wie ihre Seite sich zur Taille verengte und dann in ziemlich scharfer Kurve wieder ausbrach und in ihre Hüfte überging, das versetzte mich in so eine Trance, daß ich für einen Moment alles andere vergaß. Als ich aufsah, merkte ich, daß sie in derselben Trance war. Ich hatte diesen Ausdruck auf Mamas Gesicht gesehen, als meine Schwestern noch Babies waren. Bei ihr hatte es mich eifersüchtig gemacht. Bei Patricia galt es mir.

»Ich bewundere deine Hüfte«, sagte ich. »Schau sie dir an.«

Das wollte sie nicht. »Ich bin nicht beeindruckt.«

»Ich aber«, sagte ich. »Ich finde, um so auszusehen, muß eine Hüfte ganz schön elegant sein.«

Sie zog nicht das Laken hoch und bat mich auch nicht, damit aufzuhören, also hat sie mir wohl irgendwie zugestimmt in dem Moment, in ihrer Trance, auch wenn sie später manchmal sagte, sie sei dick und ich wäre voreingenommen, wenn ich nein sagte, sie wäre nur ein anderer Typ, ein toller wunderbarer anderer Typ. Sie ist einfach etwas kürzer geraten, als die Leute es heutzutage gut finden, und sie hat kurze stämmige Arme und Beine und kleine rundliche gedrungene Hände und Füße und einen schönen großen Brustkorb, mit einem ziemlichen Umfang.

Ich schubste ihre Brust mit meiner Wange aus dem Weg und küßte ihre Rippen, die waren ganz naß, da wo ihre Brust den Schweiß nicht trocknen ließ. Es roch nach Kirschsaft oder Himbeerpudding, schmeckte aber wie Regenwasser mit einer Prise Salz.

Sie sagte: »Ich fühle mich wie eine voll aufgeblühte Seerose«, deshalb ließ ich meinen Mund eine lange Zeit dort, und dann legte ich mein Ohr an ihren Bauch und hörte zu, wie ihr Innerstes sanft vor sich hingluckste. Ich hörte zu, wie ihr Herz ta-dam, ta-dam, ta-dam machte, so stark und gleichmäßig, nicht sehr schnell, nicht aufgeregt oder so. Stark, ruhig und gleichmäßig.

Sie sagte: »Früher hab ich immer geübt, so lang ich konnte unter Wasser den Atem anzuhalten. Das war eine gute Übung hierfür, weil ich das Atmen vergesse.«

Sie sagte: »In Griechenland gibt es einen Ort, einen ganz heiligen Ort, der heißt Delphi, und ich habe das Gefühl, da sind wir jetzt. Ich meine, wir schweben über ihm, wie Adler.«

Ich wollte ihr auch so etwas Schönes sagen, aber ich kannte nur eins: »Ich liebe dich. Patricia, ich liebe dich«, und das war wohl gut genug.

Ich wachte im Dunkeln auf, aber in New York ist es nie richtig dunkel, und außerdem schien ein großer voller Mond durchs Fenster. Patricia wachte auch auf, sobald ich mich von ihr wegbewegte, aber ich hatte Durst und mußte pinkeln, deshalb mußte ich hart sein, und natürlich hatte sie dieselben Bedürfnisse, als sie erst mal wach war und es merkte.

Danach standen wir am Fenster und sahen zu, wie der Mond in südwestlicher Richtung den Himmel überquerte und dabei die armen alten Mietshäuser versilberte und uns auch. Die üblichen Penner und Freaks waren unterwegs, und noch ein paar mehr, die wahrscheinlich geschlafen hätten, wenn der Mond nicht an ihnen gezupft und sie aufgerüttelt hätte. Ab und zu ließ einer von ihnen ein Kreischen los, eine Art gespenstisches Heulen, das tief anfing und in die Höhe ging und da blieb und nachhallte, und dann fing der nächste an, damit es nicht nachließ, und dann der nächste, bis sie schließlich genug hatten und für ein paar Minuten aufhörten. Ich vermutete, sie heulten wegen der Liebe. Sie taten mir so leid, weil sie auch Adler über Delphi sein wollten, es aber nicht sein konnten.

Außerdem wünschte ich, sie würden den Mund halten, damit Patricia nicht glauben mußte, daß die Gegend vielleicht nicht so toll war. Als New Yorkerin hätte ich die Leute gar nicht bemerkt, genausowenig wie Feuerwehrautos oder Preßlufthämmer oder eingeklemmte Autohupen oder Alarmanlagen, aber Patricia war nicht von hier.

Doch in dem Moment konnte sie wohl nichts erschüttern. Sie lehnte sich zurück in meine Arme, mit dem Kopf unter meinem Kinn, und sagte: »Weißt du, warum sie schreien? Weil sie aus Meer gemacht sind, und wir haben Flut. Wir sind alle kleine Meere, die von der Haut zusammengehalten werden.«

»Ich weiß. Ich habe gehört, wie es in dir herumschwappt.«

»Wir sind Myriaden zusammengeballter winziger Meerestierchen, die rausgekriegt haben, wie sie sich bewegen und das Meer vorwärtsbringen können. Und wenn der Vollmond das große Meer bewegt, bewegt er auch unsere kleinen Meere und macht, daß wir heulen.«

Patricia hatte wirklich Glück, daß sie mich hatte. Jede andere hätte sie vielleicht für verrückt gehalten, aber ich wußte, daß sie nur spielte. Ich liebte es, wenn sie so mit ihrem Verstand spielte.

Deshalb fing ich nicht an zu streiten und sagte nicht, ach Quatsch, und versuchte auch nicht, sie festzunageln mit der

Frage, warum nur ausgeflippte Irre den Mond anheulen. Die meisten Leute tun es nämlich nicht. *Ich* auch nicht, auch nicht in Mote, als ich dachte, ich würde Patricia nie wiedersehen, und nur Grandma hatte, aber ich war kurz davor. Und Grandma tat es auch nicht, aber 'ne ausgeflippte Irre war sie ja wohl, und waren wir etwa keine Meere?

Aber das sagte ich nicht zu Patricia. Ich wollte sie nicht davon abhalten, sich Theorien auszudenken und mir davon zu erzählen, egal wie wacklig und weit hergeholt sie waren. (Einmal hat sie mir erzählt, daß fliegende Untertassen von Walen und Delphinen geflogen werden, die die Welt erkunden, und der Beweis ist, daß die Leute immer ein grünliches Licht sehen, das aus den Bullaugen leuchtet. »Das sind natürlich Aquarien«, sagte Patricia, und damals hab ich auch nicht ach Quatsch gesagt.)

Es wäre nur fair von ihr gewesen, wenn sie im Gegenzug nett zu mir gewesen wäre, wenn ich etwas sagte, was man auch nicht wissenschaftlich beweisen konnte, zum Beispiel daß wir beide wieder und wieder füreinander geboren werden. In jener Nacht, als wir im Mondlicht standen und den Pennern lauschten, war ich zum erstenmal sicher, daß es so war.

»Früher standen wir wie jetzt im Eingang unserer Höhle und lauschten auf das Gekreische der Affen«, sagte ich.

»Mhm«, sagte sie leicht gereizt, was ich nicht bemerkte, bis ich mir im nachhinein alles zusammenreimte.

»Nein, wirklich«, sagte ich. »Ich versuche mich zu erinnern, ob wir damals auch Affen waren.«

»Sharon«, sagte sie, »ich liebe dich unter anderem deshalb, weil du schlau bist. Wenn das nicht stimmt, erzähl's mir bitte nicht.«

Das hätte mich vielleicht nicht so hart getroffen, wenn ich in dem Moment nicht irgendwie dünnhäutig gewesen wäre, nackt – eine voll aufgeblühte Seerose. Ich zog mich von ihr zurück. Als mein Bauch sich von ihrem Rücken löste, gab es ein lautes verschwitztes, schmatzendes Geräusch. Ich ging langsam zum Bett und ließ mich hineinplumpsen. Patricia kam mir nach und sagte: »Schatz, Schatz, ich will nicht, daß du wegen mir so guckst!« und »Schatz, ich hab's nicht so gemeint!«

Sie gab mir einen Zipfel vom Laken zum Naseputzen und küßte meine Tränen fort und küßte und streichelte jede Stelle meines Körpers, manche kannte ich gar nicht, bis ihr Mund und ihre Hände sie aufweckten und sie erbeben ließen, und ich spürte, wie ihre Liebe mich wie ein Meer beschützte, ich meine, wie ein sicherer Ort, an dem ich eine Seerose sein konnte, aber ich schlief ein und wußte, daß sie es sehr wohl gemeint hatte, daß sie meinte, sie hätte das Verrücktsein gepachtet und ich müßte die ganze Zeit vernünftig sein. Ich war zu glücklich, mich darum zu kümmern, und sogar sicher, daß ich damit klarkommen würde. Ich wußte, in den nächsten hundert Jahren konnte ich ununterbrochen schlau sein.

* * * * *

Am nächsten Morgen stellte Patricia sich schlafend, damit ich aufstehen konnte. Ich hab zwar meine Tasse mit ans Bett gebracht und mich hingehockt und Patricia bewundert, während ich meinen Kaffee trank, aber ich habe sie nicht berührt oder mich nicht noch mal zu ihr gelegt. Dann wusch ich unsere vermischten, leckeren Gerüche ab. Das tat ich nur ungern, aber ich wollte nicht, daß wildfremde Leute auf der Straße scharf auf mich wurden. Ich zog frische saubere Sachen an, die sich anfühlten wie eine Umarmung, weil Patricia sie für mich in den Waschsalon gebracht hatte.

Der Bus war voll. Ich mußte stehen, und als ich nach dem Haltegurt griff und meine Hand an meiner Nase vorbeikam, fing ich einen leichten Hauch von Patricias Duft auf, ganz schwach, nur eine Spur, trotz Wasser und Seife immer noch auf meiner Haut, wie ein Geschenk.

Von so etwas Wunderbarem und Interessanten hatte ich noch nie gehört, deshalb erzählte ich es Marnie. Ich hatte nicht erwartet, daß sie so überwältigt sein würde wie ich, aber ich dachte, sie wüßte es gern. Ich meinte, wenn ich ihren Geschichten etwas Originelles hinzufügen konnte, schuldete ich es ihr auch, nach allem, was sie für mich getan hatte. Jedenfalls konnte ich nicht anders.

»Ich habe mir die Hände gewaschen, aber ein bißchen von ihr ist immer noch dran«, sagte ich.

Marnie hielt nichts von Kaffee, deshalb war sie noch nicht ganz wach. Man braucht 'ne ganze Menge Getreidekaffee, um dasselbe zu bewirken wie ein kleiner Schluck Kaffee. Sie gähnte sogar.

»Deshalb tragen wir ja Ringe«, sagte sie. »Unter einem Ring verflüchtigt es sich nicht. Man kann den Ring ein Stück weiterschieben und den ganzen Tag immer mal ein bißchen dran schnüffeln.«

Also echt, diese neunmalkluge Marnie! Wenn Kolumbus ihr erzählen würde, er hätte gerade Amerika entdeckt, würde sie sagen: »Ach, wir finden jede Woche ein paar davon.« Ich mochte sie, aber sie war wirklich neunmalklug und hatte mehr Ahnung von Sex als von Geographie.

Aber ich durfte es ihr nicht verübeln. Sonst hätte ich ihr nicht den ganzen Tag erklären können, wie perfekt und schön Patricia war und daß das Leben nicht unbedingt traurig oder schwierig sein muß, und an meiner Hand schnüffeln können, die aber bald nach Möhren und Minze roch, das gebe ich zu.

Insgesamt war Marnie netter, als die meisten gewesen wären, die nicht viel von Liebe hielten. Sie zog mich nicht auf oder sagte mir, ich solle sie in Ruhe lassen, selbst als ich sie ausschimpfte, weil sie sich von ein paar Enttäuschungen verbittern ließ. Das Leben ohne Liebe und eine Partnerin, sagte ich, sei sinnlos und langweilig, mehr wie Schlafwandeln als wie Leben. Ich war wirklich nicht ganz beieinander, aber das Schlimmste, das Marnie mir antat, war das kleine Gähnen am Anfang, und das schiebe ich auf den Getreidekaffee.

Nach der Arbeit wurde mir klar, warum New Yorker es immer so eilig haben – sie eilen zu ihren Liebsten. Ich beeilte mich auch, aber die Eighth Street war verstopft, und alles ging so langsam, daß der Bus sich nicht beeilen konnte. Endlich hatte er mich zu meiner Haltestelle gescheppert. Sobald meine Sandalen den Gehsteig berührten, rannte ich auch schon, aber ich blieb wie angewurzelt stehen, als ich Patricia meinen Namen rufen hörte. Sie saß auf einer fremden Haustreppe.

»Wir haben einen Tisch«, sagte sie.

Ich war sowieso etwas durcheinander, weil ich sie unerwartet getroffen hatte, und kam nicht darauf, wovon sie überhaupt redete. Hatte Sears uns irrtümlich einen Tisch geliefert, und sie konnte es nicht erwarten, mir das zu erzählen?

Sie sagte: »Ich habe ihn bewacht.«

Dann sah ich den Tisch. Er stand schief auf drei losen Beinen mitten zwischen den Mülltonnen, wo ihn ein vernünftiger Mensch hingeworfen hatte. Der Tisch war ganz kniestig vor fettigem, gräulichen Dreck. Wieso hatte ihn überhaupt jemand auch nur eine Minute behalten?

Aber Patricia fand ihn toll. »Er ist aus Kirschholz«, sagte sie. »Ein Bibliothekstisch aus der Zeit Queen Annes. Ich hatte schon Angst, ich müßte mich mit jemandem darum schlagen, aber du bist zur rechten Zeit gekommen.«

Sie führte sich auf wie ein Hund, der meint, alle wollten seinen ekligen, schleimigen alten Ball haben.

Sie sagte: »Bei so vielen Einwohnern bin ich vielleicht nicht die einzige, die Augen im Kopf hat.«

»Ihm fehlt ein Bein.«

»Nein, das andere Bein war in einer Mülltonne. Es ist nicht mal kaputt. Sogar die Schraube ist noch dran. Fehlt nur noch die Mutter.«

Also, es ist so, ich mag schöne Sachen. *Neue* Sachen. Deshalb war meine Wohnung auch leer. Leer gefiel sie mir besser als mit irgendwelchem Zeug gefüllt, das ich mir leisten konnte, oder Müll von der Straße, du lieber Himmel.

Patricia sagte: »Als ich vorbeikam, sagte er: ›Ich bin dein Grandma-Moses-Tisch.‹«

Hatte sie nicht eben noch von Queen Anne gesprochen?

»Er hat gesagt: ›Ich helfe dir dabei, ein Genie zu werden.‹«

Wenn *ich* gesagt hätte, ein Tisch würde mit mir reden, hätte sie sofort meinen Verstand angezweifelt, aber irgendwie fand ich es auch gut, daß ich wieder mal der beste und sachlichste Mensch weit und breit sein konnte. Patricia gab mir sehr oft Gelegenheit dazu. Sachlichkeit war noch nie ihre Stärke.

Ich blickte sie sehr nachsichtig an und hoffte, sie würde es mir eines Tages nachtun, wenn *ich* mal verrückt spielte, und da war ihr Gesicht vor mir, zum Teil noch von der Schönheit der Liebe erfüllt, und ihre feuchten, glitzernden braunen Augen und ihr weicher und rosaroter und glücklicher Mund, und mir stockte der Atem.

»Willst du ihn haben, Schatz?« fragte ich. Ich sagte tatsächlich Schatz, wo ich doch dachte, ich könnte das nicht. Es war einfach, auch wenn Dutzende von Leuten vorbeikamen. Ich sagte tatsächlich: »Willst du ihn haben, Schatz? Okay«, und griff mir ein Ende des Tisches.

Sie legte das vierte Bein oben drauf, hob das andere Ende an, und los ging's: Weil ich stärker war als sie, hielt ich ihn vorne und ging rückärts, verdrehte mir dabei aber ständig den Hals, um nach vorne zu gucken. Obwohl, sie war auch ziemlich stark. Ich war überrascht, wie sie durchhielt und mich immer diejenige sein ließ, die um eine Pause bat.

Wir mußten das Ding anderthalb Blocks weit schleppen. Es war schwerer, als es aussah, so ganz unquadratisch und mit geschwungenen Beinen. Patricia sagte, das Gewicht käme von dem guten Holz, das sie schon wieder schön machen würde, keine Angst, aber meist sparte sie sich den Atem für die Schlepperei. Das Gute war, daß uns alle aus dem Weg gingen. Vermutlich hatten sie Angst, sich was Schlimmes einzufangen.

Ich wartete die ganze Zeit darauf, daß Patricia lachen und sagen würde, es sei nur Spaß, sie wollte nur sehen, zu was für lächerlichen Aktionen sie mich verleiten könnte.

Und dann mußten wir das Teil fünf Stockwerke hoch wuchten, und ich ging unten, weil ich stärker war.

Endlich stellten wir den Tisch an seinen Platz zwischen die beiden Fenster zur Straße. Da sah er auch nicht besser aus. Während Patricia ihn die ganze Zeit anstarrte, ließ ich uns Badewasser ein.

Wir warfen unsere schmierigen Sachen auf einen Haufen. Dann stiegen wir zusammen in die große alte krallenfüßige Badewanne in der Küche und wuschen uns gegenseitig mit Seife den Dreck und den Schweiß ab, bis wir nach Lavendel dufteten.

Patricia hatte eine tolle Art, mich zu waschen, so rasch und geschäftsmäßig wie eine Krankenschwester vielleicht oder wie eine Mutter, die einem die Nase auf Popel kontrolliert. Sie verpaßte mir ein ganz nüchternes Bad, und am Ende schrubbte sie mir die Fingerknöchel und die Fußsohlen mit der Nagelbürste. Fast hätte ich gesagt: »Nicht aufhören!«

Aber sie legte mir den Finger auf die Lippen. »Selbst die schönsten Dinge im Leben soll man nicht verlängern wollen«, sagte sie. Woher wußte sie das?

In ein paar Minuten war alles vorbei, und es war sexier, als es ein genüßliches, verlockendes Bad gewesen wäre. Ich paßte auf und merkte mir alles, was meinem Körper gefiel, damit ich für ihren dasselbe machen konnte. Ich meine *alles*, nicht nur das, was Patricia mit mir machte. Zum Beispiel genoß ich die Schwingungen, wenn ich im Bus über der Hinterachse stand. Eine Heimversion davon hatte ich noch nicht ausgetüftelt, aber ich arbeitete daran. Und an jenem Abend lernte ich, daß es am schönsten war, auf sachliche, unverspielte Art umsorgt zu werden, und daß man sich selbst bei den schönsten Dinge im Leben nicht wünschen soll, daß sie andauern.

Manche Leute glauben, man braucht nur seinen natürlichen Instinkt, aber ich finde, man muß auch aufmerksam sein. Ich wünschte, ich wäre bei Candi aufmerksamer gewesen. Natürlich würde Patricia mich nichts machen lassen, von dem sie wußte, daß ich es von Candi gelernt hatte, aber das mußte ich ihr ja nicht erzählen.

Ich wollte einfach mehr wissen, ohne fragen zu müssen. Auf keinen Fall wollte ich sagen: »Sag mir, wie du es haben möchtest«, oder sie fragen: »War das gut?« Was wäre, wenn sie sagte, etwas hätte ihr gefallen, und dann machte ich es für sie und es gefiele ihr vielleicht doch nicht, weil sie immer denken mußte, ich würde es nur tun, weil sie es mir gesagt hatte? Ich dachte mir, wenn ich aufmerksam war, würde es schon klappen. Ich lehrte meine Haut zu erspüren, was mit Patricia geschah, und kaufte außerdem ein paar Sexratgeber, die zwar für Heteros waren, aber es stellte sich heraus, daß wir dieselben erogenen Zonen – was für ein gefühlloser Ausdruck! –, also daß wir dieselben erogenen Zonen hatten wie sie. Die ganzen Stellen, an denen die eine Hautsorte in die andere übergeht, zum Beispiel zwischen den haarigen und den haarlosen Zonen am Arm, oder zwischen der faltigen Außenseite der Lippen und ihrer glatten feuchten Innenseite, und alle Löcher einschließlich der Nasenlöcher, aber paß auf, daß du ihr nicht die Luft blockierst. Die Handbücher enthielten auch gute Ratschläge, auf die ich hätte selbst kommen können, wie faß ihre Möse nie mit schmutzigen Händen oder langen Fingernägeln an, und ramm ihr nicht den Ellbogen in die Brust.

Eins wußte ich noch aus der Zeit mit Candi, und das war, wie scharf sie darauf war, daß ich kam, und wenn ich nicht kam, war sie ganz frustriert und sagte, sie wäre eine schlechte Liebhaberin und so weiter, damit ich mich schuldig fühlte. Sie machte mich fast so wütend, daß ich sie verlassen wollte, noch bevor Patricia auf der Bildfläche erschien. Von wegen Unterdrückung! Ich wußte also, daß ich so nicht bei Patricia handeln durfte. Ob Patricia oder ich kommen oder nicht, ist ganz gleich. Ich könnte nicht mal sagen, daß es dann besser ist.

Candi hätte sich nie mit Nasenlöchern abgegeben. Sie fühlen sich toll an, aber es reißt einen nicht vom Hocker.

Vielleicht hätte Patricia sich komisch gefühlt, wenn ich ihr von den Büchern erzählt hätte, so als ob ich sie gefragt hätte, wie sie berührt werden wollte, also hob ich die Bücher im *Rose Hip* auf und las sie dort, auch wenn Marnie es bestimmt komisch fand, wie dumm ich war. Einmal blätterte sie die Bücher sogar durch und meinte: »Hättest du dir nicht eins von einer Frau suchen können? Was wissen Männer denn schon von Frauen? Frauen lügen die Männer doch immer an.«

Sie gab mir die Bücher zurück. »Laß gut sein«, sagte sie. »Lerne von allen. Selbst von Männern. Selbst von Katzen. Besonders von Katzen.«

»Ich hatte Angst, du würdest mich damit aufziehen.«

»Oh nein«, sagte Marnie. »Ich bin selbst immer eine fleißige Schülerin in der Schule der Begierde gewesen. Immer wenn ich von der Schule geflogen bin, melde ich mich sofort wieder an. Man könnte sagen, auf diesem einen Gebiet bin ich ein Bildungsei.«

Ich wußte nicht, was »Bildungsei« hieß. Sie mußte mir erklären, daß es sich um einen altmodischen Ausdruck für jemanden handelte, der immer nur zur Schule gehen will und einen Abschluß nach dem andern macht und lernt ohne Ende.

Ich beschloß, daß ich ein Bildungsei sein wollte, natürlich nur in der Schule der Begierde.

Fünftes Kapitel

Patricia

Der Tisch kostete mich drei Tage; einen für das Abkratzen bis auf das nackte Holz und das Abschleifen, einen zum Trocknenlassen der Beize und des matten Lacks und den dritten für das Abreiben mit feiner Stahlwolle und das anschließende Einwachsen. Dabei dachte ich die ganze Zeit an Mutter, und wie oft ich sie bei ähnlichen Arbeiten gesehen hatte. Ich fühlte mich ihr sehr nahe. Egal, welche Meinungsverschiedenheiten wir auch hatten, das Restaurieren machte uns beiden Spaß.

Schön, daß Sharon es fertigbrachte, nicht zu sagen, daß der Tisch mit jedem Tag schlimmer aussah, und sich nicht zu beschweren, daß ich unser einziges Küchenmesser schärfte, bis es sich in nichts auflöste. Hätte ich nicht schon gewußt, daß sie mich liebte, dann hätte ich es daran gemerkt, welche Mühe sie sich gab, mich bei dieser ganzen Tortur nicht zu verletzen. Im Gegenzug unterließ ich es, sie ein Kind des Plastik-, Chrom- und Glanzzeitalters, ein Kind von Sears zu nennen.

Es lag in ihren Genen zu denken, alte Sachen wären ein Eingeständnis von Armut und Versagen – unamerikanisch –, und dieser Tisch war alt *und* hatte hier und da auf der Oberfläche Brandlöcher von Zigaretten und Dellen und Tintenflecke und Kerben. Die Tischbeine waren einfach nur verschrammt und heruntergekommen.

»Wir kaufen eine Tischdecke«, sagte Sharon nachsichtig.

Wenn ich am unsichersten bin, höre ich mich immer besonders sicher an. Mit einer Stimme, die nach Generationen von Schulmamsells klang, sagte ich: »Man soll Gegenständen ihr langes Leben anmerken, genau wie Händen und Gesichtern.« Und dabei hatte ich mir gerade alle Mühe gegeben, um diesen Tisch von möglichst vielen Anzeichen seines langen Lebens zu befreien.

Sharon hat sich nicht triumphierend auf diesen Widerspruch gestürzt. Bestimmt hat sie ihn bemerkt, aber wie üblich ließ sie die Chance verstreichen. Sie ist so seltsam. Bei den Almos am Eßtisch hat wahrscheinlich nie jemand versucht, die vielversprechendste Jugendliche zu sein.

Als ich den Tisch polierte, sah er plötzlich *zu* schön aus, so seidig-rötlich, daß Sharon sich um hundertachtzig Grad drehte. Es fiel ihr wie Schuppen von den Augen, und sie sah Möglichkeiten, wo sie keine hätte sehen sollen, in den idiotischsten Dingen, mit denen sie die Treppe hoch keuchte und sie mir präsentierte, stolz wie eine Katze, die einem einen toten Vogel anschleppt. Sie begriff nicht, daß mancher häßliche, hoffnungslose und unmögliche Müll eben wirklich Müll ist.

Zuerst war ich zu beschäftigt, um mich darum zu kümmern. »Stell's in die Ecke«, sagte ich, den Pinsel wie einen Piratendolch zwischen den Zähnen und ohne mein Bild auch nur einen Moment aus den Augen zu lassen. »Ich kann jetzt nicht gucken – das Licht ist gleich weg.« Irgendwann würde ich eine richtige Lampe finden, dann könnte ich die ganze Nacht malen, aber soweit war es noch nicht.

Solange das Tageslicht anhielt, stand ich über meinen Tisch gebeugt und malte rasche, kleine Aquarelle, und zwar so: Ich wischte und kritzelte mit einer hellen Tusche herum – sagen wir mit Gelb – und suchte dann nach dem, was sich darin versteckte, so wie sich Bilder in Wolken oder Tapetenflecken, Tintenflecken oder Baumkronen verstecken, und wenn ich etwas gefunden hatte, holte ich es mit leuchtenden hellen Farben hervor, und schon hatte ich ein Gemälde!

Ich malte so viele Fischbilder, daß es mich schon fast beunruhigte.

Aber ich hatte mal einen Dokumentarfilm über Aristide Maillol gesehen. Er stand zwischen seinen fast identischen Skulpturen nackter junger Frauen und fühlte sich ausgelaugt. Er mußte ganz viel spazierengehen, um sich zu erfrischen und Eindrücke zu sammeln. Da gab es ihm plötzlich einen Ruck. Er riß die Augen auf und eilte in großer Aufregung wieder in sein Atelier. Fieberhaft fing er mit der Arbeit an einem neuen Werk an: einer nackten jungen Frau.

Dank Maillol wußte ich, daß man sich oft wiederholen und trotzdem hohes Ansehen genießen konnte. Also machte ich mir wegen der vielen Fische nicht wirklich Sorgen, war aber trotzdem erleichtert, als sie Beine bekamen und sich in Vögel und Engel verwandelten und dann noch mehr Beine bekamen und zu geblümten Katzen wurden. Ein paar Wochen später hatte ich einen schönen, steifen, raschelnden Stapel Bilder – ich verwendete schönes handgeschöpftes Papier – und war soweit, die Bilder zu rahmen und sie auf den Markt zu bringen. Jetzt konnte ich mich erst mal setzen.

In diesem Moment sah ich mir das Gerümpel, das Sharon mit nach Hause gebracht hatte, zum erstenmal genauer an. Ein vergoldeter Ballsessel mit abgeknickter Lehne, schlecht konstruiert, nicht reparierbar. Ein falscher Kapitänsstuhl, dessen Rückenspindeln alle hervorschauten, und die Fassungen mit verhärtetem Leim verstopft. Der ihn reparieren wollte, hatte sich mit dem Leim angelegt und verloren. (Nach genau so einer Erfahrung hatte Mutter ihre Leimpistole weggeworfen. »Damit ich es nie vergesse«, sagte sie.)

Glücklicherweise hatte Sharon auch eine Milchkiste mitgebracht, aus der ich irgendwann, wenn ich Zeit hatte, eine Fußbank machen konnte. Für den Tisch war sie zu niedrig, aber zum Draufsitzen und Bilderanschauen war sie genau richtig. Ich schnitt meine Passepartouts zu und schob die Bilder hinein. Dann stellte ich sie an der Wand auf und schaute und schaute.

War es möglich, daß ich, ich unscheinbares Etwas, sie geschaffen hatte? Aber wäre es nicht noch arroganter anzunehmen, daß ein göttliches Wesen mich unscheinbares Etwas als Medium auserwählt hatte? Es war ein faszinierendes Problem. In Kombination mit dem Anschauen der Bilder hatte es hypnotische Wirkung.

Das langsame Rumpeln von etwas Schwerem auf der Treppe durchbrach den Zauber. Rums. Pause. Rums. Pause. Ein Kühlschrank? Ein Boot? Ich ging raus, um nachzusehen.

Es war eine Tür, eine stinknormale einfache Holztür mit einer dicken Farbschicht, gesplittert, abblätternd, verzogen, und Sharon, die sie schwer atmend und hochrot im Gesicht, aber frohen Mutes hochhielt.

»Sie stand vor einem Altbau in der *Perry* Street, sie muß also gut sein«, keuchte sie.

»Du hast das Ding quer durch die Stadt geschleppt?«

»Sie haben mich damit nicht in den Bus gelassen. Der Fahrer hat die Tür zugemacht, als er mich kommen sah.«

»Hast du sie etwa den ganzen Weg allein geschleppt?«

»Ich hatte Angst, wenn ich kommen und dich holen würde, würde sie jemand wegnehmen.«

Vielleicht hatte ich das irgendwie verdient, aber bei mir war es wirklich nicht dasselbe. Ein Tisch mit einem schweren Schicksal ist nicht dasselbe wie eine Tür, und sei sie aus der Perry Street, die unter ihrer dicken Farbschicht vielleicht aus Mahagoni ist. Was fängt man denn mit einer Tür an?

»Was fangen wir denn mit einer Tür an?« fragte ich.

»Als Couchtisch vielleicht, dachte ich?« sagte sie schüchtern. Ich hasse es, wenn sie schüchtern ist. Bin ich etwa so streng, daß sie nicht vernünftig reden kann?

Ich blieb sachlich. »Sie hat aber Türknäufe«, sagte ich.

»Die kannst du doch abnehmen?«

»Dann hat sie ein Türknauf-*Loch*.«

»Oh.«

»Schatz«, sagte ich, »wenn du dir einen Couchtisch bauen willst, tu es bitte.«

»Ähm«, sagte sie.

»Mach nur. Wär doch toll. Du wirst es gut machen.«

»Ähm«, sagte sie und verstummte. Sie gab nicht zu, damals nicht und später nicht, daß ich diejenige war, die diese Tür bearbeiten sollte. Manchmal ist es in Ordnung, wenn sie schüchtern ist. Manchmal ist es angemessen.

Die Tür wurde, zusammen mit einer zweiten, ganz ähnlichen, unser Bett. Wir legten sie nebeneinander auf Milchkisten, legten die Matratze drauf und hatten ein Bett, das unserer wunderbaren Liebe würdig war, und dazu eine weiche Sitzgelegenheit in der richtigen Höhe.

Wir verbrachten eine Menge Zeit darin, aber nach und nach schafften wir es, aus der kuschligen Gemeinsamkeit rauszukriechen, sahen uns um und fragten uns, was der Rest der Welt wohl so tat. Hatten sie uns vermißt? Schauen wir mal nach!

Sharon wollte nicht ins Ap-Fuu, *A Place for Us*. Sie hatte Angst, daß die Huckleberry Muffin Queen da sein könnte. Es könnte unerquicklich werden, ihr zu begegnen, dachte Sharon, aber mir gefiel der Gedanke. Ich wollte tatsächlich gern mal Candis Gesicht sehen, wenn ich mit Sharon zur Tür reinkam und vor allem wenn ich mit ihr auch wieder ging. Ich nahm mir vor, cool zu bleiben und nicht zu sagen: »Na, wer ist jetzt die Liebesgöttin?«

Also beschlossen wir, ins Ap-Fuu zu gehen. Candi war fast nie da. Sie kam nur zum Cruising und blieb weg, wenn sie eine gefunden hatte. Ein paar Wochen später war sie wieder da und ganz beschäftigt damit, die nächste anzubaggern. Sie hatte keine Zeit, sich mit uns, die sie verarscht und damit lächerlich gemacht hatten, anzulegen. Candi war keine, die darüber nachgrübelte, glaube ich.

Also hörte Sharon auf, sich wegen Candi Gedanken zu machen, und fing an, das Ap-Fuu zu genießen. Ich hatte es von Anfang an genossen, so oder so. Schon der Genuß, mit dreißig oder vierzig Lesben in einem Raum zu sein, war nicht zu verachten, und meist gab es noch mehr, etwa eine

Podiumsdiskussion zum Thema »Butch/Femme: Mythos oder Wirklichkeit?« oder eine Rednerin, der wir zustimmen oder widersprechen konnten.

Einmal kamen ein paar Mann-zu-Frau-Transsexuelle und erzählten uns, wie wir uns operieren lassen und Männer werden konnten, sie setzten einfach voraus, daß wir uns nichts sehnlicher wünschten. Was es da für einen Aufruhr gab! »Ich *will* kein Mann sein«, riefen unsere Frauen, »ich will *lesbisch* sein!«

Einmal kam eine Seelenklempnerin und sagte, die Gesellschaft würde uns akzeptieren, wenn wir nicht so überfrachtete, feindselige Wörter wie »Lesbe« benutzen würden, und wir erklärten, das Wort verbände uns mit einer Gemeinschaft freier Frauen auf der Insel Lesbos und wir fänden es gut und brauchten uns nicht an eine gruslige alte Welt anzupassen, die mit allem Unrecht hatte und am Aussterben war.

Einmal kamen einige Paare verheirateter Frauen mit ihren Gefährtinnen, die bei ihnen im Haus wohnten. Das heißt, die Gefährtinnen waren in einen Haushalt eingezogen, in dem es einen Ehemann und Kinder gab und hatten seit Jahren so gelebt, als Dauergäste und Bedienstete und, wenn sie Glück hatten, als Liebhaberinnen. Wir haben sie nicht angebrüllt. Dazu haben sie uns zu traurig gemacht. Ihre Botschaft war: »Man kann ziemlich unglücklich sein, wenn man so lebt.« Das Interessante dabei war, daß bei allen die Gefährtin konventionell weiblich war und die Ehefrau und Mutter eine verkleidete Stone Butch.

Manchmal spielte eine von uns Gitarre und sang Liebeslieder mit bereinigten Pronomina, nur »sie« und »ihre«.

Und einmal kam Noel Hayes, meine liebe alte Noel, die mit ihrem Buch fertig war. Es handelte davon, daß Männer meinen, sie könnten das Böse der Welt ausrotten, wenn sie die Frauen nur tief genug begraben würden. Das Buch hatte Noel berühmt gemacht, und sie verdiente mit ihren Vorträgen viel Geld, aber zu uns kam sie umsonst. »Ich hätte schon viel früher kommen sollen«, sagte sie, »aber ich hatte zuviel Schiß.«

Wir waren alle stolz auf Noel, die amerikanische Simone de Beauvoir, die eine hervorragende Karriere riskierte, um zu uns zu stehen. Sie sagte, der Erfolg der lesbischen und schwulen Befreiungsbewegung war unausweichlich, sie würde nämlich auch nichts ändern, selbst an der Geburtenrate würde sie nichts ändern – sie würde nur auf der ganzen Welt unser Leiden beenden, aber die Befreiung der Frauen sei eine richtige Revolution, ein echter Umsturz, der alles ändern würde, aber auch alles. Arbeit, Eigentum, Regierung, die Hausarbeit, die Umwelt, alles eben. Die Frauenbefreiung würde ihre Zeit brauchen. Es gäbe mächtigen Widerstand.

»Deshalb«, sagte Noel, »investiere ich meine Energie normalerweise dort. Aber heute abend will ich mit euch zusammen sein.«

Sharon strahlte Noel begeistert an, also dachte ich, es wäre okay, wenn ich es auch tat. Ich liebte Noel ja schließlich. Ich hatte sie geliebt. Wie konnte ich das vergessen?

Dann sagte Noel: »Ich schlafe gerne mit meinen Freundinnen, und ich habe viele Freundinnen«. Als ich, wahrscheinlich mit einem dümmlichen Grinsen, daran dachte, wie es gewesen war, die Verkörperung der einsamen Butch aus der Steinzeit zu sein, während sie ausrief: »Oh Patricia, du bist göttlich!«, und als ich mich fragte, ob sie vielleicht noch eine Freundin brauchte, sah Sharon mich an, und mir fiel ein, daß ich diejenige gewesen war, die Treue eingefordert hatte. Ich machte eine schwungvolle, fingerschnippende Geste nach dem Motto »Verdammt, ich hab den Bus verpaßt« und lächelte Sharon an. Als die anderen gingen, gingen wir auch. Ich mischte mich nicht unter die Frauen, die um Noel herumstanden, und fragte auch nicht: »Kennst du mich noch?« Es fiel mir nicht schwer. Ich bestehe wirklich auf Treue.

Sharon rief die Frauen, die sie »Die Mütter« nannte, vom *Rose Hip* aus an und verschaffte uns eine Einladung zu einem Spaziergang mit ihnen. Sie kämpften sich durch die New-York-Reiseführer, jeden Sonntag eine Sehenswürdigkeit und kein Ende in Sicht, es war wie Enzyklopädienlesen, und als nächstes war der Zoo in der Bronx dran. Ich hatte meine Zweifel, daß das Zufall war. Es war einfach der klassische Ort, wo man mit seinen Kindern hinging. Ich witterte Herablassung.

Sharon sagte: »Ich will die Känguruhs durch die Gegend springen sehen.«

»Warum nur? Hast doch *mich*!« sagte ich und vollführte Sprünge, einfach phänomenal, wenn man bedenkt, daß ich nicht aufgewärmt war. Ich war von mir selbst beeindruckt, aber weil mir kein Baby aus der Bauchtasche guckte, bestand Sharon auf der echten Version.

Sie war aufgeregt und glückselig, weil sie uns, ihre geliebten Mütter und ihre geliebte Patricia, zueinanderbringen und uns davon überwältigt sehen wollte. Ich war ja gewillt, mir eine Freude machen zu lassen, hatte aber meine Zweifel, die durch Sharons Eifer nur verstärkt wurden. Je mehr sie mir die Ohren vollschwatzte, um so wahrscheinlicher fand ich es, daß die Mütter eklig-süß waren oder Zum Pferdestehlen oder Aufgeschlossen oder Klug oder Offenherzig oder Geistig Beweglich.

Und natürlich waren sie das alles, aber wer ist schon perfekt? Als der Nachmittag vorbei war, war es mir bereits gleichgültig.

Der Zoo war klasse. Afrikanische Kronenkraniche liefen überall frei herum, wie Tauben. Von da an war ich mit einem Bild nicht mehr zufrieden, bis ich irgendwo mindestens einen großen Vogel mit einer Sonne auf dem Kopf untergebracht hatte.

Die Känguruhs blieben in ihrer Hütte. Wir bekamen sie nicht zu Gesicht.

Eine Giraffe pißte einen zweieinhalb Meter langen Wasserfall.

Wir sahen ein lesbisches Paar mit einem Kind, das die Butch mit Daddy anredete.

Es gab winzige Antilopen, Duikers hießen sie, ausgesprochen wie Dykers, und Mutter Eins beschloß, daß sie das

Nationaltier und Maskottchen der Insel Lesbos sein sollten. Sie erklärte, sie müßte wohl den Gedanken aufgeben, Lesbos für uns zu kaufen, weil man ja sehen konnte, was für einen Ärger die Juden mit ihrem Heimatland hatten. Dann bräuchten wir eine Armee.

»Wir machen's trotzdem«, sagte Sharon.

Mutter Eins sagte nein, Manhattan sei auch eine Insel und ein gutes Zuhause für uns – aber die Duikers ließen sie dahinschmelzen. Sie waren so klein und nach uns benannt! Wir müßten unser eigenes Land haben und sie als Haustiere halten. Jeder Haushalt der Lesbischen Nation könnte mindestens einen Duiker halten, und unsere Freundinnen würden uns Geschichten über Duikers statt über Katzen und Hunden erzählen, was für eine Erleichterung!

Natürlich war mir das alles ein bißchen zu albern, aber ich beschloß, mir nichts draus zu machen. Ich beschloß, mich überlegen zu fühlen. Und als ich gerade meine mangelnde Albernheit so richtig genoß, fing ich den Blick von Mutter Zwei auf. Einen brüderlichen, amüsierten. Von Butch zu Butch. Als wollte sie sagen, hör nur, wie die albernen kleinen Dinger plappern, ist das nicht niedlich?

Vielleicht dachte ich sowieso schon so was Ähnliches, vielleicht ja, aber ich würde es nie wieder tun. Mutter Zwei schreckte mich ab. Wie konnte sie sich der Frau überlegen fühlen, der sie einen Platz am Festmahl des Lebens angeboten hatte?

Man sieht seine eigenen Fehler wohl erst dann, wenn man sie bei anderen bemerkt. Ich könnte mich zwar wirklich bessern, indem ich Mutter Zwei öfter treffen würde, aber wäre es das wert?

Aber sie machte es bei dem Elephanten wett, einem sehr großen Elephanten, der hinter einer Steinmauer stand und über eine zweite Steinmauer nach den Leuten griff. Sein Rüssel war ein bißchen zu kurz. Wahrscheinlich haben die Leute ihn gemessen, bevor sie die Mauern gebaut hatten. Das Tier hatte den Rüssel ganz ausgestreckt, bis auf die Spitze, die er wie eine Opferschale nach oben gestülpt hatte.

Wir zogen uns offizielles Elephantenfutter aus einer Futtermaschine, kleine Plastiktüten mit bräunlichen, zylindrischen Kügelchen, und warteten, bis wir dran kamen. Eine kleine Menschenmenge scharte sich um seine Rüsselspitze herum, viele aufmunternde Eltern und viele Kinder, die sich vernünftigerweise zurückhielten. Am Ende packten sie ihre Kügelchen auf die Mauer.

Ich hatte gedacht, ich wäre viel mutiger als Kinder, aber von nahem war dieser Elephant ein beeindruckendes Vieh und sein Auge sah mit seinen grauen Fältchen ziemlich fremdartig aus, ziemlich *anders*, nicht gerade anheimelnd. Er blähte seine ungeheuren Nasenlöcher. Der atmete ja durch den Rüssel. Konnte er die Kügelchen nicht in die Lunge kriegen?

Während Sharon und Mutter Eins und ich noch beratschlagten, ob wir unser Elephantenfutter jemand anderem geben sollten, kam Mutter Zwei daher wie eine Dirigentin, wie eine Chirurgin, ohne Zögern und voller Vertrauen. Unsere starke kleine Heldin mit einem furchtlosen Herzen und sicherer Hand.

Ihre ruhige Hand hob sich, und die Kügelchen rollten hinunter in die unermeßliche Weite des Rüssels, und der Elephant sog sämtliche Kügelchen mit einem Zug ein, mitsamt dem Plastiksäckchen, atmete sie einfach ein. Da riß Mutter Zwei die Hand zurück und stieß einen ehrlichen, unschuldigen, einfach verängstigten Schrei aus und wurde nicht wütend, als wir lachten. Sie lachte mit, und ich merkte, daß sie doch nicht so schlimm war, doch nicht so besonders reizbar und herablassend und chauvimäßig und nicht zu stolz zu schreien.

Wir warteten hoch über der Straße auf die sogenannte U-Bahn, auf einem Bahnsteig, der wie ein Baum hin und her schwankte und knirschte. »Macht nichts, das ist immer so«, prahlte Sharon, stolz, daß sie die Stadt aus ihrer früheren Laufbahn kannte, aber ich hielt mich trotzdem an einem Pfahl fest. Ich wußte zwar, daß er mich nicht retten würde, aber ich konnte nicht loslassen. Sie würden mich zusammen mit dem Pfahl begraben müssen.

Mutter Eins und Sharon schlenderten angeberisch herum, blickten auf die Bronx hinaus und schwatzten. Wäre ich nicht so verängstigt gewesen, hätte ich gern zu Mutter Zwei rübergeguckt, um zu sehen, ob wir uns auf Kosten der andern beiden zulächeln konnten. Sie hatte auch einen Pfosten gepackt, mit dem Griff einer Ertrinkenden, und zeigte abermals, daß sie nicht zu stolz war, das Richtige zu tun.

Wir konnten den Zug zwar noch lange nicht sehen, spürten ihn aber schon. Das riesige Ding würde uns mit Sicherheit alle runterreißen. Der Bahnsteig spielte verrückt, hielt aber noch dieses eine Mal. Bald darauf waren wir wieder in Manhattan, sicher unter dem Erdboden, wo U-Bahnen auch hingehören, und konnten wieder ruhig atmen.

Sharon wollte reden, aber ich hasse Unterhaltungen in der U-Bahn, die Schreierei und das ewige »Waas?« Davon kommt nämlich auch der New Yorker Akzent, der einem durch und durch geht, wie ein Bohrer. Er muß weit tragen. Das ist alles gut und schön, aber so doll müssen wir uns ja nun auch nicht anpassen. Ich schüttelte den Kopf, damit sie still war, und schaute weg.

Deshalb hatte sich einiges bei Sharon angestaut, bis wir oben auf der Straße waren und nach Hause gingen. Selbst wenn ich gewollt hätte, hätte ich sie nun nicht mehr zum Schweigen bringen können, und ich wollte es auch nicht. Mir gefiel fast alles, was sie sagte.

Sie sagte: »Willst du gar nicht wissen, worüber Mutter Eins und ich geredet haben, als ihr beide euch an diesen Pfosten festgeklammert hattet? Ihr saht so lustig aus.«

Diesen Teil fand ich nicht so toll.

Sie sagte: »Mutter Eins findet, ich sollte wieder aufs College gehen. Was meinst du? Sie sagt, das City College kostet nichts, und es hätte Generationen von Leuten aus den Slums und von Einwanderern aus der Armut gerettet, und dazu gehöre ich auch, sagt sie. Weißt du, was sie über mich gesagt hat? Ich wär noch feucht hinter den Ohren! ›Noch ganz schön feucht hinter den Ohren‹, hat sie gesagt. Und ich dachte, soll ich jetzt wütend werden? Aber ich glaube, sie meinte es nicht so. ›*Eingewandert* und noch ganz schön feucht hinter den Ohren‹, das hat sie gesagt. Daß ich aus Amerika bin, heißt noch nicht, daß ich nicht eingewandert wäre. Was ich denn machen wollte, sagte sie, mein Leben in diesem kümmerlichen Kräuterladen verbringen? Soll ich Marnie erzählen, daß sie ihn kümmerlich genannt hat? Und sie hat gesagt, New York, hat sie gesagt, nimmt alle auf, vor denen der Rest des Landes Angst hat, Schwarze und Latinos und Asiaten und Schwule und Lesben, und schickt sie aufs New Yorker City College. Früher waren es Juden und Iren und Italiener, aber die passen jetzt rein, und nun sind wir's. Sie hat gesagt, wenn New York jemals damit aufhört, Mann, das würde den anderen im Land noch leid tun. Es hält uns nämlich alle hier an einem Ort, bis wir gesellschaftsfähig sind, und verhindert, daß wir ihnen auf die Pelle rücken. Gesellschaftsfähig! Also wirklich! Und New York macht das mit jeder Generation, eine Welle nach der anderen. Sie hat gesagt, die Stadt sei eine dicke harte ausgelaugte Mutter, wie eine Löwenmutter, und manchmal knufft sie uns, und manchmal schleckt sie uns mit der Zunge ab. An der Stelle hat sie das mit den feuchten Ohren gesagt. Kaum ist der erste Wurf unterwegs, rums, kommt schon der zweite. Mutter Eins hat gesagt, das kostenlose Erziehungssystem wäre wie das Abschlecken, aber es sind viel zu viele von uns. Wir kommen nicht alle rein. Aber ich könnte es, ich sei nämlich clever, hat sie gesagt. Hab ich schon erzählt, daß ich *Valedictorian* gewesen bin?«

»Echt?« fragte ich ganz erfreut.

»Na ja, ich hab ohne Freundin bei Grandma in Mote gehockt, also hab ich meine Hausaufgaben gemacht.«

»Du warst *Valedictorian*!«

»Klar! Warum auch nicht? Aber was meinst du denn nun? Soll ich auf die Uni? Was bringt es mir denn? Ich meine, was Sinnvolles? Sinnvoll für mich, meine ich? Muß ich denn? Ich bin doch schon Naturheilkundlerin. Reicht das nicht?«

Sharon war schon immer etwas arrogant gewesen, irgendwie hoheitsvoll, und darum beneidete ich sie und verachtete sie auch ein bißchen dafür. Angestellte in einem Kräuterladen war nicht dasselbe wie eine Naturheilkundlerin. Wenn Sharon dem Präsidenten die Tür öffnete, bildete sie sich schon ein, das Land zu regieren. Die gute Seite dieser Eigenschaft war, daß sie sich nie beklagte, andere beneidete, sich wie eine Versagerin fühlte oder sich selbst bemitleidete. Wenn du dich nur am einfachen Volk mißt, geht das auch. Ich dagegen maß mich an der Weltgeschichte und an Gott und ging nie als erste ins Ziel.

Aber hoheitsvoll oder nicht, Sharon war verletzlich, und ich mußte sehr intensiv nachdenken, wie ich ihr antworten konnte, ohne sie feucht hinter den Ohren zu nennen. Es wurde eine lange Pause.

»Sei vollkommen ehrlich«, sagte sie.

»Vielleicht möchtest du mehr über Kräuter lernen«, sagte ich, unvollkommen ehrlich.

»Ich *studiere* Kräuter, jeden Tag, bei Marnie.«

Ich dachte daran, wie am College Kräuterkunde unterrichtet würde, wenn es so ein Fach überhaupt gab. Viel öde Pharmakologie. Kleinen Tierchen etwas injizieren und sie dann umbringen, um zu sehen, was die Spritzen angerichtet hatten. Statistik.

Dann dachte ich an das *Rose Hip*, frisch und duftend, weiblich, und mit einer echten Weisen Frau (eine neue, aber eine von der alten Schule), die ihre Geschichten, ihre Intuition und ihr Wissen, ihre Erinnerungen und ihre Phantasie großzügig darbot.

Ja, das war die richtige Methode, Kräuter zu studieren, von Frau zu Frau. Sharon würde hingehen und etwas anderes studieren.

»Da ist noch was«, sagte ich.

»Was denn?«

Meine Mutter sagte immer, das einzige, was sie von ihrer Bildung hatte, war, daß sie gut bei Kreuzworträtseln war.

War das empfehlenswert? Sollte Sharon Philosophie studieren und sich den Rest ihres Lebens fragen, wo der Tisch war, wenn ihn niemand ansah, und warum er sofort wieder da war, wenn jemand den Seminarraum betrat? (Und war überhaupt etwas im Grab von Tutenchamun gewesen, bis Carnarvon und Carter es entdeckt hatten? Gab es das Grab überhaupt?) Was hätte Sharon von so einem Denken? Wenn sie amerikanische Geschichte am College studierte, wo sie damit beginnen, einem auch das Schlechte zu erzählen, würde sie vielleicht einiger Illusionen beraubt, aber sie war eine gute Babyboomerin der sechziger Jahre und glaubte sowieso schon das Schlimmste von uns.

»Ich weiß nicht«, sagte ich schließlich.

»Du findest, ich sollte es tun, oder?« sagte sie anklagend.

»Ich glaube, ich hab wirklich ein positives Vorurteil gegen Bildung«, sagte ich.

Ein paar von meinen Aquarellen waren marktreif. Es erforderte stahlharte Nerven, damit auf dem Washington Square zu stehen und übersehen zu werden. Meine Werbeauswahl war groß genug, um von ihr auf den Rest zu schließen – es waren zwei. Wenn Sharon und mir die Bilder gefielen, würde es anderen früher oder später genauso gehen, aber es war nicht leicht für mich, da mitten zwischen den anderen Malern und Folksängerinnen und Betrunkenen und Junkies zu stehen und, meistens zumindest, nicht mal bemerkt zu werden.

Bemerkt zu werden war fast genauso schlimm. Ich hatte Angst, daß durch irgendeinen unmöglichen Zufall das Gerücht zum Alten Haus dringen würde, daß ein Mitglied der Familie Burley Straßenhändlerin geworden war, und dann auch noch illegal, ohne Genehmigung, praktisch eine Pennerin der Bowery. Irgendjemand, den wir kannten, würde mich erwischen und petzen.

Und dann zahlte mir ein Heteropärchen zehn Dollar für einen meiner Engel, eine Schönheit in einem grünen Kleid mit blauen Punkten, kleinen rosa Händen und Füßen und einer goldenen Trompete. Ich dachte schon, das Schuldgefühl würde mich verdorren lassen, noch bevor ich sie ihnen einfach so überreichen konnte, *denen, für Geld*. Was für ein Verrat! Aber da kam eine Patricia zum Vorschein, die ich nicht gekannt hatte, ein ganz neues Ich, irgendwie gerissen und geldgierig. Ich brachte Sharon den Zehner mit nach Hause, wie ein Grubenarbeiter, der seiner Frau lässig den Wochenlohn in den Schoß wirft.

»Davon gibt's noch mehr«, prahlte ich, und plötzlich hatte ich vor nichts mehr Angst, außer daß ich nicht genug verlangte.

Mittlerweile war es Herbst und kalt, wenn die Sonne unterging. Nach dem Essen ging Sharon, die in ihren braunen und rostfarbenen und gelben warmen weichen Sachen einfach liebenswert aussah, zu ihren Abendkursen am City College. Und ich nahm mein Portfolio mit auf den Platz, weil um diese Zeit die Touristen sich nach etwas zum Kaufen umsahen, etwas, was sie mit nach Hause bringen konnten.

»Wo sind die Queers? Ich will die Queers sehen!« krähte eine von ihnen, während sie ganz unbedarft neben zwei Frauen ging, die lesbischer aussahen, als man sich nur träumen lassen konnte. Deren Mienen waren interessant.

»Hier!« rief ich und lächelte, aber die Frau bedeckte ihr Gesicht und eilte davon. Ihre lesbischen Gefährtinnen sahen mich an und lächelten.

War es ihr peinlich, daß sie »Queer« gesagt hatte? Das Wort ist in Ordnung. Es heißt einfach nur »anders.« Es gefällt mir besser als »gay«, das mir für eine Angelegenheit von Leben und Tod zu trivial erscheint. Hatte sie Angst, ich könnte sie zusammenschlagen oder vergewaltigen? Vielleicht sah ich tatsächlich einigermaßen beeindruckend aus. Man sieht es dir an, wenn du von einer Frau geliebt wirst, und auch, daß du Geld hast. Aber ich wollte die arme Seele nicht erschrecken. Ich wollte ihr nur ein Bild verkaufen. Ja, sogar ihr. Selbst Richard Nixon hätte ich ein Bild verkauft, wenn es ihm gefallen hätte.

Sechstes Kapitel

Sharon

Marnie sagte: »Wenn ich eine kluge junge Frau wäre, die die Zukunft noch vor sich hat –«

(Es regt mich auf, wenn Leute so was sagen.)

»– dann würde ich Ingenieurin für umweltschonende, alternative Energien werden.«

(Das würden sie nämlich nicht tun. Sie wollen bloß, daß ich es tue.)

Ich war noch Freshman, das heißt im ersten Jahr. Es war noch zu früh, sich um ein Hauptfach zu kümmern. In Wirklichkeit machte sich Marnie gar keine Gedanken. Sie träumte, und zwar für mich, um mir die Mühe zu ersparen, mir einen eigenen Traum auszudenken.

»Ich würde die ganzen Sportnarren in riesige Laufräder packen, wie Rennmäuse, und sie Con Edisons Turbinen antreiben lassen«, sagte sie. »Und Fürze würde ich auffangen. Das ist nämlich Methan, dasselbe Gas, was du im Gasherd hast.«

Marnie war ein Ideenmensch. Die feinen Details sollte jemand anders ausarbeiten, ich zum Beispiel.

»Und die Räder von Zügen erzeugen auf den Schienen Hitze. Man kann den Zug damit heizen und kühlen«, sagte sie.

Wenn sie damit nicht gerade auf mich zielte, konnte ich Marnies Gedankenflüge ganz gut ab. Einmal hat sie sich während des Abendessens in eine ihrer Ideen so hineingesteigert, daß sie vor lauter Reden und Armfuchteln aus Versehen das Essen ihrer Freundin gleich mit aufgegessen hat. Das habe ich von Mutter Eins gehört.

»Du weißt doch, auf Brücken ist es immer windig«, sagte Marnie. »In diesem Wind liegt bestimmt genug Energie, um die Brücke zu beleuchten.«

Das alles erforderte natürlich Windmühlenflügelgesten, aber Marnie backte gerade Brot, und der klebrige Teig kam ihren Händen immer hinterher, raus aus der Schüssel und hoch und rundherum, wenn sie ihn also nicht an die Wände und ins Haar kriegen sollte, mußte sie sich abregen. Eine abgeregte Marnie war aber ein kläglicher Anblick, wie eine, die in hochhackigen Schuhen rannte.

»Der Wind, den ein Auto macht, wenn es schnell fährt – der könnte doch Energie liefern, die das Auto mit antreibt«, sagte sie. Sie machte mit einem Finger vorsichtig einen kleinen Wirbel im Teig, aber wenn sie vorsichtig war, verging ihr alles, und sie wurde still.

Mittlerweile wollte ich sogar, daß sie für mich träumte. Mir *kann* man es einfach nicht so leicht recht machen. Ich hatte Feuer gefangen. Fängt nicht alles zuerst als Idee im Kopf von jemandem an? Erscheint nicht alles am Anfang abgedreht?

Ich sagte: »Ich weiß ja, daß die Leute mit der Verschwendung aufhören und sich mehr um die Umwelt kümmern müssen. Und um die anderen Menschen auch. Wir brauchen das ganze Zeug gar nicht.«

Sie antwortete traurig, weil der Teig ihr Handschellen anlegte: »Das Radio und das heiße Wasser will ich nicht aufgeben.«

»Heißes Wasser kannst du haben«, sagte ich. »Nur keins, das aus der Wasserleitung kommt.«

Ich hatte gehofft, jetzt würde sie sich über ein Dutzend Methoden auslassen, heißes Wasser zu bereiten, aber das tat sie nicht. Ich mußte selbst weiterstolpern, darüber nachdenken, wie ich mich besser um die Umwelt kümmern konnte, und mich fragen, ob es einen leichteren Weg dahin gab, als Ingenieurin zu werden.

Konnte ich wirklich Technik studieren? Hatte ich technischen Verstand? In Mote war ich in Mathe ziemlich gut gewesen, und es hatte mir gefallen, aber was ist schon Mote? Ich hatte von einem Matheprof am City College von New York gehört, der mit einer Hand die Aufgabe an die Tafel schrieb und sie mit der anderen Hand wieder auswischte, während er weiterschrieb, dann ein bißchen auf seinem Rechner herumtippte und sagte: »Ich habe die Lösung. Sie auch?« So was passierte in Mote nie. Aber ich konnte es wohl schaffen, wenn andere es schafften, und wenn ich mich darauf konzentrierte, falls das der Weg wäre, besser auf die Erde aufzupassen.

Dann kam eine von Marnies Freundinnen in den Laden. Von ihren Geliebten wohl eher. Marnie hatte Geliebte aller Altersstufen, jeder Größe und Gestalt, und zwar jede Menge. Kein Wunder, bei ihrem Kilometerstand! Dabei war sie nicht gerade eine Schönheit. Es war gut zu wissen, daß Lesben einfach immer weitermachen konnten. Ich meine, sie war in Mamas Alter, aber was für ein Unterschied!

Marnie lebte allein und nach ihren eigenen Regeln in ihrer Mönchszelle (»ein verdorbener Mönch natürlich«, sagte sie). Nie wieder würde sie monogam sein, sagte sie, und daß manche ihrer Liebsten das verlangt hatten und dann verletzt waren und weggingen und manche wütend wurden, weil sie keine schicken Sachen kaufen wollte, damit sie mit ihnen in die Oper gehen konnte, und manche wollten, daß sie nur Butch oder nur Femme war, und manche gingen aus anderen Gründen, und manche blieben.

Ihr Leben reizte mich irgendwie, falls Patricia mich jemals verlassen würde, auch wenn sie sagte, sie würde das nie tun, man kann ja nie wissen, wie denn auch? Aber bis dahin fand ich mein Leben besser als Marnies. Es war schöner, verliebt zu sein und jemanden zu haben, bei der man es bis in die Zehen spürt, wenn sie einem die Hand aufs Haar legt, und wenn du sie die Treppe hochkommen siehst, mit Einkäufen für dein Abendessen im Arm, denkst du, wie ungerecht, so glücklich zu sein, wo es auf der Welt so viele Schmerzen gibt.

Dann kam jedenfalls diese Geliebte von Marnie rein, Ann, eine von denen, die nicht so gut aussahen. Ich mochte sie sehr, weil sie mal um die Weihnachtszeit weinend in den Laden gekommen war. Sie hatte an der Ecke von Eighth Street und Sixth Avenue eine kleine Gruppe von Schwulen und Lesben getroffen, sieben vielleicht, mit einem Gay-Pride-Transparent, und als sie sie gefragt hatte, was sie machen wollten, hatten sie gesagt, sie wollten ihr Transparent die ganze Eighth Street runter tragen, sie solle doch mitkommen.

Ann weinte damals, weil sie nicht den Mumm hatte mitzugehen, aber an diesem Tag war sie fröhlich, als wär's doch okay, keinen Mumm zu haben. Sie gab Marnie einen Begrüßungskuß, den ich mir anschaute, weil wir das ja nie im Film oder irgendwo anders zu sehen kriegen, und sie sagte: »Guck mal, was mir jemand auf der Straße geschenkt hat. Warum mir?«

Marnie sagte: »Das frage ich mich auch.« Sie fand es eigentlich nicht so toll, wenn ihre Liebsten so lesbisch aussahen, daß die Leute auf der Straße es merkten.

Ann hatte also einen Handzettel, auf dem stand, es hätte in einer Schwulenbar namens *Snake Pit* (wer würde bei so einem Namen da schon hingehen?) eine Razzia gegeben und die Polizei hatte die Gäste zur Wache in der Charles Street gebracht. Einer war vor lauter Angst, eingelocht zu werden, aus dem Fenster gesprungen und hatte sich auf einem Eisenzaun aufgespießt, so daß die Feuerwehr den Zaun absägen mußte, um ihn loszukriegen. Er fuhr mit dem Stück Zaun im Körper zum Krankenhaus St. Vincent. Es würde eine Protestdemo geben, hieß es auf dem Handzettel. Kommt alle mit!

»Mist!« sagte Marnie. »Immer kriegen sie Ärger und verschaffen uns einen schlechten Ruf!«

Das war wohl der schlimmste Spruch, den ich je gehört hatte. Ich bezweifle, daß selbst Pa jemals etwas Schlimmeres bemerkt hatte, und ich sagte mir, Marnie meinte es wahrscheinlich nicht mal so – wie konnte sie so was über einen Mann sagen, der von Eisenspitzen durchbohrt wurde, weil er schwul war? –, sollte es aber ein Witz sein, dann war es der schlechteste, den ich je gehört hatte. Dann fiel mir ein, daß sie nicht zu den Stonewall-Unruhen hatte gehen wollen, es sei schließlich der Kampf der Männer und nicht unserer, weil wir nicht dasselbe machten wie sie und überhaupt, schließlich wären es nicht unsere Brüder. Also meinte sie es vielleicht doch so, irgendwie, und ich war ganz verstört und traurig und verwirrt, denn sonst war sie doch echt ein guter Mensch. Wie konnte so was sein?

Vielleicht hatte Ann Marnie durchschaut: »Du brauchst bloß eine Ausrede, um nicht hinzugehen«, sagte Ann. »Schon gut – ich hab auch Schiß.«

Vielleicht fand Marnie es besser, schlecht und herzlos zu erscheinen als ängstlich.

Ich hatte auch Schiß, aber ich sagte: »Irgendwer muß schließlich hin. Ich wahrscheinlich.«

Dann fingen die beiden an, schreckliches Zeugs zu reden, ob ich denn nicht wüßte, daß die Bullen Jugendliche verprügelten, nur weil sie gegen den Krieg protestierten, und was ich denn meinte, was sie mit einem Haufen Homos anstellen würden? Wollte ich wirklich einen bleibenden Gehirnschaden riskieren für etwas, das sowieso nicht viel verändern würde, vielleicht auch gar nichts?

Ann und Marnie sagten, schade, daß sie kein Farbfernsehen hätten, damit sie mich morgen in den Abendnachrichten besser sehen konnten, und ob sie bei mir in der Familie Farbfernsehen hätten?

Ich ließ mir das alles durch den Kopf gehen und fühlte mich noch beschissener, aber ich wußte, daß ich zu dieser Demo gehen würde. Es mußte schließlich mal aufhören, dieses Aus-dem-Fenster-Springen. Irgendwo mußten wir ja anfangen. Es mußte etwas geben, was wir uns nicht mehr gefallen ließen.

Damals, als Patricia nicht zu den Stonewall-Unruhen gehen wollte, hatte sie versprochen, auf friedliche Demos würde sie mitkommen, aber erinnerte sie sich noch daran?

Nein. Und wenn, wollte sie es nicht zugeben.

Aber diesmal ging ich trotzdem. Ich kramte die abgefahrene Wintermütze raus, die mir Grandma gehäkelt hatte und für die ich normalerweise viel zu eitel war, stopfte sie mit Papier aus und machte mir einen Helm daraus. Ich zog zusätzlich dicke Pullis an, als Rüstung, und marschierte zum Sheridan Square. Weil es etwas geben mußte, das wir uns nicht gefallen ließen. Weil das Aus-dem-Fenster-Springen aufhören mußte.

Ich war ein paar Blocks weit gegangen, da hörte ich: »Sharon! Warte auf mich!« Ich drehte mich um und sah, daß da jemand hinter mir herstolperte, ausgestopft wie ein Kleinkind im Schneeanzug. Es war ein Wunder, daß ihre Arme nicht seitlich abstanden. Sie watschelte. Ihre blaue Fischermütze, in der sie ihre Bilder verkaufte, war dick ausgepolstert. Gott sei Dank war es ein kalter Abend im März. Ich lehnte mich gegen einen Laternenpfahl, um auf sie zu warten, und lachte. Sie war ganz außer Atem, weil sie hinter mir hergejagt war. Sie behauptete, ich sähe alberner aus als sie, aber das war gar nicht möglich.

Sie sagte, ich hätte sie gezwungen, gegen ihren Willen etwas Dummes und Gefährliches zu unternehmen.

Sie sagte, ich schwänzte mein Seminar aus einem dummen und gefährlichen Grund.

Sie sagte, genau in diesem Moment könnte sie auf dem Washington Square Hunderte von Bildern verkaufen.

Dann atmete sie wieder normal.

»Also, ich weiß es wirklich noch, ich hab's versprochen«, sagte sie.

Sheridan Square ist nur ein kleines Dreieck, wo ein paar Straßen schräg aufeinandertreffen, aber ich hatte trotzdem Angst, wir würden nicht genug sein, um den Platz zu füllen. Waren wir aber. Fast alles Männer. Patricia ging einen Stapel selbstgemalter Schilder durch, wie eine gewissenhafte Hausfrau, die Melonen prüft, und sagte: »Habt ihr nichts weniger Aggressives?« Schließlich fand sie eins für sich, wo nur draufstand GAY IS GOOD, und auf meinem stand GAY IS PROUD.

Wir standen alle schweigend herum, hielten unsere Schilder wie Schutzschilder vor uns, und dann brüllte derselbe junge Mann, der die Schilder verteilte: »Zur Charles-Street-Wache!« Wir gingen in einer langen schmalen Kette die Christopher Street und die Bleecker Street runter, während die Leute aus dem Fenster guckten oder ihre Autos anhielten und ich dachte, und wenn mich jetzt Marnies Kunden sehen? Oder die alte Dame, bei der ich die Zeitung kaufe? Und die ganze Zeit wußte ich, daß mich sowieso alle auf den ersten Blick durchschaut hatten, und es war ihnen egal. Aber ich mußte mich doch dauernd zusammenreißen, um mich nicht zu benehmen wie Patricia, die nicht mal im West Village arbeitete und trotzdem das Gesicht hinter ihrem Schild versteckte.

Dann bog die Spitze des Zuges nach links in die Charles Street, als der Rest von uns noch auf der Bleecker war, und wir konnten sogar den Zug sehen und doch ein Teil von ihm sein. Es waren so viele. Es war so schön. Es war ... ja, mitreißend. Jemand sagte leise: »Guckt uns mal an!«, und Patricia ließ ihr Gesicht sehen. »Ja, guckt uns an«, sagte sie.

Die Bullen hatten die Straße mit Sägeböcken und ihren Körpern abgesperrt, um uns von der Wache fernzuhalten. Der Zug hielt an. Eine Zeitlang brüllten vorne ein paar, nicht viele: »Schweine! Schweine!« Das nannte sich »Konfrontation.« Ich wünschte, sie würden es nicht tun. Sie dachten wohl, irgend jemand mußte ja mal Lärm machen. Vielleicht dachten sie, ein Protest nützte nichts, wenn niemand protestierte. Ich fürchtete fast, sie würden Patricia so sehr in Verlegenheit bringen, daß sie nie wieder für uns auf die Straße gehen würde.

Bei dem Geschrei kam nicht viel raus, und die Bullen reagierten nicht. Bald verwandelte sich unsere Konfrontation wieder in eine Demo. Wir versammelten uns vor dem Haupteingang des Krankenhauses St. Vincent. Irgendwo da drin wurde der Mann, der an den Eisenspitzen fast gestorben war, Tag und Nacht von Bullen bewacht. Außer einem Pastor, der für den Verwundeten ein Gebet sprach, schwiegen wir alle, um unsere Sorge um ihn und die anderen Patienten zu zeigen. In dem Moment hatte ich das Gefühl, wir wären stark. Das einzige, was zu hören war, waren die üblichen New Yorker Geräusche – U-Bahnen, Flugzeuge, entfernte Sirenen – und ein Bulle, der seinem Funkgerät erzählte, er schätzte uns auf zweihundertfünfzig und friedlich.

Dann gingen wir wieder zum Sheridan Square zurück. Und da kommt diese pfadfindermäßige, missionarisch aussehende, stämmige gesunde Frau namens Mary daher und sagt, wie froh sie ist, daß ein paar Frauen dabei sind, und daß wir nächstes Mal unsere Freundinnen mitbringen sollen. (Sehr wahrscheinlich!) Sie sagte, sie verfügte über eine kleine Erbschaft, die es ihr ermöglichte, ihr Leben dem Kampf für schwullesbische Rechte zu widmen. Sie hätte jedes Jahr am vierten Juli vor der Independence Hall in Philadelphia demonstriert, ohne daß es jemand gemerkt hätte, aber seit Stonewall sei alles anders, und jetzt würden wir Fortschritte machen.

Sie erzählte uns das, und wenn jemand einen Sprechchor anstimmte, brüllte sie zwischendurch mit. Ich konnte es kaum glauben, aber Patricia brüllte auch: *Say it loud! Gay is proud!* und so weiter. Fröhlich und mit weit aufgerissenem Mund stapfte sie die Straße der Schwulen hinunter. Ich hatte vergessen, daß sie aus ihrer Demozeit am College einen großen Vorsprung vor mir hatte. Ich versuchte es auch, brachte aber nicht mehr als ein Murmeln heraus.

Patricia sagte: »Diese Slogans bringen's doch nicht. Ich hab einen erfunden. Der geht so:

Gleiche und vollkommene Gerechtigkeit
für alle Menschen
gleich welcher Nationalität
und Glaubensrichtung.«

Sie traute sich nicht so recht, es ganz allein zu rufen. Sie sagte es nur.

Mary meinte: »Interessant, interessant. Jefferson, oder?«

Patricia sagte: »Ja, und ich hab noch einen, der ist von mir:

Ihr habt mir
tausend Jahre lang
auf die Füße getreten.«

»Interessant, interessant«, meinte Mary.

Ich sagte: »Ich weiß auch einen:

Es muß endlich aufhören
dieses Aus-dem-Fenster-Springen.«

»Interessant, interessant«, meinte Mary. »Es gibt ein Treffen. Kommt mit, und erzählt ihnen davon.«

Das Treffen fand auf einem großen kahlen Dachboden südlich der Houston Street statt. Auf dem Weg dahin nahmen wir den ganzen Gehsteig ein. Auch auf dem Dachboden blieb kein Plätzchen frei, und wir drängten uns auf dem bloßen Betonfußboden und hörten demselben jungen Mann zu. Er sagte, die Ap-Fuu-Funktionärinnen wären so zaghaft, daß sie ihn nicht mal ihre Vervielfältigungsmaschine für die Protestflugblätter gegen die *Snake-Pit*-Verhaftungen benutzen ließen, aber er sei mit seinem Liebsten bei ihnen eingebrochen und hätte die Flugblätter trotzdem dort abgezogen. Die Mattachine Society wäre genauso träge wie die Ap-Fuu und die Schwullesbische Befreiungsfront zu kommunistisch. Der Kommunismus sei für Schwule nie gut gewesen. Im kommunistischen Kuba schwämmen die Homos aufs Meer hinaus in der Hoffnung, von Bananenbooten oder der US-amerikanischen Küstenwache aufgesammelt zu werden. Er suchte Leute und Ideen für eine neue Vereinigung, die aktiv sein und protestieren und sich mit jedem Stück homophobischen Mist, der uns widerfahre, auseinandersetzen würde, mit jedem einzelnen und nichts anderem, nichts sei nebensätzlich.

Bei so einer Vereinigung hätte ich gern mitgemacht, aber man brauchte eine Erbschaft oder Sozialhilfe, um dafür Zeit zu haben. Aber ich fühlte mich schon wohl, wie ich da saß und mich in der Öffentlichkeit an meine Liebste schmiegte und die Energie und die Aufregung im Raum fühlte, wie 1776 und bei den Verfassungsvätern. Wie im Unileben der anderen Studenten, mit all diesem spannenden Gerede über Gerechtigkeit und wie die Welt sein sollte, das man verpaßt, wenn man abends mit der U-Bahn zum Seminar und danach gleich wieder nach Hause hetzt.

Als Patricia und ich wieder in unsere Wohnung kamen und die gepolsterten Mützen und dicken Pullover auszogen, sagte ich: »Die haben wir ja wohl nicht gebraucht.«

Patricia sagte: »Haben wir ja. Unsere Demo wurde doch angegriffen. Hast du nicht gehört, wie der alte Mann sagte: ›Wascht euch gefälligst!‹?«

Wir machten uns über den alten Mann gehörig lustig – ja, ich hatte ihn auch gehört – den einzigen, der auf Schwule und Lesben wütend genug war, um etwas zu sagen, und selbst das machte er eher halbherzig. Es war, als wäre es seine Pflicht, fies zu uns zu sein, aber er wußte nicht so recht wie, also improvisierte er mit dem Spruch, den die Leute den Hippies an den Kopf geworfen hatten.

Der Krieg in Vietnam ging anscheinend irgendwie zu Ende – um die Wahrheit zu sagen, verfolgten Patricia und ich die Nachrichten nicht so genau –, aber dann stellte sich heraus, daß Nixon Kambodscha bombardierte, nachdem er es abgestritten und dann gesagt hatte, ja schon, aber nur ein bißchen und außerdem müßte er es tun. Die Bombardierung war auch nicht schrecklicher als der Rest dieses beschissenen Krieges, aber sie holte die Demonstranten wieder auf die Straße (Nixon nannte sie Gammler), und zwei Studenten von der Kent State in Ohio wurden von der Nationalgarde erschossen, und an der Jackson State in Mississippi wurden noch mehr getötet, und Nixon sagte nun, sie haben es so gewollt.

Das konnten wir nun wirklich nicht auf uns sitzen lassen.

Patricia konnte in schwullesbischen Demos vielleicht nicht viel Sinn sehen, aber an Antikriegsdemos glaubte sie. Ohne daß ich gedrängelt hätte, kaufte sie Bagels und Käse und Apfelsinen und Gurken und verschaffte uns zwei Plätze in einem gemieteten Bus. Er gehörte zu einem langen Buskonvoi, der die Leute nach Washington brachte, um Nixon zu sagen, er sollte aufhören, auch wenn sie wußten, daß er es nicht tun würde. Um der Welt zu zeigen, daß nicht alle Amerikaner wie Nixon waren, damit wir vor der Geschichte nicht dastanden wie die Nazis und die Türken. Um uns von ihm zu distanzieren. Um Vergebung für Amerika zu erbitten. Das waren jedenfalls *unsere* Gründe. Ich weiß nicht, welche die anderen hatten. Sie haben nichts gesagt. Im Bus war es so still, daß ich die Reifen auf dem Highway hören konnte. Jeder war ganz für sich. Ich glaube, sie haben um Vergebung für Amerika gebetet.

Patricia war schon oft in Washington gewesen, als ihr Vater an der Library of Congress gelehrt hatte und so weiter, ich aber noch nie. Ich war überrascht, wie schön Washington war. Wie konnte das sein, bei all den Scheußlichkeiten, die da passierten, Männer, die bei Dow Chemical mehr Napalm bestellten und dann nach Hause gingen, um mit ihren Kindern zu spielen und wie normale, vernünftige Menschen zu Abend zu essen? Na ja, eine Klapperschlange sieht auch schön aus, Ballerinas auf Zehenspitzen auch, bis man weiß, was dahintersteckt und sie nicht mehr schön findet, und das gilt auch für Washington.

Wir strömten zu Tausenden aus den Bussen und gingen über große Grasflächen, unter blühenden Kastanien entlang zum Weißen Haus, das sich hinter einem Kreis von khakifarbenen Militärbussen völlig verbarrikadiert hatte, die dicht an dicht hintereinander standen. Da hätte sich nicht mal ein Floh zwischen durchquetschen können, um mit Nixon zu reden. Der hatte schon im voraus gesagt, daß er sowieso nicht hingucken oder hinhören würde. Er wollte ein Footballspiel im Fernsehen gucken.

Bis drei Uhr nachmittags waren die Redner und die Folksänger fertig, keiner hatte es geschafft, einen Slogan anzustimmen, und wir hatten noch drei Stunden, bis uns die Busse wieder abholen würden. Wir konnten überall hingehen, sagten die Bullen, außer zur Fifteenth Street, also gingen wir da hin, einhunderttausend oder zweihundertfünfzigtausend Leute, es kam drauf an, wem man glaubte, in einem riesigen Strom, die Amöbe, die Washington auffraß, still und leise.

Ich war noch nie Teil einer so riesigen Menschenmasse gewesen. Ich hatte ein komisches Gefühl. Unheimlich. Wenn man bedachte, daß wir den Verkehr zum Erliegen bringen konnten ... Daß nichts, gegen das wir angingen, uns standhalten konnte. Ich wollte mich umdrehen und sehen, ob noch jemand daran dachte, aber ich hatte Angst, ich würde anfangen, dumm zu kichern, und was würde Patricia dann von mir denken? Ich begriff, wie es sein mußte, in einem Mob zu sein. Ein Mob kann alles Mögliche tun, und keiner hat schuld, wie bei einem Erdbeben.

Aber diese Menschen waren zu keiner Zeit ein Mob. Die ganze Zeit waren sie einzelne Menschen und verfolgten ihre eigenen Ziele. Ich glaube, die Fernsehteams wünschten sich, wir wären etwas malerischer. In meinen Augen sind zweihundertfünzigtausend schweigende Leute malerisch.

Die Kommunisten lärmten allerdings herum – sonnten sich in der öffentlichen Aufmerksamkeit, schwenkten ihre Vietkongfahnen und marschierten zum Arbeitsministerium (das am Wochenende geschlossen war), um »Solidarität mit der Arbeiterklasse zu demonstrieren«. Ihretwegen wirkte unser ernsthaftes feierliches großes aufrichtiges Gebet richtig albern.

»Das machen sie mit Absicht«, sagte Patricia. »Sie wollen, daß der Krieg weitergeht, damit das Land vor die Hunde geht.« Sie hatte am Brundidge-Willson-College ein paar Kommunistinnen kennengelernt, die das zugegeben hatten.

Patricia und ich waren schon auf der Fifteenth Street, als die von vorne schon wieder zurückkamen. In dieser Straße konnten wir nichts machen. Es war ihnen wohl klargeworden, daß die Polizei uns nur gesagt hatte, daß wir da nicht hingehen konnten, damit wir erst recht hingingen. Es war der harmloseste Ort, den wir uns hätten aussuchen können.

Und dann hörten wir in dieser schweigenden Masse einen schwachen, leisen Ruf: »Gay Power to the Gay Gay People!«, und sahen ungefähr acht Leute, Männer und Frauen, wahrscheinlich dieselben, die um Weihnachten rum in New York ihr Transparent die ganze Eighth Street runtergetragen hatten und jetzt, die Arme einander auf die Schultern gelegt, mit einem Transparent die Fifteenth Street herunterkamen.

Ich fand, Kommunisten durften ein ernsthaftes feierliches großes Friedensgebet nicht durch Sprechchöre stören, aber bei Homos war es okay, ein bißchen jedenfalls. Patricia meinte, sie sollten die Stimmung dieses Tages spüren und den Mund halten. Für einen eher modernen Menschen hat sie eine ganz schön ausgeprägte Auffassung von richtig und falsch. Aber die Schwulen und Lesben waren ja nur so wenige. Soviel Lärm konnten die auch nicht machen.

Wir gingen zu ihnen. Patricia sagte: »Wir möchten mit euch gehen. Okay?«

»Klar. Je mehr, je besser«, sagte ein junger Mann.

Patricia sagte: »Aber müßt ihr unbedingt brüllen? Sie kann es nicht ab, und ich eigentlich auch nicht.«

»Ich weiß. Mir fällt es auch schwer. Wir müssen aber«, und bevor er erklären konnte, warum, starrte mich eine junge Frau angewidert an und brüllte mir ins Gesicht: »Ho! Ho! Ho-Mo-Se-xu-Ell!«, der allerschlimmste ihrer bescheuerten Schlachtrufe. Ich glaub, den hatte sie sich ausgesucht, um uns abzuschrecken.

Also gingen wir auf dem Bürgersteig neben ihnen, aber nicht mit ihnen zusammen. Sie hatten einander die Arme auf die Schultern gelegt, wozu brauchten sie uns also? Sie skandierten ihre Sprechchöre.

Ich dachte, sie versuchten, die Welt zu ändern, was sie niemals schaffen würden, aber – nein, sie änderten sich selbst. Was nutzt eine neue Welt, wenn man sie nicht als neuer Mensch betritt? Sie brüllten sich die Angst aus dem Leib. An meiner eigenen Angst merkte ich, was es sie kostete, sich den Fernsehkameras und den Dutzenden privater Kameras und den erstaunten oder angewiderten Gesichtern zu stellen, aber ich hätte es vielleicht auch tun können, wenn Patricia mich nicht am Arm zurückgehalten hätte. Sie würde wahrscheinlich nie wieder auf eine Demo gehen. Ich versuchte, sauer auf sie zu sein und zu verdrängen, daß ich dankbar war, keine Heldin sein zu müssen, auch wenn Grandmas Kreuz mir befahl, es zu wagen.

Die einzigen, die ihre Gesichter auf den Fernsehschirm bekamen, waren die Kommunisten. Die Homos nicht. So ist das Leben. Du reißt dir den Arsch für ein Coming-out auf, und dann bist du doch nicht out. Du mußt es immer wieder machen.

Patricia wollte zum Washington-Monument hochgehen, wo Nixon sie über die Busse hinweg mit einem Fernglas sehen konnte. Den ganzen Weg den kleinen Hügel hinauf, auf dem das Denkmal steht, flüsterte sie vor sich hin. Zuerst verstand ich nichts, aber dann hörte ich es: »Gay Power to the Gay Gay People!«

Besonders gut kannte ich sie immer noch nicht.

Sie legte die flachen Hände an das Monument und blickte auf das Weiße Haus und Nixon mit seinem Fernglas hinunter. »Er soll sehen, daß ich keine Gammlerin bin«, sagte sie.

»Was soll das denn?« fragte ich. »Findest du ihn etwa gut?«

»Nein, ich will, daß er mich gut findet.«

Na ja, wenn man an seinem Vater einen Narren gefressen hat, dann bedeutet einem vielleicht die Meinung eines Präsidenten etwas. Mir war es egal, was Nixon von mir dachte. Von mir aus sollte er denken, mein Mob könnte ihn stürzen.

Auf der Rückfahrt nach New York reihten sich am Straßenrand Hunderte parkender Autos. Es würde eine Weile dauern, bis der Verkehr wieder lief. Die Busse krochen zwischen kleinen, abgewrackten, mit Sonnenaufgängen und Blumen bemalten VWs entlang, und die Leute umjubelten uns unaufhörlich, lauter als in Washington. Bei uns im Bus sangen sie immer wieder »Give Peace a Chance«. Manchmal hatte jemand keinen Bock mehr drauf und fing ein anderes Lied an, aber wir kamen immer wieder darauf zurück. Patricia sang in einem seltsam blökenden, melodielosen Tonfall, wie ein kleines Kind, laut und mir direkt ins Ohr, und brachte mich damit manchmal durcheinander. Sie sagte, das wäre ein Alt, und meinte, es würde mir gefallen. Was mir wirklich gefiel – ich fand es sogar toll –, waren die kleinen Plop- und Schmatzgeräusche, die sie mit den Lippen und der Zunge machte.

Es war gegen zwei Uhr morgens, als wir wieder in die East Ninth Street kamen, wo wir uns sicher fühlten, weil Patricia mit den ganzen Leuten auf der Straße befreundet war und sie nicht zuließen, daß uns jemand belästigte. Es war zwar schon spät, aber sie mußte oft anhalten, um irgendwelchen Pennern oder Junkies zu erzählen, daß wir gerade aus Washington zurückkamen und uns gut fühlten, aber müde waren. Daß wir froh waren, dagewesen zu sein, aber noch froher darüber, wieder zu Hause zu sein.

Siebtes Kapitel

Patricia

Ich hatte sehr hart gearbeitet, um unser Zuhause schön zu machen, und es war schön – äußerst schön, fand ich –, aber dann schickte Sharons Großmutter uns eine Wolldecke, die sie für uns gemacht hatte, weil ihr, wie in ihrem Brief stand, endlich zwei Menschen gewährt worden waren, die der Decke würdig waren. Jahrelang hatte sie an den Vierecken gehäkelt, aus allen möglichen hellen und dunklen Wollresten, und jedes schwarz eingerahmt. Wir legten die Wolldecke auf unser Bett, das mittlerweile schon auf den Kisten und Türen lag, und das ganze Zimmer, nicht nur das Bett, wurde eine Klasse besser, erreichte eine ganz neue Ebene und geriet außer Sicht. Diese Wolldecke leuchtete förmlich. Sie schien das Zimmer farbig zu erleuchten, wie ein Kirchenglasfenster.

Sharon hatte Angst, ich könnte meinen, das wäre ja nicht gerade was für eine Burley. Sie dachte, wir wollten alles unbequem und braun oder grau haben, aber ich fand die Decke toll. Sie war ein Kunstwerk. Selbst wir Burleys finden Farben in der Kunst in Ordnung. Ich mußte die Decke Viereck um Viereck und auch als Ganzes bewundern, den Sinn ihrer Großmutter für Farbe und ihre Kühnheit loben, ihre riskanten und unvorhersehbaren, wunderbaren Wirkungen, bis ich sie endlich überzeugen konnte, daß ich die Decke *wirklich* toll fand.

Das mittlere Viereck war mit »P + S 1969« in einem Herz bestickt, die erste Anerkennung, die uns irgend jemand aus unseren Familien hatte zukommen lassen, und wir fühlten eine Mischung aus Dankbarkeit gegenüber der alten Danica Almo und Abneigung gegenüber allen anderen. Sollte einem die Familie nicht alles Gute wünschen, wenn man sich gemeinsam auf den Weg macht, selbst wenn es illegal ist und man es nicht in die Zeitung setzen kann?

Es stimmt zwar, daß wir nicht ganz offen gewesen waren, aber Danica wußte es von unserer Postkarte und durch unsere Geschichte.

»Wir sind zusammen, glücklich, arbeiten hart, uns geht es gut«, stand auf der Karte, und die anderen kriegten dieselbe Nachricht und hätten ruhig mal »Es lebe die Liebe« rufen können, aber das taten sie nicht.

Wieviel uns das ausmachte, hatten wir bis zu diesem Augenblick nicht gewußt. Da standen wir und guckten mit einem Kloß im Hals Danicas Geschenk an und die Hochrufe, die es ausströmte. Das überraschte uns. Wir hatten geglaubt, wir erwarteten von unseren Familien nur, daß sie uns in Ruhe ließen.

Ich sparte auf eine gute Kamera, damit ich von meinen Bildern Dias machen konnte, bevor ich sie aus der Hand gab. In mancherlei Hinsicht ist es schrecklich, Malerin zu sein. Wenn Schriftsteller ihr Zeug verkaufen, kommt es vervielfältigt zurück, und Musiker haben Tonbänder und Schauspieler Filme.

Wenn eine Malerin ein Bild verkauft, heißt es auf Nimmerwiedersehen, aber Dias sind da ein gutes Mittel.

Mutter Zwei war so nett, Dias für mich zu machen, aber ihre Kamera hatte ein Problem mit der Parallaxe, besonders wenn sie nicht aus großer Entfernung knipste, und der Verschluß ging oft zu ungünstigen Zeiten kaputt, zum Beispiel, wenn sie gerade mit ihren kurzen dicken Beinen unsere lange Treppe hochgekeucht war und sich wünschte, mich nie kennengelernt zu haben.

Sie war auch so nett, meine Bilder zu kaufen, auch wenn sie auf sie herabsah, weil sie so billig und auf Papier statt auf Leinwand gemalt waren. Immer wieder predigte sie mir, ich sollte mir eine Galerie suchen und meine Arbeit ernst nehmen, und merkte nicht, wie absolut ernst es mir war, und daß eine Galerie für mich dasselbe sein würde wie das Kunstseminar am Brundidge-Willson-College, nämlich schlecht. Wenn ich mich auf so was noch mal einließ, würde ich wieder nicht malen können.

»Herr im Himmel, sei professionell!« sagte Mutter Zwei gerne. Sie fand es pervers, großes Talent und viel Energie zu haben und dann nicht an die Spitze zu wollen. War ich etwa eine Memme, hatte ich Angst vor der Konkurrenz? War ich eine Amateurin?

Mutter Eins lachte und sagte: »Halt den Mund, Vera, laß sie in Ruhe«, aber ich glaube nicht, daß sie mich verstand.

Ich glaubte immer noch daran, daß Verständigung unter den Menschen möglich war, also erklärte ich es immer wieder. Ich bin ein Profi, sagte ich, weil es mir egal ist, wenn sich jemand mein Zeug anguckt und weggeht, ohne etwas zu sagen. Ich bin eine Amateurin, Ama-teurin, Aus-Liebe-Macherin, weil meine Arbeit ein Spiel ist und nicht von irgendeinem Werbegenie, das sie nicht mag, an den Markt angepaßt werden soll.

»Na ja, natürlich mag ich sie«, brummte dann Mutter Zwei, das Werbegenie, »aber ich begreife nicht, warum du dasselbe nicht mit Ölfarben auf Leinwand machen kannst.«

Also brauchte ich eine gute Spiegelreflexkamera, um Dias ohne Gratisvortrag zu bekommen und ohne Parallaxprobleme, und gerade als ich fast genug Geld gespart hatte, kam diese schöne Wolldecke von Sharons Großmutter, ein bemerkenswertes Kunst- und Liebeswerk.

Sharon lachte und weinte abwechselnd. »Die gute alte Grandma!« sagte sie, und: »Warum ist sie die einzige?«

»Laß uns hinfahren«, sagte ich.

Da ging es hin, das Geld für meine Kamera.

Unser Bus schien nur dahinzuzockeln, immer im kleinen Gang, aber das war wohl eine optische Täuschung, ein Parallaxproblem, er hielt nämlich sehr schön mit dem Verkehr auf der Schnellstraße mit, und schon bald sahen wir im Westen die Catskills, niedrige, sanfte, abgerundete blaue Berge mit Nebel, wo sie sich überlappten, und das Bild stieg mir in Brust und Kehle wie Liebe, wie Heimweh. Ich war erstaunt.

Was war das nur?

Bei Saugerties verließ der Bus die Schnellstraße und fuhr viele steile, enge, gewundene Teerstraßen entlang, an denen kleine Häuser aufgereiht waren und Gärten, frisch bestellt und bereit für die Saat. So sehr ich unser nettes Zuhause in den Slums auch mochte, in dem Moment fühlte ich mich benachteiligt. Selbst als Daddy mich nicht zum Alten Haus gehen lassen wollte, hatte es mir nicht viel ausgemacht, daß die sonnige grüne Erde den Heteros gehört und daß wir nur das abkriegen, was die nicht wollen. Stimmt zwar, daß wir sie am Ende doch verarscht haben, indem wir aus unserem Anteil den besseren gemacht haben, aber in diesem Augenblick wollte ich mehr als Schönheit und Liebe und Glück und Freude. Ich wollte auch einen Garten. Ich wollte Bäume und einen weiten strahlenden Himmel.

Außerhalb von Mote hielt der Bus an und setzte uns ab – keine Haltestelle oder so, nicht mal eine Bank, nur der Straßenrand, und der war leer, abgesehen von einem jämmerlichen alten Lieferwagen, den Sharon wiedererkannte. Sie rannte auf ihn zu und rief: »Papa Bär! Papa Bär! Du lebst ja noch!« Er ließ ein schwaches Hupen ertönen. Die Hupe war das einzig Leise an ihm.

Wir Burleys geben Fahrzeugen *nie* Namen, aber Danica Almo war in so vieler Hinsicht komisch, daß der Name »Papa Bär« wohl noch ihre vernünftigste Marotte war.

Sie hielt den Wagen am Laufen, indem sie ihn tätschelte und ihm sagte, wie gut er aussah und wie wundervoll und stark er war. »Lastwagen sind männlich, wie Hunde, findet ihr nicht?« sagte sie.

Während des gesamten Besuchs gab sie uns nichts als Brot, Erdnußbutter und löslichen Kaffee zum Frühstück und Chilireste aus einem riesigen Topf zum Abendessen. Mittags gab es nichts.

Sie sagte, Furzen ist gesund und sollte nie unterdrückt werden. Glückselig wie ein Baby pupste sie vor sich hin und machte aus der Not des Chili eine Tugend.

Sie redete mit ihrem Werkzeug und den Pflanzen und den Betontieren im Hof, und sie redete mit den Toten. Sie sagte zu mir: »Wenn ich mal nicht weiß, wie ich etwas machen soll, suche ich mir von den Toten jemanden aus, der's weiß, und frage ihn. Ich sage: ›Okay, Grandpa‹ – er war Tischler gewesen –, ›okay, Grandpa, wie kann ich diese Tür einhängen?‹ Man kann ruhig fragen. Man ist nicht verrückt, es sei denn, sie antworten.«

»Und antworten sie dir?«

»Natürlich tun sie das. Natürlich hilft mir mein Grandpa, die Tür einzuhängen.«

Sie sagte, die linke Hand nimmt auf und die rechte gibt ab, deshalb sollte man seine rechte Seite immer den Kranken oder Schlechten entgegenhalten und an sie abgeben, aber nichts von ihnen aufnehmen.

Sie hatte Fotos ihrer gutaussehenden Söhne in Kriegsuniformen aus dem Zweiten Weltkrieg und ihrer schönen Enkel in allen Altersstufen, auch welche von Sharon, die ich noch nie gesehen hatte, jede Oberfläche war damit zugestellt, aber die alte Danica interessierte sich überhaupt nicht für sie und konnte ihre Namen nicht auseinanderhalten.

Sie sagte, ein ungeborenes Kind sucht sich seine Eltern aus und zwingt sie, zusammenzukommen. Das erklärt auch, warum Leute, die es nicht mal zwanzig Minuten zusammen im gleichen Zug aushalten würden, fünfzig Jahre im selben Bett verbringen, und warum alle Kinder ihren Eltern gegenüber ihr Leben lang ein leichtes Schuldgefühl haben. Sie können sich beinahe erinnern.

Sie war keine Christin und ging nicht in die Kirche, aber die Melodien, die sie vor sich hinpfiff, waren Kirchenlieder. Sie gab ihnen einen ganz unfeierlichen Rhythmus. Sie sagte, es wären Volkslieder. Sie wurden im neunzehnten Jahrhundert von kleinen alten Damen und Pfarrern geschrieben, die ihr Harmonium bearbeiteten.

In Danicas guter Stube stand auch ein großes altes Harmonium von Mason & Hamlin, aber sie konnte nicht darauf spielen. Es war hoch, mit Spiegeln und kleinen Kerzenhaltern und einer breiten Kante für Gesangbücher. Meine Mutter wäre entzückt gewesen.

Die arme Sharon stand immer noch unter dem Einfluß des beigefarbenen Teppichbodens ihrer Mutter, trotz der vielen Jahre, die sie ohne ihn ausgekommen war. Sie schämte sich für Danicas wunderbares Haus und erklärte und entschuldigte sich immer wieder, manchmal sogar, wenn Danica dabei war. Diese große, wilde Horde von Macho-Jungs, die in dem Haus aufgewachsen waren, hätten es ruiniert. Was konnte eine alte Frau allein schon ausrichten? Was erwartete ich denn?

Ich versuchte immer wieder, Sharon zu versichern, daß ich das Haus toll fand. Sie begriff nicht, wie das überhaupt jemand tun konnte, aber sie glaubte mir, daß ich sie trotzdem liebte, und ich war wirklich ein netter Mensch, der netteste Mensch auf der Welt.

Wir schliefen in Sharons altem Zimmer ganz oben. Vor dem Fenster stand ein Apfelbaum, über und über weiß vor lauter Blüten. Wir wollten uns nicht lieben, weil wir Danica nicht mit der Nase auf unsere Liebe stoßen wollten, auch wenn sie unsere Ehe als ganz natürlich und alltäglich behandelte. Es ist wohl nichts so erregend wie der Versuch, sich nicht zu lieben. Dieses durchgelegene alte Bett kreischte wie ein Blauhäher, wenn es uns überkam, aber dann war es zu spät, und ich gebe zu, ich bin nie ganz zufrieden, bis Sharon ein bißchen rumschreit.

Aber Danicas Bett war weit weg, und ihr Gehör mußte praktisch im Eimer sein, und eine Masse Frösche, genug um eine Plage zu sein, ließen im Sumpf die Sau raus. Wir hofften, daß sie uns übertönten.

Trau nie den Fröschen. Am ersten Morgen sagte Danica: »Ich bin froh, daß Sharon da oben nicht mehr einsam ist«, mit einem freundlichen Lächeln, ohne eine Spur von Spott, einfach ein menschliches und frohes kleines Lächeln.

Ich muß sagen, sie hat mich erobert mit ihrer gelassenen Art uns gegenüber. Ich mußte mein Urteil revidieren. Was für ein tolles altes Mädchen, trotz allem! Sie war schon fast *weise*.

Sharon hatte massenhaft Neuigkeiten für sie, deshalb ließ ich die beiden viel allein. Meist fuhr ich Mulch, aber einmal ging ich nach Mote, um mir den Laden anzugucken. Ich mochte Läden gern. Sie machten mir Spaß. Ich ging in jedem Laden die Gänge rauf und runter, selbst wenn ich gar nichts kaufen wollte.

Der Laden von Mote sah von draußen bezaubernd aus, ein klassischer scheunenroter Dorfladen mit Veranda und Schaukelstühlen davor und, dem Frühling zu Ehren, ein paar wenigen Pflanzen. Ein paar Baumbabys mit Socken aus Sackleinen. Ein paar Topfblumen. Fast bis auf die Wurzel zurückgeschnittene Rosenstöcke, dafür mit Bildern, was aus ihnen werden würde, auf der Verpackung.

Innendrin war der Laden eine Enttäuschung. Es gab von allem ein bißchen, richtig nach Tradition, aber ausgestellt war kaum etwas. Nur Kisten. Man mußte wissen, was man wollte, und dann buddelte die Verkäuferin es einem aus. Ich gab mir Mühe, zufrieden zu sein, aber der Laden kam mir dabei kein Stück entgegen. Außerdem roch es schimmlig. Ich hatte mich darauf verlassen, ein bißchen high davon zu werden. Ich hatte mich auf *Vergnügen* eingestellt. Hatte ganz vernünftig Stapel von Overalls und Angeln und Bauernhüten und bedruckten Baumwollstoffen und Häkelnadeln und Äxten und Mehlsäcken erwartet. Es machte mir ganz schön zu schaffen. Ich ging wieder auf die Veranda. Mein ganzer Körper schmollte.

Und dann sah ich zwei drahtige alte Frauen, die junge Rosenstöcke auf ihren Pick-up luden.

Das munterte mich auf. Das änderte alles.

Sie sahen aus wie Lesben, aber das war oft so bei Frauen auf dem Lande. Danica Almo sah lesbisch aus. Und jede Frau mit einem ehrlichen Gesicht und bequemen Kleidern auch. Ich hoffte, ich sah so aus.

Ich bin nicht schüchtern, und eine der beiden war es auch nicht.

Ich sagte, die Rosen wären ja schön und bestimmt hätten sie einen schönen Garten.

Sie sagte, er sei schon in Ordnung, machte aber viel Arbeit, besonders die Rosen. Sie mußten verrückt sein, daß sie noch mehr kauften, sagte sie. Die Schädlinge würden meilenweit angelockt, und natürlich hielt sie nichts vom Spritzen, außer ein bißchen Seifenlauge gegen die Blattläuse. Japankäfer konnten sie wie Kirschen abpflücken, und sie warfen sie in Alkohol. Da waren sie hoffentlich sofort tot. Humane Sache.

Ich sagte, meine Freundin Sharon und ich hätten auch gern Platz zum Blumenzüchten, aber wir wohnten in Greenwich Village.

Sie sagte, sie und ihre Freundin hätten auch mal im Village gewohnt, in der Bleecker Street, und fragten, wo wir denn wohnten?

Na ja, also eigentlich ist es nicht ganz das Village, East Ninth Street, sagte ich, was anderes konnten wir uns nicht leisten, aber Sharon arbeitete im *Rose Hip* in der West Eleventh Street im Village, und ich verkaufte meine Bilder auf dem Washington Square.

Sie sagte, im *Rose Hip* hätte sie früher oft Kräutertees und Katzenminze für ihre Katzen gekauft und Klettenwurz gegen Erkältungen. Wurde der Laden immer noch von dieser interessanten Frau geführt, nach all den Jahren?

Ich fragte, ob sie Marnie Fellowes meinte oder eine andere interessante Person.

Sie sagte, ja, so hieß sie, Marnie irgendwas, wirklich ein interessanter Mensch. Sie sagte, sie und ihre Freundin hätten noch nie so einen interessanten Menschen kennengelernt wie Marnie, auf ihre Art, bis sie nach New York gezogen waren, und sie hätten sich gerne mit ihr angefreundet, aber dazu kam es nie. Sie wären wohl zu schüchtern gewesen.

So schüchtern käme sie mir nicht vor, meinte ich, und Marnie wär ganz umgänglich, vor allem, wenn man erkältet war oder Verstopfung oder Schmerzen hätte. So konnte man Marnies Herz erobern.

Sie sagte, das wäre ja eine Ewigkeit her, und heute wäre sie vielleicht nicht mehr so schüchtern. Die Welt änderte sich ja total.

Ich sagte, ja, selbst Großmütter veränderten sich. Sharons Großmutter hätte uns eine Wolldecke gemacht, mit unseren Initialen in einem Herz in der Mitte. Und daß wir nach Mote gekommen wären, um uns zu bedanken.

Sie sagte, wenn wir noch ein bißchen hier wären, da gäbe es jeden Monat ein Treffen, das uns vielleicht gefallen würde, mit ein paar interessanten Frauen aus der Gegend. Sie sagte, sie versuchten irgendwie zusammenzuhalten.

Das fänden wir echt gut, sagte ich, aber wir mußten wieder weg, weil Sharons Ferien zu Ende waren. Konnte ich sie anrufen, falls wir noch mal wieder kämen?

Klar, sagte sie. Ich ging wieder in den Laden und kaufte Block und Bleistift und schrieb mir ihren Namen auf, Dot, und den ihrer Freundin Fran und ihre Adresse und Telefonnummer und gab ihr unsere, außer daß wir kein Telefon hatten.

Sie boten mir an, mich mitzunehmen, aber es wäre für sie ein Umweg gewesen, und ich wollte auch zu Fuß gehen, damit ich die Welt ganz gemächlich anschauen konnte, mit dem neuen Blick, den sie mir vermittelt hatten – jetzt, wo ich wußte, daß die kleinen Häuser, die knorrigen Apfelbäume, die Schuppen und Autos nicht unbedingt Heteros gehörten.

Welch ein Unterschied! Ich hatte mich von meinem Neid, der mich krank gemacht hatte, völlig erholt, wie ich jetzt merkte. Ich war gesund und spazierte gesund in einer Welt herum, die zum Teil uns gehörte, in einem Licht, das einen goldenen Schimmer angenommen hatte.

Eine unserer Nachbarinnen aus der Ninth Street war im vergangenen Sommer oben am Kap gewesen. Sie sagte, sie hätte zugesehen, wie eine Welle über einen Felsen und wieder zurückgeschwappt war, und noch eine Welle und noch eine Welle und noch eine Welle, und *Gott!* war es gut, wieder in New York zu sein.

Mein Gott, war es gut, wieder in New York zu sein. Ich merkte, daß ich die Schwarzen vermißt hatte und daß ich Bagels vermißt hatte. Die Sterne auf dem Land, die so hell waren, daß man bei ihrem Licht lesen konnte, hatte ich gern, und die Nacht, die so still war, daß man die Sterne knistern hören konnte, aber ich hatte auch das Dröhnen und das Summen und die nicht endenwollenden Unterschiede und die Ladeninhaber gern, die vor ihren schmuddligen Geschäften saßen und auf die Straße guckten und sagten: Hallo, wo wart ihr denn?

Am liebsten hatte ich die schönen Radiosender und das Feuer aus Holzlatten in unserem Kamin und unser eigenes Bett und unsere Badewanne mit einem Schlauch am Wasserhahn und Sharon beim Lernen oder Schreiben, ganz konzentriert und intelligent, wie sie an unserem seidigen Tisch saß – und das alles hatte, wenn man es so sah, auch etwas von einem Felsen und einer Welle.

Ich war beim Malen, als ich meinen Namen von der Straße rufen hörte. Ich schaute runter und sah Mutter Zwei, allein abgesehen von dem glänzenden gelben Taxi, das sie gebracht hatte und das offensichtlich nicht die Schuld bekommen wollte, daß es sie in so einer Straße allein ließ. Normalerweise hätte ich ihr einfach den Schlüssel runtergeworfen, statt dessen rief ich: »Moment mal«, und rannte runter, damit ich dem Taxifahrer raten konnte, sich gefälligst um seine eigene Nachbarschaft zu kümmern und seine dreckigen Pfoten von meiner zu lassen, die ganz in Ordnung war, vielen Dank.

Mutter Zwei muß gedacht haben, ich hätte einen griesgrämigen, aggressiven Tag, weil sie ihre üblichen Klagen über unsere Treppen und das nicht vorhandene Telefon unterließ. Ich war nicht griesgrämig. Ich hatte bloß meinen Spaß daran, eine lohnende moralische Lehre zu erteilen. Den Leuten muß doch mal klarwerden, daß es das *Zuhause* anderer Leute ist, über das sie die Nase rümpfen.

Sie kam sofort zum Thema, während sie noch hinter mir die Treppe hochging. »Wir haben deine Bilder in eine Galerie gebracht, um sie rahmen zu lassen, und die Frau da war ganz *verrückt* nach ihnen«, sagte sie.

Ich freute mich, war aber vorsichtig. Ich setzte Teewasser auf.

Mutter Zwei setzte sich auf die gepolsterte Milchkiste. Sie sagte: »Hier ist ihre Karte. Es ist eine schöne kleine Galerie auf der West Fourth Street. Sie hat deine Bilder ausgebreitet und konnte die Augen nicht mehr von ihnen lassen. Also wirklich, eine bessere Reaktion kannst du dir doch nicht wünschen. Kleine Seufzer. So was halt. Richtig herzerquickend.«

»Warum hat sie geseufzt?«

»Woher soll ich das wissen? Also nicht vor Trauer, soviel kann ich dir sagen. Sie sagte, und ich zitiere wörtlich: ›Ich würde sie sehr gern ausstellen.‹ Da hast du's, Kind. Du hast eine Galerie. Brauchst nicht mehr in dem bekloppten Park zu stehen und zu versuchen, deine Arbeiten zu verkaufen.«

»Ich *versuche* es nicht, ich *verkaufe* sie.«

Vielleicht hatte ich *doch* einen griesgrämigen und aggressiven Tag.

»Ach, hör doch auf!« sagte sie. »Für 'n Appel und 'n Ei.«

»Ich komm schon zurecht. Ich zahle meinen Anteil. Ich schummel ein bißchen mit den Steuern, sag's nicht weiter.«

»Ihr habt kein Telefon. Ihr wohnt im Slum. Ich sitze hier auf einer Kiste. Was ist bloß los mit dir? Du wirst nicht ewig jung bleiben. Du kannst nicht immer in Jeans rumlaufen und dich von einer Sojabohne am Tag ernähren. Wann wirst du endlich erwachsen und nimmst dich selber ernst? Du kannst nicht immer ein Kind bleiben, das Mama-Papa-Kind spielt. Oder Limonadenstand.«

Das war ihre übliche Litanei. Ich wünschte mir schon, Mutter Eins wäre da gewesen und hätte gesagt: »Laß sie in Ruhe, Vera, halt den Mund.«

Ich sagte: »Okay, sag mir, warum sie geseufzt hat.«

»Patricia, hör mir zu. Es ist doch widersinnig, auf Papier zu malen.«

»Gutes Papier hält länger als Leinwand. Ich nehme das beste. *Das beste*.«

»Okay. Kann sein. Aber wenn du weißt, daß es dich einschränkt, und du benutzt es trotzdem, dann ist es widersinnig.«

»Also, sie hat gestarrt und gestarrt und geseufzt und geseufzt und geseufzt. ›Ach nein, sie sind ja auf Papier‹, hat sie geseufzt. ›Malt sie auch manchmal mit Ölfarben?‹«

»Richtig«, sagte Mutter Zwei. »Sie kommt also nicht in Frage. Also bleibst du hier sitzen und kuschelst dich in deine Lumpen wie irgend so 'ne mittelalterliche Heilige, weil du zu tugendhaft und edel bist, anständiges Geld zu verdienen. Meinetwegen, freu dich über deine Lumpen, mehr wirst du nämlich nie kriegen.«

Gott sei Dank hatten mich die Sommer mit meinen Tanten im Alten Haus abgehärtet. Tanten verpassen einem gern eins mitten zwischen die Augen, nur zu deinem Besten, eines Tages wirst du dich bei ihnen bedanken. Und man gewöhnt sich dran und versteht mit der Zeit, daß sie einem ihre Liebe zeigen, auf eine seltsame, altmodische, idiotische Weise. Wenn sie dich nicht liebten, würden sie sich gar nicht die Mühe machen.

Also wurde ich nicht wütend. Ich sagte: »Vielleicht hast du recht. Aber ich muß es nehmen, wie es kommt. Ich warte darauf, wie ein Eskimo neben einem Loch im Eis. Verstehst du? Ich kann es nicht mit Gewalt machen, kann es nicht erzwingen. Verstehst du das?«

»Ich verstehe, daß du ein bißchen die göttlich Begnadete spielst. Und ich falle dir lästig.«

»Stimmt.«

»Ja, ich bin den ganzen Weg von meinem Büro hier runter gekommen, mit dem Taxi, weil du kein Telefon hast, weil ich dachte, ich hätte eine gute Nachricht für dich, und anscheinend habe ich das nicht. Deshalb bin ich enttäuscht. Wenn ich also ein bißchen streng war, liegt es daran, und ich sag nichts mehr.«

»Ist schon gut«, sagte ich.

»Ich verstehe einfach diesen Drang zum Versagen nicht. Lesben müssen hervorragend sein, *hervorragend!* Immer diese Schwammigkeit. Diese Gleichgültigkeit. Macht mich schier verrückt. Und ich sage nichts mehr.«

Beinah wäre sie zu weit gegangen. Nicht mal meine Tante hatte mich je schwammig genannt. Wenn man sich ganz doll anstrengt, Respektspersonen gegenüber höflich zu bleiben, kann man wahrscheinlich schwammig und gleichgültig wirken. Sie wollte mir Feuer und Ehrgeiz entlocken. Und ich speiste sie mit schlappen guten Manieren ab. Aber war das nicht besser, als sie fertigzumachen? Sie hatte ganz schönes Glück, daß ich mich noch um Respekt vor dem Alter bemühte. Ich war die letzte in meiner Generation, die das tat.

Im Juni jährten sich zum ersten Mal die Stonewall-Unruhen, die mit einer großen Demo über die Sixth Avenue zum Central Park gefeiert werden sollten, und natürlich wollte Sharon, daß wir hingingen. Ich hab mich nicht besonders gewehrt, auch wenn mir schwullesbische Demos sinnlos vorkamen. Wenn deine Demo Machtlosigkeit und Uneinigkeit demonstriert, was hast du dann davon? Und doch war da *irgend etwas*, was sich in der Welt für uns änderte. Selbst Dot und Fran draußen in Mote spürten die Veränderung. Und vielleicht hatte die Bewegung etwas damit zu tun. Ich sah nichts anderes um mich rum, das es sonst erklären könnte.

Wir versuchten, Marnie und die Mütter zum Mitkommen zu bewegen. Natürlich wollten sie nicht, aber sie standen vor einem Waschsalon auf der Sixth Avenue und weinten ihre Körbe sauberer Wäsche mit Tränen voll, als der Zug vorbeikam. Aus Mitleid mit den armen alten Heimlichtuerinnen taten wir, als sähen wir sie nicht. Ihre Wangen waren richtig naß, glänzten und tropften. Wir müssen ein bewegender Anblick gewesen sein, wie der Kinderkreuzzug, der sich auf den Weg nach Jerusalem machte. Wie die polnische Kavallerie, die sich auf der Straße nach Warschau Hitlers Panzern entgegenstellte. Ich hätte uns auch gern gesehen.

Danach erzählte Marnie Sharon, eine kleine ordentliche grauhaarige Frau hätte sie am meisten berührt, eine Lehrerin oder Bibliothekarin, die ganz allein ging in ihrem ordentlichen blauen Kostüm und guten Schuhen mit flachen Absätzen.

Die haben Sharon und ich nicht gesehen. Wir blieben dicht beim Ap-Fuu-Transparent und erhöhten deren Abordnung auf neun Personen. Aufgrund der Aussagen der anderen Frauen auf den Versammlungen wußte ich, daß Sharon und ich dort als einzige die Taten, für die wir auf die Straße gingen, auch begingen. Ich habe meine Zweifel, ob ich mir für ein Recht, das ich nicht ausübte, diese Mühe gemacht hätte. Gegen sie hatte ja niemand etwas. Aber sie waren dabei, trotteten selbstlos mit.

Die Männer um uns herum waren in Hochstimmung und lebendig. Demos schienen sie aufzuputschen. Für Frauen waren das Demonstrieren und die Sprechchöre nur eine Pflichtübung. Wir trotteten nur so mit.

Ich erinnerte mich an C.G. Jung und seine Mutmaßung, an der ich nie zweifelte, daß es die Aufgabe der Lesben sei, die Menschheit zu retten. Ich wünschte mir immer wieder, er hätte uns auch gesagt, wie. Aber er hatte ganz recht, es nicht zu tun. Woher sollte er es wissen? Wir würden herumtappen und den Weg selbst finden müssen. Würden wir das durch stumpfsinniges Trotten tun oder indem wir uns allmählich jede Freiheit nahmen, sie nutzten und nach der nächsten griffen oder indem wir das Männliche und das Weibliche für Männer *und* Frauen beanspruchten, oder wie? Man konnte es nicht voraussehen. Ich wußte nur, daß wir auf das bißchen Licht, das wir sahen, zugehen mußten.

Aber – hatte es etwas zu bedeuten, daß die meisten Lesben sich stur und stumm von den schwulen Männern, von der Bewegung, dem großen Abenteuer fernhielten, daß nur neun von uns unter dem Ap-Fuu-Transparent marschierten? Daß wir Demos haßten? War es auch unsere Aufgabe, am Rande zu stehen und zu heulen?

Selbst mitten im Stadtzentrum, das sonntags meist ganz leer war, gab es mehr Publikum als Demonstranten. Sharon hielt ihr Schild hoch. Sie hatte den Titel eines sehr guten Buchs darauf geschrieben, *STAND UP, FRIEND, WITH ME.* Viele Zuschauerinnen lasen es und erwiderten ihren Blick, ernst, und wir wußten, nächstes Jahr würden sie dabei sein.

Die Zuschauer waren keineswegs feindselig. Viele weinten. Manche waren verwirrt. Ich beobachtete, daß einige die Bullen fragten, wer wir waren, und dann über die Antwort verwundert den Kopf schüttelten. Die Bullen waren nett. Über die vielen Meilen zum Central Park sagte nur eine Person etwas Negatives, und das war nur irgendwas mit in-der-Hölle-braten. Ich freute mich über die Gelegenheit, mein Schild jemandem hinzuhalten, der es verstehen würde. WEG MIT DEM DEUTERONOMISCHEN GESETZ! stand darauf. Am Brundidge-Willson-College waren sie unerschütterlich in ihrem Glauben, daß ein gebildeter Mensch die Bibel kennt. Ich brüllte: »Richtet nicht, damit ihr nicht gerichtet werdet!« (Mir war die King-James-Version lieber. Sie hatte so einen majestätischen Klang.)

Drittes Buch

Erstes Kapitel

Sharon

Patricia war so komisch. Sie brauchte immer eine Stunde bis zum Laden an der Ecke, weil sie erst mal mit allen Leuten auf der Straße und mit den Ladenbesitzern auf dem Weg ein Schwätzchen halten mußte, weil sie ihre lieben Freunde waren. Ich gebe zu, ich war froh, daß sie uns kannten und damals, als ich noch auf dem College gewesen war und spät nach Hause kam, auf mich aufgepaßt hatten, aber waren sie deshalb *Freunde?* Ich meine, ein Freund ist jemand, mit dem man nicht nur schwatzt, und ein ganzes Viertel voller alter Freunde ist auch nichts, was man leichtfertig aufgibt, wenn man Gelegenheit hat, es hinter sich zu lassen.

Aber als ich den Brief des Anwalts bekam, in dem stand, daß Grandma mir bei dem harten Leben, das ich mir ausgesucht hatte, zur Seite stehen wollte und mir ihre Farm hinterlassen hatte, und als mein erster Gedanke war *verkaufen*, sagte Patricia, vielleicht auch nicht.

»Vielleicht sollten wir da wohnen«, sagte sie.

»Da *wohnen*? Hast du 'n Stich?«

»Meinst du nicht, daß es das ist, was sie wollte?«

»Ach, Quatsch! Sie würde mich nie so herumkommandieren. Sie wollte mir ein bißchen Geld zukommen lassen, das ist alles.«

Grandma war mit Papa Bär gegen einen Baum gefahren und war gestorben, einfach so. Das Steuer war schon immer wacklig gewesen. Ich glaube, irgendwas ist am Ende doch kaputtgegangen und sie hat die Kontrolle verloren. Manchmal können zwei Autos mit hundert Sachen zusammenstoßen und sich dreimal überschlagen, und die Leute kommen mit einem angeknacksten kleinen Finger davon, aber wenn man gegen einen Baum fährt, ist man tot, immer.

Grandma hat es nicht schlecht gehabt. Sie hat nie bei ihren Kindern oder im Pflegeheim gewohnt oder Krebs gekriegt oder sich die Hüfte gebrochen, keine dieser Schrecklichkeiten. Sie hat sich selbst versorgt, war fröhlich und neugierig auf das Leben, und in der Hinsicht hatte sie einen guten Tod. Der einzig bessere wäre gewesen einzuschlafen – aber vielleicht hat man dann einen Alptraum? – oder wie bei Präsident Kennedy, König im Weißen Haus, jubelnde Massen, und dann *Peng*!

Sie hatte allerdings ein beschissenes Begräbnis, ein Haufen Schwachsinn über mütterliche Aufopferung, ich konnte spüren, wie sie darüber lachte. Alle ihre Kunden, die sie wegen dem Gemüse und der Hexerei aufgesucht hatten, waren da, aber als ich ihnen für ihr Kommen dankte, flüsterte Pa, das hier wäre keine Cocktailparty und ich sollte aufhören, auf dem Grab seiner Mutter herumzutanzen. Seine Brüder waren natürlich auch da mit ihren Familien. Es war irgendwie unheimlich, als ich daran dachte, daß diese Massen von Leuten alle aus Grandmas kleinem Körper gekommen waren.

Hauptsächlich war es schön, Mama wiederzusehen, und meine Schwestern waren alle erwachsene schöne große Frauen. Rayanne gehörte jetzt zur Ölfirma, sagte sie, und ihr Name stand als »und Tochter« auf den Lastwagen, und das wäre ich gewesen, wenn ich Pa nicht enttäuscht hätte. Sie wußte immer noch nicht, was ich verbrochen hatte. Pa war immer noch wütend auf mich, oder schon wieder, weil ich Patricia zur Beerdigung mitgebracht hatte, so daß keiner von uns richtig reden konnte. Ich konnte es kaum abwarten, wieder in den Bus zu steigen und Mote den Rücken zu kehren und Grandma privat in meinem Herzen zu beerdigen.

Und dann kam der Brief vom Anwalt und Patricia machte diese überraschende Bemerkung.

Nach einer Weile hatte ich rausgeknobelt, daß sie nur nett sein und sagen wollte, sie würde auf der Farm wohnen, falls ich es wollte, weil ich doch meine Jugend da verbracht hatte und so weiter, und es mir vielleicht etwas bedeutete, also erklärte ich ihr, daß es abgesehen von Grandma nur bedeutet hatte, daß ich einsam und traurig war. Patricia sagte, wenn wir dort zusammen da wären, würde ich nicht einsam und traurig sein, und es gäbe überall auf dem Land Lesben, die sich regelmäßig trafen. Aber ich sollte tun, was ich für richtig hielt. Es war ja meine Farm. Sie würde nichts mehr sagen.

Dann gab es noch eine Überraschung, durch Marnie. Ich arbeitete immer noch im *Rose Hip*, während ich herauszufinden versuchte, wofür mein Collegeabschluß gut war, und auf Antworten auf meine Bewerbungen wartete. Marnie ließ mich die Farm beschreiben, die mittlerweile auf fünfundzwanzig Morgen geschrumpft war, und sagte, sie würde sie sich gern mal anschauen. Sie wünschte sich was fürs Wochenende. Ich sagte, dafür läge die Farm viel zu weit von der Stadt entfernt, aber Marnie sagte, das würde *sie* entscheiden.

Am folgenden Sonntag fuhr Marnie uns und die Mütter in ihrem winzigen Auto nach Mote raus, Mutter Zwei vorne neben ihr und wir anderen hinten zusammengequetscht. Es war schön, sich an Mutter Eins zu quetschen und mit ihr Autolieder zu singen.

Die Fahrt dauerte fünf Stunden. Marnie muß gemerkt haben, daß sie nicht jedes Wochenende so weit fahren konnte, aber sie hat nichts gesagt. Um die Mittagszeit kamen wir in Mote an.

Da stand das arme alte Haus, ganz grau in der Sonne. Es war mir ein bißchen peinlich, doch der Apfelbaum blühte und sah gut aus, und außerdem hatte ich Marnie ja gewarnt.

Sie und die Mütter gingen durchs ganze Haus und riefen »Guckt mal! Da!«, ganz beeindruckt, behaupteten, es wäre ein Zauberhaus, so schön, einfach himmlisch, und gingen dann in die Scheune. Mutter Eins hielt im Eingang inne und sog den Geruch uralten Kuhdungs tief in sich ein. Sie sagte, die Scheune sei auch zauberhaft und erinnerte sie an die Scheune ihres Grandpas, und sie würde sofort hierbleiben.

Wir anderen gingen auf die Felder, wo Marnie ganz aufgeregt wurde und auf Königskerze und Beifuß und Komfrey und Klette und Purpursonnenhut zeigte. Dieselben Kräuter, die wir unzenweise wie Gold im *Rose Hip* verkauften, wuchsen wie Unkraut in Grandmas Feldrainen. Ich hatte es irgendwie nie zusammengebracht, genau wie die Dame, die sich nicht bewußt war, daß sie vierzig Jahre lang in Prosaform geredet hatte, daß Grandmas Unkraut und Marnies Ware ein- und dasselbe waren. Ich hatte mich nie nach dem Unkraut erkundigt. Es hatte mich nicht interessiert. Und Grandma wußte es wahrscheinlich sowieso nicht. Sie stellte sich unter einem Kraut höchstens Petersilie vor.

Mein Gott, die Leute waren so kurz davor, all dieses Wissen zu verlieren!

Es war ziemlich beeindruckend, wie Marnie in dem lappigen gelben Gras vom letzten Jahr herumwühlte und selbst das winzigste frische grüne Blättchen erkannte. Beifuß. Labkraut. Vogelmiere. Gundelrebe. Johanniskraut. Ich glaube, selbst Mutter Zwei war beeindruckt, und Patricia auch – fast.

Dann gingen wir in das Waldstück, das nie bewirtschaftet worden war, weil es nur nacktes Gestein war und besonders hügelig. Die ursprünglichen, großen Bäume waren schon vor langer Zeit gefällt worden, aber die Ahornbäume und Buchen der zweiten Generation wurden allmählich groß, standen da und tasteten nach Ritzen in dem bemoosten Gestein, füllten sie aus und erweiterten sie, ganz langsam, ohne Eile. Aber ein Bach, der durch die Frühjahrsregenfälle vorübergehend verbreitert wurde, donnerte von den Höhen herunter und hatte es eilig. Er sprang über drei kleine Wasserfälle das Waldstück hinunter und rauschte zwischen zwei Feldern weiter Richtung Süden, in einen Kanal unter der Straße und auf der anderen Seite wieder hinaus, als könnte er es nicht abwarten, Catskill Creek, dann Hudson River und dann Atlantik zu werden, dann Regen und wieder Bach.

Ich meine, es war ein richtig schönes Wäldchen, das mir früher, als ich einsam und traurig war, ein Trost hätte sein können, wenn ich nur daran gedacht hätte. Manchmal denke ich, ich würde nie irgendwas wahrnehmen, wenn es mir nicht jemand zeigte.

Folgendes hat Marnie in Grandmas Wäldchen gefunden: kanadische Gelbwurz, Frauenschuh, Einbeere und den Champion, die Königin der Pflanzen, vor der sie auf die Knie fiel – Ginseng. Sie stieß ein Heulen aus, das nicht ausschließlich der Bewunderung für den Ginseng entsprang.

Die arme Marnie konnte nicht mehr in die Knie gehen, damit sie etwas besser betrachten oder bewundern konnte. Es war ein trauriger Moment, ein *bedeutungsvoller* Moment, aber Mutter Zwei lachte nur, als sie die Hand ausstreckte und Marnie hochzog. Was war eigentlich daran lustig, wenn man sich die Knie weh tat oder an dem ganzen anderen Kram, über den alte Lesben lachten, wie schwerhörig zu werden oder zu denken, es ist dunkel, nur weil die Augen nicht mehr mitmachen, oder vergeßlich zu werden oder vom Spaghettiessen Sodbrennen zu kriegen? Sie hatten einen ganz bestimmten Humor.

Marnie flüsterte immer wieder, wie ein Gebet: »Ginseng! Ginseng!«, und die ganze Zeit behandelte sie ihre Knie mit raschen Bewegungen ihrer Handflächen. Das funktioniert wirklich. Leg deine Handflächen, am besten die linke, auf die schmerzende Stelle, auf nackte Haut, und der Schmerz verschwindet. Ich hätte es für sie gemacht, aber ihre Hosenbeine waren nach unten eng geschnitten, und ich hätte ihr von oben in die Hose fassen und sie in Verlegenheit bringen müssen, mal abgesehen davon, daß Patricia mich nicht gelassen hätte.

Marnie sagte: »Er ist wieder da! Ginseng wurde im neunzehnten Jahrhundert fast ausgerottet, um den chinesischen Markt zu bedienen, und da ist er wieder, ein ganzer Busch!«

Mutter Zwei sagte: »Die Chinesen haben aber nicht viel von unserem kleinen Emporkömmling gehalten, von unserem nicht-konfuzianischen Ginseng, oder?«

»Oh doch! Ganz falsch! Das ist der beste«, sagte Marnie. »Der beste auf der Welt. Wilder Catskill-Ginseng ist der *Gipfel* der chinesischen Medizin. Sharon, hör zu. Das hier ist ein *Schatz*. Ein Gottesgeschenk, und außerdem bringt er im Großhandel fünfhundertsechzig Dollar das Pfund, und wenn du ihn beschützt und nicht zu viel erntest, bist du fein raus.«

Hätte Grandma das gewußt, hätte sie nicht diese blöden Nadelkissen aus Blechdosen machen und sich dabei in die Finger schneiden müssen.

Mutter Zwei sagte: »Man muß ihn bei Mondlicht ernten, oder?«

»Nein, man muß ihn nicht bei Mondlicht ernten. Aber man muß sich beherrschen und darf nicht zuviel ernten. Das Problem ist, seine Kraft liegt in der Wurzel. Man kann nicht einfach ein paar Blätter abknipsen, man muß ihn *entwurzeln*. Und es dauert sieben Jahre, bis er groß genug ist. Du mußt schon genau wissen, was du tust. Du mußt *Ehrfurcht* vor ihm haben. Du mußt mit ihm reden und zuhören, wenn er antwortet, und ihm alles geben, was er will.«

Der Gedanke, die Farm aufzugeben, gefiel mir immer weniger, auch wenn ich nicht glaubte, daß ich jemals hören würde, was eine Pflanze zu mir sagte. Bei der Vorstellung, daß *mein* Ginseng mit jemand anderem redete, selbst mit Marnie, wurde ich ein bißchen eifersüchtig. Sie würden ihn neben den Wasserfällen ausreißen, während ich auf dem Bahnsteig der U-Bahn unter der Stadt stände.

Aber es wäre nicht fair gewesen, einen Rückzieher zu machen nach der ganzen Anstrengung, die Marnie auf sich genommen hatte, außerdem war sie es ja gewesen, die mich dazu gebracht hatte, daß ich die Farm behalten wollte, also sagte ich: »Sieht aus, als würdest du eine Farm kaufen«, und versuchte, fröhlich zu klingen.

»Ich überlege noch. Ich bin kurz davor, ja zu sagen. Es ist so weit weg von der Stadt. Aber wenn du sie unbedingt verkaufen willst, kann ich nicht zulassen, daß irgend so ein spießiger Stadtheini sie in die Finger kriegt. Oh Sharon, behalt sie doch! Ich kaufe alles, was du mir verkaufen willst. Ginseng oder kanadische Gelbwurz, die fast genauso wertvoll ist. Mach Beinwellsalbe für mich und Beifußtinktur. Bitte gib das hier nicht aus der Hand. Bitte.«

Ich hütete mich, mich hinreißen zu lassen, nur weil Marnie sich hinreißen ließ, aber ich konnte mich nicht beherrschen, und ich wollte es auch nicht. Ich war genauso aufgeregt wie Marnie. Ich wollte tanzen und schreien: »Ja! Ja, ich mache es!«, sagte aber statt dessen, wie ein vorsichtiger alter Mann, der nie ohne Regenschirm rausgeht: »Wir können hier nicht wohnen. Patricia braucht den Washington Square, wo sie ihre Bilder verkaufen kann.«

Patricia sagte: »Wenn ich mit Öl auf Leinwand male, kann ich überall wohnen. Ich habe eine Galerie.«

»Kannst du nicht. Du hast gesagt, es würde deine Hand verdorren lassen, wie am College.«

»Ich glaub, ich hab diesbezüglich etwas zu lange die göttlich Begnadete gespielt.«

Patricia ändert ihre Meinung nicht so leicht, deshalb hielt ich den Atem an, aus Angst, Mutter Zwei würde alles verderben, indem sie »Hab ich dir doch gleich gesagt« oder so was sagte.

Aber sie hielt ausnahmsweise den Mund, und Patricia sagte: »Ich habe mit verdünnten Ölfarben experimentiert. Sie sind nicht so viel anders als Aquarellfarben. Und sie sehen gut aus, verschwommen und tief und diamanten, wenn man die Schichten übereinander legt. Das einzige Problem ist, sie brauchen länger zum Trocknen.«

»Kein großes Problem«, sagte Marnie.

»Sag ich doch – kein Problem.«

Ich sagte: »Patricia, weißt du noch? Als ich dich nach dem tollen Geruch gefragt habe und du gesagt hast: ›Terpentin‹?

Und sonst nichts? Warum hast du mir nicht erzählt, daß du auf Ölfarben umgestiegen bist, damit wir auf dem Land leben können?«

Ihr Gesichtsausdruck erinnerte mich daran, wie sie als Kind aussah, wenn sie ihren Vater reingelegt hatte, irgendwie schlicht, unschuldig und befriedigt.

Sie sagte: »Habe ich nicht versprochen, nichts mehr dazu zu sagen? Dir gegenüber?« Und sie sah Marnie und Mutter Zwei an, und sie unterdrückten ein Kichern und gaben dann auf und brachen in Lachen aus.

Sie hatten mich reingelegt. Patricia hatte ein abgekartetes Spiel gespielt. Ich war offen und ehrlich mit ihnen gewesen und sie mit mir nicht. Sie hatten sich hinter meinem Rücken amüsiert, mir zugesehen, wie ich mich für meine eigene Farm begeisterte. Ich mußte fragen, ob sie meinten, daß Mutter Eins uralten Kuhdung wirklich mochte? Oh ja. Und war wilder Catskill-Ginseng wirklich der Gipfel der chinesischen Medizin? *Ja!* Würde Marnie uns wirklich die Kräuter abkaufen? Ja, ja, ja.

Ich wäre lieber nicht reingelegt worden, aber es ist ganz schön schwer, wütend zu bleiben, wenn sie einen glücklich machen wollen, besonders wenn man immer noch nein sagen kann, wenn man will.

Marnie hatte ihr Auto sowieso verkaufen wollen, also tauschte sie es mit uns gegen ein halbes Pfund Ginsengwurzel, das sie sich im Herbst selbst roden wollte, und fünf Aquarelle von Patricia. Das Auto war der kleinste gelbe Honda, den man sich vorstellen konnte, kaum größer als eine Waschmaschine, aber Marnie behauptete, es hätte die gesamte Frauenbasketballmannschaft der New Yorker Uni einschließlich Ersatzfrauen und Trainer zu Spielen außerhalb der Stadt gefahren, und sie hatten gewonnen, und es würde alles transportieren, was wir wollten.

Und wirklich, als wir die Beine abgeschraubt hatten, paßte der Tisch, den Patricia von den Toten auferweckt hatte, ganz gut in den Kofferraum. Mit unseren Kleidern in Plastikmülltüten und Patricias Malkram und der Wolldecke stopften wir die Lücken aus. Das Bett und das Geschirr und den Rest ließen wir auf der Straße liegen, damit noch jemand was davon hatte. Wir konnten ja Grandmas Sachen benutzen.

Dann stiegen wir ein letztes Mal die Treppe hoch, um unserem kleinen Zuhause für die glücklichen Zeiten zu danken, zu denen es uns verholfen hatte, und um es zum Abschied zu küssen, das heißt, uns in jeder Ecke zu küssen und Auf Wiedersehen und Vielen Dank zu sagen.

Die ganze Nachbarschaft hatte unsere neue Adresse und Patricias herzliche Einladung, uns besuchen zu kommen. Gleich nach dem morgendlichen Berufsverkehr fuhren wir ab, ich am Steuer, begleitet von viel liebevollem Winken und guten Wünschen. Als wir über die George Washington Bridge fuhren, hupte ich meinem lieben New York einen Abschiedsgruß zu, und die Hupe machte piep-piep wie ein frisch geschlüpftes Vögelchen, deshalb wollte ich das Auto Küken nennen, aber Patricia sagte, es sei närrisch, Autos Namen zu geben, und ließ es nicht zu.

Das Haus war ungefähr so, wie Grandma es hinterlassen hatte, nur staubig, obwohl es nicht abgeschlossen war. Es gab nicht mal einen Schlüssel. Niemand hatte was mitgehen lassen oder was kaputt gemacht, aber es lagen eine ganze Menge gebrauchter Kondome herum. Ich spießte sie mit einem gegabelten Stock auf und steckte sie in eine Plastiktüte, und mir taten die Heteras so leid wegen dem, was sie durchmachten, daß es mir nicht mal viel ausmachte. Ich dachte nur: »Besser ihr als ich«, bis ein paar, die nicht zusammengebunden waren, ausliefen. Igitt! Altes Sperma stinkt wie fauler Fisch, womit wieder mal bewiesen wäre, wie Patricia sagte, daß der Mensch ein Meer ist. Da sie so cool war, konnte ich aufhören, »*Igitt!*« zu brüllen, ohne befürchten zu müssen, daß sie mich für prinzipienlos hielt.

Während Patricia ihren Tisch zusammenbaute, fuhr ich nach Mote, um die Elektrizitätsgesellschaft anzurufen, damit sie den Strom wieder anstellten. Ohne den Strom zum Betrieb der Pumpe hatten wir nicht mal Wasser. Manchmal kommt es einem wirklich verrückt vor, alles so von ein paar zerbrechlichen kleinen Kabeln abhängig zu machen. Manche Leute können ohne den Strom für das Gebläse nicht mal Feuer im Ofen machen. Manche können sich ohne Strom für ihre Wärmedecken nicht mal im *Bett* warm halten. Man könnte meinen, außer Patricia und mir wäre nie jemand unter eine Schulbank gekrochen, um für Die Bombe zu üben.

Als ich wieder zurück war, hatte Patricia sich schon ein Zimmer als Atelier ausgesucht, es gefegt und Staub gewischt und mit ihren kleinen Farbtuben verschönert, die wie Orgelpfeifen in einem Bogen auf ihrem Tisch lagen. Ich hatte nicht das Herz, ihr zu sagen, daß sie im Winter da drin erfrieren würde. Es war ja noch ein paar Monate hin, bis sie das erfahren mußte. Die Hauptsache war jetzt, daß sie *Platz* hatte – daß sie ihre Farben nicht wegpacken mußte, damit wir an dem Tisch essen konnten, daß wir in unserem neuen Zuhause jede Menge Platz hatten. Wenn wir wollten, konnten wir ein Zimmer nur zum Einatmen und das nächste nur zum Ausatmen benutzen.

Sie hatte auch den Stecker ihres kleinen Plastikradios in ein Lampenkabel eingesteckt, das in der Mitte von der Decke hing. Als ich mich noch fragte, ob wir je genug Ginseng finden würden, daß wir uns mehr Verkabelung leisten konnten, fing das Radio an zu rauschen. Der Strom lief.

Ich ging nach draußen, um dem Mann auf dem Strommast für die schnelle Arbeit zu danken. Es war Kenny, der hübscheste und beliebteste Junge aus meiner Schulklasse. Jetzt trug er einen schwarzen Vollbart wie eine Schurkenmaske, deshalb erkannte ich ihn nicht. Aber er erkannte mich und wollte wissen, was ich so gemacht hatte.

Was machte er hier eigentlich? Versuchten denn die Kinder, die in Mote aufgewachsen waren, nicht, so schnell wie möglich wegzukommen, so wie Pa? Ich hatte gar nicht daran gedacht, daß ich hier auf ehemalige Klassenkameraden treffen könnte, auch wenn sie freundlich waren, anders als damals in der Schule, oder einsam, lüstern. Ich hatte mir vorgestellt, wir würden nur im Pflanzenreich leben, nicht im Tierreich, außer Patricia und mir und den Frauen, die zu zweit überall auf dem Land wohnten.

Glücklicherweise will man in Mote von alten Bekannten nicht mehr wissen, als auch in der Todesanzeige stünde – bist du verheiratet, wie viele Kinder hast du? Kenny hatte eins, einen richtigen Jungen. Man kann auch über seine Erkältung reden und sagen, schönes Wetter oder komisches Wetter heute. Schlecht ist es, wenn man auf der Uni war.

Ich sagte: »Ich hab in New York gewohnt. Bin gerade am City College fertig geworden.«

»Typisch«, sagte er, völlig gelangweilt. Ich war in Mote berüchtigt gewesen für meine Lernerei.

»Wir werden Kräuter züchten«, sagte ich.

»Aha.«

Er behielt seine Steigeisen an, wie ein Arzt, der sein Stethoskop um den Hals behielt, und ging klirrend zum Haus, um den Zähler abzulesen. Patricia hatte das Radio sehr laut an, Geigen und Flöten vom WAMC, Albany. Sie hatte den Sender gleich gefunden.

Kenny stieg in seinen Laster und fragte: »Magst du so was?«

Ich sagte: »Oh *ja!*« Inzwischen stimmte das sogar ein bißchen. Bei Händel und Mozart jedenfalls.

»Und da soll einer sagen, *Rock'n Roll* ist immer das gleiche!« sagte er und rollte davon, mit glücklicher Miene, wahrscheinlich weil er mich um das letzte Wort gebracht hatte, weil mir darauf nichts eingefallen war, mit oder ohne Collegebildung. (Was Pa denken würde, würde Kenny wohl auch denken, so vermutete ich.)

Patricia sagte: »Na, den bist du ja losgeworden, ohne ihn dir zum Feind zu machen. Bravo.«

»Ja, aber irgendwie paßt es mir nicht. Mir wär's lieber, wenn mich alle interessant fänden, selbst Männer.«

»Männer haben gelernt zu glauben, daß sie auf alles, was sie wollen, auch ein Anrecht haben. Deshalb ist es am besten, du zeigst ihnen nicht, wie interessant du bist, wenn du mitten in der Pampa wohnst.«

In einem Film hätte jetzt die unheimliche Musik im Hintergrund angefangen.

Die Sonne sank und verwandelte das Licht in dieses sagenhafte Gelb, das das Rot röter und das Grün grüner macht, wie Technicolor oder eine Sonnenbrille, sehr schön, nur hieß das, daß es jetzt Nacht wurde am Ende der Welt, mitten in der Pampa, und das, wenn man an eine Stadt gewohnt ist, die nie aufhört zu beben, deren mächtiges Herz nie zur Ruhe kommt.

Wir spürten zu viel Raum um uns.

Das Licht in der Küche ließen wir die ganze Nacht brennen, um den Kondomleuten zu sagen, sie sollten draußen blieben.

Wir liebten uns nicht.

Wir schliefen auch nicht nackt, sondern behielten unsere Jogginghosen und Sweatshirts an.

Mir war nie klar gewesen, wie verstädtert wir waren, bis wir uns in der Nähe von Fröschen weniger sicher fühlten als bei Junkies.

Am nächsten Morgen wurden wir plötzlich und unerwartet wieder vernünftig. Patricia sagte, weil niemand, zumindest niemand mit einer Liebsten, an einem schönen sonnigen Frühlingsmorgen verrückt sein konnte. Als ich sagte, es wäre vielleicht, weil Grandma uns zu Hilfe gekommen wäre, guckte Patricia so ungeduldig, daß ich nicht darauf bestand. Ich hielt einfach den Mund und vertraute meinem Gefühl.

Patricia muß nicht immer Butch oder Femme oder die Mama oder die Expertin sein, aber sie muß immer die einzige ausgeflippte Theoretikerin sein. Die ausgeflippten Theorien anderer Leute betrachtet sie ganz rational wie Sokrates und widerlegt sie Punkt für Punkt, bis ich verstehen kann, warum die Athener ihn umgebracht haben. Ich hätte es auch getan.

Wir hatten nie wieder Schiß, bei keinem Wetter, weder nachts noch zu irgendeiner anderen Zeit, also weist das nicht irgendwie auf Grandma hin?

Zweites Kapitel

Patricia

Sharon dachte, ich wäre unfähig, andere zu bewundern, weil verglichen mit Gott und der ganzen Geschichte – mit Präsidenten und Senatoren und Helden und Dichtern und Königinnen, selbst mit Prinzessinnen – alle trivial und larifari erschienen.

Deshalb blinzelte Sharon erstaunt, als ich sagte: »Ich bewundere Marnie.« Wir standen am Bach, zwischen der Heuwiese und dem Wald, und gruben nach den Wurzeln einer Heilpflanze.

»Bist du weich geworden?« fragte Sharon.

Daddy sagte immer: »›Wenn ein Mann weiß, wie man eine Tasse Kaffee macht, kann ich auch mit ihm reden.‹« Es war ein Zitat von irgendeinem Weisen. Selbst bei so niedrigen Standards kriegt man nicht oft die Gelegenheit, jemanden zu bewundern. Ich bewunderte Marnie, weil sie alles über Heilkräuter wußte, ohne jemals auf die Idee zu kommen, sie wüßte *alles* über sie.

Sie und noch ein paar Leute wie sie waren irgendwie darauf gekommen, daß Pflanzen und Tiere die beiden Hälften einer perfekten Schöpfung darstellen, daß alles, was wir für ein perfektes Leben brauchen, in den Pflanzen zu finden ist. Es war, als hätte die mystische Stunde geschlagen und die Große Göttin hätte ihr Volk mit einem gemeinschaftlichen Traum herbeigerufen.

Sie gingen zur Kongreßbibliothek und lasen die seltsamen Bände mit vergessenen Überlieferungen, manche stimmten, die meisten nicht, ohne daß man die beiden auseinanderhalten könnte, ohne zu wissen, auf welche Pflanzen sich die alten Namen bezogen, und sie belasteten ihren Verstand mit Dingen, die sie sowieso wieder vergessen mußten, das wußten sie. Was die alten Hexen wußten, stand nicht in den Büchern. Sie haben es mit auf die Scheiterhaufen genommen.

Marnie war eine enttäuschte Opernsängerin, die wenigstens durch Klavierstunden, die sie gab, noch mit dem Musikleben in Verbindung blieb. Als ihr Ruf kam, ging sie nach Chinatown, sie ging in die Indianerreservate, wohl wissend, daß dort keiner ein schlechtes Gewissen hätte, wenn er oder sie ein Bleichgesicht belog. Sie ging auf die Ozarks und zu den letzten noch lebenden alten Shakerinnen am Sabbathday Lake in Maine und sammelte das, was von dem zerstreuten Wissen noch übrig war. Sie fing mit den am sichersten erscheinenden Pflanzen an, probierte die alltäglichen aus, die überall wuchsen, Löwenzahn, Wegerich, Wegwarte, Wilde Möhre, Hirtentäschelkraut, Gundelrebe, zuerst an sich selbst, dann an ihren Liebsten und ihrer Mutter, und schrieb alles auf. Sie zog mit einer Gruppe von Frauen aufs Land. Manche Kräuter sammelten sie, andere zogen sie selbst. Allein ging sie zurück in die Stadt und schuf einen Markt, durch Lehren und Schreiben, indem sie ihr ehrliches Gesicht und ihre wundervolle Lebensenergie in ihrem Laden präsentierte.

Als Sharon und ich bei ihr auftauchten, lag die härteste Zeit schon hinter ihr.

Ich sagte: »Ich bewundere Marnie, weil wir dank ihr wissen, was wir mit diesem Caulophyllum machen können.«

Marnie hatte uns verboten, es mit Ginseng, kanadischer Gelbwurz, wildem Frauenschuh oder Einbeere zu versuchen, bis sie da war, um persönlich jede unserer Bewegungen zu überwachen. Das Caulophyllum war weniger selten und wertvoll, für Anfängerinnen gut geeignet.

Sie sprach ihre Anweisungen auf eine Kassette, die wir immer wieder abspielten, auf einem Gerät, das sie wegwerfen wollte, weil die Autostoptaste nicht mehr funktionierte. Sonst war das Gerät in Ordnung. Sharon wollte nicht so gern etwas Kaputtes. Ich behielt es trotzdem und übernahm selbst die Funktion der Autostoptaste.

Für uns war das Band genau die richtige Kräuterbibel, nichts Unwahrscheinliches, an das man glauben mußte, um der Verdammnis zu entgehen, sondern einfach praktisch und detailliert, von der Göttin an uns durch eine verständige Priesterin vermittelt. Wir klebten an Marnies Anweisungen wie Entenküken an ihrer Mutter und hatten die Probleme, die jede Religion kennt: unterschiedliche Interpretationen.

Ich sagte: »Wir sollen die Wurzeln nicht mit Wasser waschen. Sie haben schon selbst genug Wasser in sich. Sie werden schimmeln. Bürste sie einfach mit einer trockenen Gemüsebürste.«

Sharon sagte: »Wo der Dreck zu fest sitzt, ist ein bißchen Wasser okay. Es muß sein.«

»Wir sollten die Wurzeln nicht schneiden.«

»Wenn sie dick sind, dann ja.«

Waren diese Caulophyllumwurzeln dick? Wie dick war dick eigentlich?

Auf dem Band hieß es, Marnie hackte Klettenwurzeln mit ihrem großen Wiegemesser, weil sie vier Zentimeter dick waren. Hieß das, alles, was dünner war, war nicht dick genug, um es zu hacken? Wir waren uns nicht einig.

Wir einigten uns darauf, ein paar Meter Fliegendraht aus Nylon zu kaufen, der für Fenster, den wir für dicke Caulophyllum-Bündel benutzten, und waren uns uneins, wie viele Wurzeln pro Bund wir nehmen sollten, und dann, wo wir sie hinhängen sollten.

»Über den Holzofen«, sagte Sharon.

»Das macht man, wenn man hohe Decken hat«, sagte ich. »Willst du sie braten?«

Wir konnten den ganzen Tag streiten, ohne daß eine zur Häretikerin erklärt oder gefoltert wurde. Von welcher Religion kann man das sonst sagen? Und nachdem wir das Abendbrotgeschirr abgewaschen hatten, gingen wir ins Bett und hörten uns das Band noch mal an und sagten: »Siehste? Siehste?«, glücklich und uns im Recht wiegend, lächelten und küßten uns und waren warm in unserem knarrenden Bett. Im Greene County konnten Frühlingsnächte kalt werden, wir froren aber nicht.

Eines Abends, als ich mich vertrauensvoll, ohne mich privilegiert zu fühlen, wie ein geliebtes Baby an Sharons Brust kuschelte, flog der »Messias« aus Albany herüber, auf einem makellosen UKW-Signal, obwohl Ostern vorbei war und Weihnachten noch lange nicht anstand, ein unerklärliches Geschenk. Eileen Farrell sang: »Ich weiß, daß mein Erlöser lebt«, und ich spürte, wie Sharon mit jeder Faser ihres Körpers zuhörte, spürte jeden Atemzug, jede Hebung und Senkung. Dann kam Eileen zum Ende.

»Ich liebe Frauenstimmen«, sagte Sharon und hauchte mir die Orchesterpartie über das Ohr, nicht ins Ohr, darüber hinweg, wie über eine Querflöte, und mein Körper wurde Musik und erhob sich und tauchte ab und schwang sich auf, nie in Gefahr, sich zu verirren, immer sicher an ihrer Brust verankert.

Eines Abends wollte ich etwas ausprobieren, was ich in einem Buch mit dem Titel *Arabische Liebeskünste* gelesen hatte, obwohl es gegen meine Prinzipien war, ein fremdes Objekt für die Liebe zu benutzen. Wenn dir dein und ihr Körper nicht genügen, solltest du niemanden lieben, dachte ich immer, aber es dient der Demut und der Bildung, gelegentlich gegen seine Prinzipien zu verstoßen. Man wird weniger selbstgefällig. Toleranter. Und in diesem Fall war das Objekt bloß eine Orange, eine große leuchtende unschuldige kalifornische Navelorange, die ich von einer Hand in die andere warf, beiläufig summend, um Sharons Aufmerksamkeit zu wecken, und dann pellte ich sie mit Fingern und Zähnen, aufreizend. Unter der dicken Pelle war sie ganz klein, wie eine Eskimofrau ohne ihre Felle. Ich teilte sie. Mit den Fingerspitzen schob ich Sharon, die sehr interessiert, neugierig und nachgiebig war, rückwärts zum Bett und sagte in meinem ausländischen Allzweckakzent: »Fenn du machen fas ich ßage, ich dir nix tun.« Wenn du von einer Frau verlangst, daß sie nur dich liebt, solltest du dafür sorgen, daß sie auf nichts verzichten muß, was sie vielleicht gerne hätte, zum Beispiel eine französische Liebste.

Mit dem Gesicht schob ich ihre Oberschenkel auseinander, aber als ich versuchte, ihr den Orangenschnitz reinzuschieben, preßte sie sie wieder zusammen. Sie hatte eine sehr naive Vorstellung vom menschlichen Körper, wie die ersten Frauen, die Tampons benutzten und Angst hatten, sie würden in den Blutkreislauf geraten und ins Herz schwimmen und sie umbringen.

Ausgerechnet hier mußte ich aufhören, im aufregendsten Moment, und sie daran erinnern, wie kuschlig und abgeschlossen es da drin ist und daß die Orange nirgends hinkonnte, außer geradewegs wieder raus.

»Müssen machen nix, natürlich, fenn du nich willst.«

»Nein, ich komm schon klar«, sagte sie, und machte die Beine mißtrauisch so weit auf, daß ich das Orangenstückchen hineinschieben konnte.

Da konnte der feurige Sultan endlich zum berauschenden Teil übergehen, dem Sinn des Ganzen, die Orange wieder herauszulutschen. Ich lutschte. Ich lutschte. Versuchte, mit der Zunge dranzukommen. Ich lutschte noch mal.

»Du Arsch!« rief sie. »Du kriegst sie nicht wieder raus!«

»Ich natürlich können. Es nicht sein sollen plötzlich. Taß heißen ›Vorspiel‹. Ich können leicht Orange mit Finger entfernen, aber dann ich müssen Sultanstitel abgeben.«

Da lachte sie laut und herzhaft auf und sagte: »Dann muß ich morgen ja mit einer *Orange* in mir die Ringelblumen pflanzen«, und das Lachen drückte ihre Eingeweide nach unten und die Orange fluppte heraus. Ich aß sie und liebte Sharon wie immer, mit der Hand. Wir brauchten keine arabischen Variationen. Wir waren weit davon entfernt, zu sagen: »Oh nein! Schon *wieder* Liebe?«

Marnie konnte nicht wegbleiben. Sie kam jeden Samstagabend angefahren und brachte uns alle möglichen Sachen. Sie hatte nachts wach gelegen, weil ihr eingefallen war, daß sie uns fehlten, eine Waage mit drei Balken zum Beispiel, und eine Schachtel leerer Teebeutel, die wir füllen sollten, und zwölf Dutzend kleine gelbe Glasflaschen mit Tropfverschluß sowie eine Gallone Alkohol, den wir nicht kaufen konnten, sie aber, weil sie eine Großhandelsnummer für den Staat New York hatte.

Es war eine Erleichterung, daß wir diese Wurzeln nicht mehr trocknen mußten, sondern sie einfach hacken und eine Tinktur daraus machen konnten, das heißt, sie ein paar Wochen in Alkohol einzulegen, ein Viertelliter pro Quart. Die Energie der Pflanze geht in den Alkohol über, und dann kann man ihn in kochendes Wasser träufeln, zehn Tropfen auf eine Tasse, und nach dem Abkühlen trinken. Der Alkohol verdampft. Wir hatten den ganzen Keller voll mit Danicas blauen Einmachgläsern, die dafür genau richtig waren.

Marnie war ein guter Gast, machte keine Umstände, und wenn sie eine Liebste mitbrachte, dann immer eine, die auch keine Umstände machte. Sie brachte uns auch Essen mit. Aber allmählich bekamen wir es mit der Angst; sie gab unser Geld aus, bevor wir etwas bekommen hatten.

»Ich bring's durch den Verkauf wieder rein«, sagte sie, und das war natürlich die einzige Möglichkeit, aber es hieß, daß wir eine Zeitlang nur unsere Schulden ausgleichen würden, statt Geld zu verdienen.

Sharon und ich haben beide nur sehr ungern Schulden, sie, weil ihre Eltern immer in den Miesen waren und sich Sorgen machten, und ich, weil meine Eltern das nie taten.

Schulden widersprechen dem soliden und zuverlässigen Jeffersonschen Image der Familie Burley, und ich habe nie aufgehört, eine Burley zu sein, auch wenn Sharon mich auslacht und sagt: »Na und? *Irgend*was sind wir schließlich alle.«

Obwohl wir also alles brauchten, was Marnie uns brachte, und kein einziger Luxusartikel dabei war und sie uns auch nicht mahnte, hat sie mir genug Angst eingejagt, um an den Nachmittagen zu malen, und Sharon nahm einen Job an, für den sie an der Anschlagtafel im Laden ein Inserat gesehen hatte.

* * * * *

Ich war neugierig, was das Landleben aus meinen Bildern machen würde. Würde ich jetzt Scheunen und Hügel malen? Aber abgesehen vielleicht von mehr Blumen blieben sich die Bilder ziemlich ähnlich, Fische und Engel und Vögel, doch auch neu, weil ich den Ölfarben beibringen mußte zu tun, was ich von ihnen wollte.

Oben auf einem Pfosten der vorderen Veranda gab es ein Rotkehlchennest, das von beiden Eltern leidenschaftlich bewacht wurde. Sie saßen auf dem Stromkabel und beobachteten uns, verdrossen und nervös, beschlossen, daß wir zu nah dran waren und stürmten uns dann, flogen dicht an uns vorbei, besonders nachdem die Kleinen geschlüpft waren. Ich bekam einen gehörigen Hieb auf den Kopf. Von da an hielt ich mir einen Karton über den Kopf, wenn ich vorne rausgehen mußte. Ich hatte Angst, sie würden mir an die Augen gehen. Im Grunde ihres Herzens waren sie Falken, zweifellos mutig und edel, aber letztlich doch lästig.

»Hört mal zu!« brüllte ich hinter der sicheren Fliegentür hervor, »wir werden euren Babies nichts tun, das müßtet ihr doch *wissen*. Wie hat eure Rasse nur jahrhundertelang überlebt, wenn ihr nicht mal Freund von Feind unterscheiden könnt? Wenn ihr uns nicht vertraut, hättet ihr euer Nest nicht so nah bei uns bauen sollen!«

Sharon nahm mein Ausbruch mehr mit als die Rotkehlchen. Ich fürchtete schon, sie würde zu weinen anfangen.

»Sei nicht wütend auf die Rotkehlchen«, bat sie inständig, und natürlich habe ich ihnen, zumindest dachte ich das, sofort verziehen, aber seitdem erschienen Vögel seltener in meinen Bildern.

Man kommt nie auf die Idee, man könnte sich vor Rotkehlchen fürchten. Man hört nie davon, wie gewalttätig sie sind. Die Bienen stachen uns nicht, wenn wir uns langsam bewegten, und die Schlangen machten sich aus dem Staub, wenn wir ihnen unser Kommen ankündigten. Die einzigen auf der ganzen Farm, die sich die Mühe machten, einen Streit anzuzetteln, waren diese beiden Killerrotkehlchen.

Plötzlich waren ganz viele Kräuter auf einmal erntereif. Wir machten eine Tinktur aus den frischen jungen Beifußblättern. Den Comfrey hängten wir zum Trocknen an Haken in der Scheune auf, wie Tabak. Nach einer Woche waren die Blätter so weit, daß wir sie von den Stengeln abstreifen, zerkrümeln und in Obstgläsern aufheben konnten. Genauso war es mit dem Johanniskraut und der Königskerze. Es wurde allmählich zermürbend, daß alles so schnell wuchs, die Blätter zu hart wurden und nicht mehr gebraucht werden konnten.

Marnie sagte: »Macht euch keinen *Streß*. Wenn eine Pflanze auf dem Boden liegt und sich wieder in ihre Elemente verwandelt, ist sie nicht verschwendet. Ihr unterliegt dem weitverbreiteten menschlichen Wahn, daß alles, was nicht durch unsere Verdauungsorgane geht, verschwendet ist.«

Ja, das dachten wir, aber von dem Moment an versuchten wir, nicht mehr so zu denken. Manchmal fiel es uns schwer, uns keine Sorgen zu machen und uns nicht zu beeilen, aber wir schafften es, uns einen ruhigen Wanderschritt anzugewöhnen. Sonst wären wir verrückt geworden.

Dann konnten wir es auch genießen, uns sacht zwischen den Bienen zu bewegen, die Kräuter mit einer Gartenschere zu schneiden und unsere Ernte in Weidenkörben zu dem großen Erntetisch in der Scheune zu tragen. Meditativ. Wir wurden meditativ.

Marnie spielte gern auf dem alten Harmonium von Mason & Hamlin, meistens Bach, weil sie den auswendig konnte, »*Schafe können sicher weiden*« und »*Jesu bleibet meine Freude*«, von dem wir nicht genug kriegen konnten, aber sie schon ein bißchen. Sie wollte ihr Repertoire erweitern, also schlug sie eins von Danicas spröden gelben Gesangbüchern auf, und heraus fiel ein Fünf-Dollar-Schein.

Das freute uns und machte uns neugierig, und wir veranstalteten eine Suchaktion. Da kamen die Hamstereien der alten Danica zum Vorschein, zwischen den Tellern im Geschirrschrank, zwischen den sauberen Laken, in Büchern, in aufgerollten Socken, unter dem Linoleum, in einem Zuckersack.

Hat es je eine Frau gegeben, die dieser Männerwelt vertraut, die nicht irgendwo einen geheimen Vorrat hat, in dem sicheren Wissen, daß nicht jedes Schiff zurückkehrt, nicht jedes Kind überlebt, ein Bauer nicht jedes Jahr erntet, so manche Scheune abbrennt und so manche Bandscheibe Schaden nimmt?

Danicas Vorrat belief sich auf neunhundertfünfzehn Dollar, alles in kleinen Scheinen. Da wurde es viel leichter, meditativ zu sein.

Es war an der Zeit, uns nach Gesellschaft umzusehen. Man sollte seine Beziehung nicht überbeanspruchen und so weiter. Man braucht Raum in seinem Zusammensein und so weiter. Wenn man wartet, bis die andern sich melden, kann man ewig warten. Es war an der Zeit, Fran und Dot anzurufen und uns nach den Rosenstöcken zu erkundigen und uns zu einem Lesben-Treffen einladen zu lassen.

Ich fand ihre Nummer nicht mehr. Sie mußte in meinem Adreßbuch sein, war's aber nicht. Irgendwie hatte ich beim Umzug diesen Zettel verloren. Er mußte in einer Mülltüte sein. Ich packte alles aus und fand ihn nicht. Er mußte in der Tasche von dem Hemd sein, das ich an dem Tag getragen hatte, an dem ich sie kennenlernte, falls ich mich erinnerte, welches ich angehabt hatte und ob es nicht seitdem schon hundertmal in der Wäsche gewesen war.

Ich wußte die Nachnamen von Fran und Dot nicht mehr. Diese Information stand zusammen mit der Telefonnummer auf dem Zettel, irgendwo im Atlantik.

Ich suchte sie in jedem vorbeifahrenden Lieferwagen und dödelte extra lange im Laden herum. Es machte einen verrückt zu wissen, daß unsere Leute überall in der Gegend waren, versteckt wie Grundwasser, und wir verdursten konnten, bis wir sie gefunden hatten.

Nun ja, ich konnte ja andere suchen, auf dieselbe Weise, wie ich anfangs Fran und Dot gefunden hatte.

Sie war um die sechzig, eine schöne große kräftige Dame mit einem grauen Bürstenschnitt. Sie kaufte gelbe Cowboystiefel im Laden. Aha.

Ich sagte schönes Wetter, Kräuter, meine Freundin Sharon, Greenwich Village, laber laber, und sie hatte es nicht eilig, weiterzukommen.

Ich sagte: »Oh, übrigens – ist hier irgendwo was los für uns?«

»Oh *ja*!« sagte sie. »Unsere kirchliche Jugendgruppe ist *sehr* aktiv. Mein Mann und ich verpassen nie ein Treffen.«

»Ähm, also –« sagte ich. »Ich werde daran denken. Jugendgruppe, soso.«

Sie lachte. »Es ist die ganze Gemeinde. Sie wollen sich alle nicht eingestehen, daß sie nicht mehr jung sind.«

»Ja, danke. Vielen Dank. Ich werde auf jeden Fall dran denken.«

Besiegt schlich ich mich davon: Auf dem Land kann man wirklich nicht nach dem Äußeren gehen.

Drittes Kapitel

Sharon

Als ein paar Leute ihre Dachrinnen gereinigt haben wollten, wurde ich Gelegenheitsarbeiterin. Dank Grandma hatte ich keine Höhenangst. Eigentlich komme ich sogar sehr gut mit Höhen klar, innerhalb eines vernünftigen Rahmens, und obwohl die Leute lieber keine Frau angestellt hätten, nahmen sie mich, weil sich auf ihre Anzeige kein Mann gemeldet hatte.

Als ich auf dem Dach war, bemerkte ich ein paar lose Dichtungen, und sie sagten: »Okay, machen Sie's heil«, und das tat ich. Es stellte sich heraus, daß ihre Fensterrahmen auch abgedichtet werden mußten und eine Decke ausgebessert und das Zimmer neu gestrichen und der Rasen gemäht und Ringelblumen gepflanzt werden mußten. Es waren Wochenendgäste aus Albany, Regierungsangestellte. Sie wußten nicht, daß man in Mote für diese Arbeiten keine zehn Dollar die Stunde zahlen brauchte, aber ich dachte mir, eine Frau mit College-Abschluß ist es wert.

Sie hatten wohl auch einen College-Abschluß, aber sie waren so bescheuert. Sie bewiesen, wie weit sich die Leute vom wirklichen Leben entfernt hatten, und wie wichtig es war, das zu ändern. Als sie zum Beispiel die Salatpflanzen sahen, die ich gerade für sie eingepflanzt hatte, ganz kleine, grade mal zwei Blättchen, sagten sie: »Aber wo sind denn die Köpfe? Im Boden?« Damit hatten sie es ja, mit dem Boden.

Wenn sie ein Weizenfeld sahen, sagten sie: »Aber wo ist denn das Brot? Im Boden?«

Ich erklärte es ihnen so freundlich ich konnte, ließ nicht raushängen, was sie für Idioten waren. Sie sahen mich an, als ob ich lügen würde, und fragten: »Woher wollen *Sie* das wissen?« Deshalb hatte ich kein schlechtes Gewissen wegen der zehn Dollar pro Stunde.

Ich konnte einfache Installationsarbeiten ausführen, Dichtungen von Wasserhähnen auswechseln, Abflüsse öffnen und undichte Leitungen reparieren, und einfache Holzarbeiten, zum Beispiel verrottete Treppenstufen ersetzen. Da dachte ich, warum nicht, und hängte eine Anzeige an das Anschlagbrett im Laden.

Da bekamen wir dann auch ein Telefon. »Nur abends anrufen«, mußte ich schreiben, weil es so oft klingelte, daß es Patricia beim Malen verrückt machte. Natürlich brauchten mich die Leute vom Land nicht, aber viele ahnungslose Wochenendgäste aus Albany. Ich glaube, sie konnten nicht mal eine Glühbirne auswechseln.

Ich baute für die Wochenendgäste viele Terrassen, stach die Soden aus und mauerte. Sie tranken gerne ihre Drinks auf der Terrasse und genossen den Ausblick auf das, was sie Das Land nannten, und das hieß zwei Zentimeter hoher Rasen, dahinter Ringelblumen, eine geschnittene Hecke und dahinter, wenn sie sehr viel Glück hatten, die Berge. War ja vielleicht auch okay, aber sie glaubten, sie führten ein wirklich hartes Leben, ganz im Herzen der Natur. Sie sorgten sich hauptsächlich darum, daß jemand einen Wohnwagen irgendwo abstellte, wo sie ihn sehen konnten. Sie wollten mehr und mehr Land kaufen, damit das nie passieren konnte.

Ein paar von ihnen wohnten direkt bei uns an der Straße. Sie hatten ihr »Land« sogar von Grandma gekauft, fünf Morgen, die sie bis zum Erbrechen zivilisiert hatten. Dann fingen sie an, über unsere Farm Andeutungen fallenzulassen.

»Natürlich haben wir es verstanden, daß Ihre Großmutter es körperlich nicht *konnte* –«, sagten sie zum Beispiel. War das nicht vielleicht mehr als eine Andeutung? »Sie können sich gerne unseren Rasenmäher ausleihen«, boten sie uns an – als würde ich dieses Ungetüm mit seinen stinkenden Abgasen in die Nähe unserer Kräuter kommen lassen! »Wissen Sie, es gibt eine Menge giftiger Schädlinge und Unkrautsamen, die im Schutt überwintern« sagten sie und meinten, daß das ganze Unkraut und die Schädlinge in der Gegend daher kamen, daß Patricia und ich die Wiese nicht mähten.

Es hat mich schon gestört, daß jemand – okay, egal wer – uns für müllig und ärmlich hielt, aber ich wußte auch, daß sie im Unrecht waren und daß zwei Zentimeter hohes Gras bescheuert war und uns die Rotkehlchen sowieso nicht in den Vorgarten lassen würden.

Faul waren wir jedenfalls nicht. Wir hatten jede Woche Tinkturen oder Teebeutel oder gehackte Löwenzahnwurzeln oder so was fertig, was Marnie mit ins *Rose Hip* nehmen konnte. Sobald Patricias Ölbilder getrocknet waren, gab sie sie ebenfalls Marnie mit. Sie waren so schön, vielleicht noch schöner als die alten Aquarelle, tiefer und leuchtender, daß ich es kaum ertragen konnte, daß sie mitgenommen wurden, aber Patricia tat wie ein hartgesottener Profi.

»Ich würde meine Großmutter verkaufen«, sagte sie, was auch nicht erklärte, wieso sie ihre Bilder verkaufen konnte, aber ich hielt den Mund, um es ihr nicht noch schwerer zu macheen.

Marnie sagte, die Galerie auf der West Fourth Street, die die Mütter für Patricia ausfindig gemacht hatten, hatte immer etwas von ihr im Fenster. Die Schönheit und der niedrige Preis ihrer Bilder und die vielen vorbeikommenden Touristen brachten Patricia Geld ein. Marnie brachte Patricia ziemlich bald Geld mit. Zuerst kam es tröpfelnd, dann als steter Fluß. Obwohl die Galerie das meiste Geld behielt, übertraf der Rest bei weitem das, was Patricia auf dem Washington Square je zu verlangen gewagt hatte.

Und natürlich war ich mit meinen Gelegenheitsjobs auch ganz schön tüchtig, genug, daß ich ein bißchen die Nase hoch tragen und den Leuten etwas abschlagen konnte, wenn sie mir nicht gefielen, zum Beispiel denen, die wollten, daß wir unsere Wiese mähten.

Wir machten auch mit Grandmas Tiergeschäft weiter, gossen sie in den alten Formen, aber die Nachfrage war nicht besonders, vielleicht weil die Dinger nicht mehr so gut zu sehen waren, wenn das Gras richtig hoch stand.

Wir mußten auch an den Winter denken, vor allem an das Holz, das der alte Holzofen brauchen würde. Im Holzschuppen war noch 'ne Menge von Grandmas Holz übrig, gut abgelagert, ein Jahr alt. Für den übernächsten Winter mußten wir Holz holen. Kein Problem, wir konnten es aus dem Waldstück holen, aber Patricia sagte, wir dürften nicht wie die Grashüpfer sein und bis zum ersten Schneesturm damit warten.

Ich fand, eine Hitzewelle war ein komischer Zeitpunkt, sich wegen Schneefalls im übernächsten Winter zu sorgen, aber Patricia widersprach mir.

»Es ist genau der richtige Zeitpunkt«, meinte sie. »Die Lehre aus einer Hitzewelle ist, daß die Natur nie gemäßigt ist. Bei ihr heißt es entweder zu viel oder gar nichts. Überschwemmung oder Dürre.«

Wenn Patricia in der Stimmung ist, eine Lehre aus etwas zu ziehen, muß man sich einfach zusammenrollen und warten, bis es vergeht. Sie hätte Lehrerin werden sollen. Sie hörte sich so an, als wollte sie mich gleich durchfallen lassen.

»Das Problem des Menschen ist, wie er die Zeiten des Überflusses nutzen kann, um sich auf das Gegenteil vorzubereiten, das mit Sicherheit kommt.«

Ah ja.

Wir knoteten uns bunte Tücher um den Kopf, damit uns der Schweiß nicht in die Augen lief, und machten uns mit unserer geliehenen Kettensäge auf den Weg, die auch eine Menge blauer Abgase ausstieß, wie ein Rasenmäher, aber die Säge war nötig und der Mäher nicht. Am Waldrand, so weit wie möglich vom Ginseng und der Gelbwurz entfernt, suchten wir uns einen jungen Ahorn mit einem etwa 15

Zentimeter dicken Stamm und hatten ihn in Nullkommanichts gefällt.

»Wir haben Hunderte davon«, sagten wir. »Sie müssen ausgedünnt werden.« Aber wir fühlten uns trotzdem, als hätten wir eine Hirschkuh geschossen, als hätten wir unsere Großmutter verkauft.

Man wird allerdings hart, sehr hart. Bis wir den Baum entastet und in den Hof geschleppt hatten, kam er uns vor wie ein Feind. Und dann mußten wir wieder raus, um den nächsten zu holen. Und noch einen. Und noch einen. Und die Schwitztücher wechseln. Und literweise Wasser trinken. Und wieder raus und noch einen holen.

»Grandma hat immer einen Mann für diese Arbeit bezahlt«, sagte ich bescheuerterweise. Patricia hätte fast aufgegeben, bis ich das sagte.

* * * * *

Patricia suchte und suchte nach unsern Leuten, doch war ich es, die sie fand. Ich meine, ich habe die ersten gefunden, und die führten uns zu all den anderen.

Selbst am Telefon, als sie mich bat, ihr ein paar Bücherregale bauen zu helfen, klang Stacy wie eine Lesbe. »Sie hat einen lesbischen Akzent«, sagte ich zu Patricia, der ihr Fehlurteil über die alte Dame von der Kirche immer noch so peinlich war, daß sie nur brummte.

»Ganz bestimmt«, brummelte sie. »Auf dem Land kann man nie wissen. Außerdem könnte eine Lesbe sich die Regale selber bauen.«

»Ja, aber das sind Wochenendleute, aus *Albany*«, sagte ich.

Stacy und Edra waren ungefähr im selben Alter wie die Mütter und Marnie, glaube ich. Eigentlich sehen sie ab einem bestimmten Punkt alle gleich aus. Stacy und Edra hatten zwei Schlafzimmer, eins ganz einfach und staubig und das andere mit Menschengeruch und voller Engelsstatuen und zwei Kleidergrößen an Bambushaken und zwei Schuhgrößen neben einem Stuhl und Büchern, bei denen ich das

Gefühl hätte, es wäre unhöflich gewesen, darauf zu neugierig zu sein. Über das riesige Bett blickte die Venus von Milo, frisch geschnittene Rosen zu ihren Füßen. Sie war wirklich schön. Das war mir nie aufgefallen. Sie hatte was von Patricia, wie sie so gleichzeitig uralt und jung aussah.

In diesem Schlafzimmer brauchten sie noch Regale. Ich nahm Maß und rechnete, umgeben von Frauenbildern. Keine nackten Frauen, sondern Gesichter, eine ganze Wand voller Gesichter. Stacy sagte, es wären Rosa Bonheur und Queen Anne und Gertrude Stein und Alice B. Toklas und Romaine Brooks und Natalie Barney und Ethel Smyth und Sara Teasdale und Alice Austin und Djuna Barnes und Berenice Abbott und was weiß ich, wer noch alles. Eine, Colette hieß sie, starrte mich an, als wüßte sie, daß ich keinen Pfifferling wert war. Ich hatte noch von keiner von ihnen gehört, außer von Susan B. Anthony. Sie erkannte ich wenigstens.

Das machte Stacy und Edra traurig. »Jede Generation muß von vorn anfangen«, sagten sie.

Später fiel mir auf, daß sie auch bloß über Frauenrechte hätten reden können, und ich hätte ins Fettnäpfchen treten können wie Patricia bei der Kirchendame, die uns immer noch zujuchzte, wenn wir bei ihr vorbeikamen, und uns an das Treffen am kommenden Sonntag erinnerte.

Aber in dem Moment war ich sicher, daß Stacy und Edra meinten, verdammt noch mal, warum kennen die jungen Lesben ihre eigene Geschichte nicht? (Susan B. *Anthony*? Jetzt mußte ich *wirklich* zur Wahl gehen!)

Ich sägte und schliff und beizte und wachste die Regalbretter draußen unter einem Birnbaum und fragte mich, was Patricia gesagt hätte, wenn sie da gewesen wäre. Sie hätte dumm geguckt und gewartet und Andeutungen gemacht und sich wieder zurückgezogen und sich wieder angeschlichen, und ich fand, das war eine gute Idee. So mußte ich es auch machen.

Ich ging wieder hinein, um die Regalträger aufzuhängen, eine ganz einfache Arbeit, mit Ausnahme der Balken, aber die konnte ich gut finden. Meine Ohren konnten den Unterschied zwischen dem einen und dem anderen Klopfen gut hören.

Edra spielte Klavier, aber sie hörte auf und fragte, ob ich etwas brauchte, eine Verlängerungsschnur vielleicht.

Ich sagte: »Kennt ihr vielleicht zwei Frauen namens Fran und Dot? Patricia hat ihre Telefonnummer verloren. Sie haben uns erzählt, ihr trefft euch regelmäßig.«

* * * * *

Das nächste Treffen fand an einem Samstagabend statt, deshalb kam Marnie mit. Es waren um die dreißig Frauen aller Altersstufen da, auch Fran und Dot, die Marnie nun endlich kennenlernten, wie sie es sich damals im *Rose Hip* immer gewünscht hatten. »Manchmal sind wir dir nachgegangen, um zu sehen, ob du uns zu unseren Leuten führen würdest«, sagten sie.

Ich dachte, das würde Marnie nerven, aber sie verstand es. Sie sagte: »Ich hab in einem Buch gelesen, daß Schwule und Lesben oft im Riis Park sind, deshalb bin ich da hingegangen, als ich zum ersten Mal in die Stadt kam. Aber es war im Mai. Der Wind vom Atlantik war noch schrecklich kalt, und es war noch niemand draußen.«

Edra sagte: »Ich hab in einem Buch gelesen, daß Lesben sich auf der Sixth Avenue im Village herumtrieben und sich auf einen stürzten, also bin ich da spazierengegangen, ganz langsam, bin stehengeblieben und hab so getan, als würde ich die Schaufenster angucken, und hoffte die ganze Zeit auf –«

Eine andere sagte: »Ich hielt mich fünf Stunden lang in einer Mafia-Bar an einem Bier fest. Diese Bars waren hart. Die alten Butches haben sich ständig geprügelt. Man mußte mit gesenktem Blick dasitzen, damit man nicht aus Versehen die Femme einer anderen anguckte, sonst wurde man nach draußen gebeten und zusammengeschlagen.«

»Die Mafia hatte bald genug von den Prügeleien und einem Bier in fünf Stunden. Was sie uns abnahmen, reichte kaum aus, um die Bullen zu bestechen. Das Geld hatten die Schwulen.«

»Einmal ist eine alte Butch im Taxi vor der Bar vorgefahren, und als es wegfuhr, rannte sie hinterher und brüllte: ›Mein Dildo! Mein Dildo!‹ Sie holte das Taxi ein und kam mit einer kleinen Leinentasche wieder, wie so 'ne Sporttasche.«

Patricia und ich amüsierten uns gut bei alldem, lachten, wenn die anderen lachten, hüteten uns aber, alles zu glauben, zum Beispiel das mit den Bullen, die bestochen werden mußten. Wir wußten, das war nur die Nummer, die die Älteren immer abziehen, was sie durchgemacht hätten und daß wir das dank ihrer Vorreiterrolle *nicht* durchmachen müssen. Wir sollten uns wie ein Abklatsch der alten Schule fühlen, verweichlicht und verwöhnt, und denken, daß es für uns leichter war, als wir verdient hatten.

Aber wir waren zu froh darüber, daß wir da waren, in einem richtigen lesbischen Zuhause auf dem Land, in einem Zimmer bis oben hin voll mit Lesben, kein einziger Fremdkörper in Sicht, als daß wir sie hätten darauf hinweisen wollen, daß es zum Großteil die Baby-Boomer waren, die unsere Frauen aus den Bars geholt und gestampft und gebrüllt und gekämpft und gefordert haben, verhaftet wurden und dafür sorgten, daß zum ersten Mal seit Lesbos sich die Zeiten zu unseren Gunsten änderten.

Ich glaube, insgesamt ist es besser, bei einem unserer Lesbentreffen zu sein als auf Lesbos, auch wenn der Gedanke an all die Dichterinnen, die sich gegenseitig unter die kleinen Gewänder fassen, im Sonnenschein und von Olivenbäumen und blauem Meer umgeben, seinen Reiz hat. Das kann einem schöner erscheinen, als im Schneidersitz mit denen, die noch so weit runterkommen, auf einem Läufer zu sitzen und von einem krummen Papierteller mit einer Plastikgabel zu essen, wenn das Essen auch köstlich ist – Lasagne und Schinken und winzige Fleischklöße in Dillsauce und reife Tomaten und etwas, das *Kufta* heißt und *klasse* schmeckt, und Dolmades und Safranreis und Kartoffelsalat und einen

Haufen Desserts einschließlich Schokobrownies, für die Sappho über Leichen gegangen wäre.

Aber man könnte wohl genug davon bekommen, nur mit Dichterinnen zusammen zu sein, und froh sein, nur eine zu haben, so wie wir, die anderen können ruhig was anderes sein. Wir haben Lehrerinnen und Sekretärinnen und Sozialarbeiterinnen und Physiotherapeutinnen und Verkäuferinnen und Busfahrerinnen und Krankenschwestern und Anwältinnen und Buchhalterinnen und Regierungsangestellte aus Albany auf Wochenendurlaub und Therapeutinnen, viele Therapeutinnen. Eine sagte, ihre Klienten, Kinder sind das nämlich, reißen ihren anatomisch korrekten Vaterpuppen immer wieder die Penisse ab, und wenn sie zukünftige Sekretärinnen zum Vorstellungsgespräch da hat, muß sie fragen: »Können Sie Penisse wieder annähen?« Wir haben eine Zahnärztin. Eine College-Dekanin. Mit Patricia haben wir eine Malerin. Mit mir eine Gelegenheitsarbeiterin.

Marnie sagte: »Nein, nein, du bist eine *Heilkundlerin*«, als wäre das was Besseres als Gelegenheitsarbeiterin, war wohl ganz normal, daß sie das meinte. Würden die anderen Frauen auch so denken und nicht so stolz auf mich sein, wie ich es auf sie war?

Bei dem ganzen Müll, den man selbst heute noch zu hören bekommt – daß man krank ist oder unreif oder besser tot als lesbisch oder das Leben einer Lesbe eine einzige lange Pechsträhne ist –, ist es richtig schön, den lebenden Beweis zu haben, daß es nicht so ist. Ist es schön, daß man all diese fröhlichen, witzigen, gutaussehenden, klugen Lesben kennt, die gut auf sich aufpassen, *erfolgreich* sind, und in schönen Häusern, die hier und da in die Wälder und Berge gekuschelt sind, gut füreinander und für ihre Kinder sorgen. Keine einzige wohnte direkt in Mote. Natürlich wollten wir auch gut wegkommen, ihretwegen und auch unsretwegen. Patricia war kein Problem. »Malerin« hört sich immer gut an, besonders wenn du eine bestimmte Galerie in New York City vorweisen kannst. Aber »Gelegenheitsarbeiterin« ist ein Grenzfall. Bestenfalls.

Ich war eine sehr gute Gelegenheitsarbeiterin und stolz darauf, aber als Heilkundlerinnen waren wir beide noch ein bißchen unsicher. Es gab so viel zu lernen, was ich hätte lernen können, als ich im *Rose Hip* gearbeitet habe, wenn ich nicht aufs City College gegangen wäre, damit ich trocken hinter den Ohren wurde. Wir brauchten lange geruhsame verschneite Wintertage neben dem Holzofen, zum Lesen und Aufstellen von Listen, um endlich die Kräuter ganz ernsthaft zu *studieren*. Für den Anfang zum Beispiel ihre botanischen Namen lernen. Ihre Gefahren und Wirkungen. Auswendig, ohne zu zögern. Wie Marnie. Und dann alles mit richtigen Pflanzen und an richtigen Menschen ausprobieren. Eine informierte Meinung über Hildegard von Bingen und Nicholas Culpeper haben und über Maud Grieve. »Maud Grieve sagt das und das, aber nach meiner Erfahrung –« Von solchen beeindruckenden Sprüchen waren wir noch meilenweit entfernt.

Aber – Marnie sagte: »Nein, nein, du bist eine *Heilkundlerin.*« Nicht »wirst sein«, sondern »bist«. Nachdem ich bisher immer fand, daß sie es am besten wußte, sollte ich jetzt anfangen, ihr zu widersprechen?«

Mit mir hatten wir eine Heilkundlerin.

Weil Patricia nicht so viel wußte wie Gott, weigerte sie sich, sich auch Heilkundlerin zu nennen.

Wieviel es ausmachte, daß es diese Frauen gab! Sie machen es erst möglich, auf dem Land zu leben. Sind es ihre Umarmungen und ihre Willkommens- und Abschiedsküsse? Ihr leises Lachen? Ihr wunderbares Essen? Ihre liebevollen Haushalte? Der von ihnen gelieferte Beweis, wieviel Gesundheit möglich ist? Ihr furchtloses Altern? Ihre schlichte menschliche Schönheit? Ihr lautes Singen an alten Klavieren? Ihre Intelligenz? Ja, aber es ist noch mehr. Sie sind die Familie, die sich freut, daß ihr beide zusammen gekommen seid. Sie sind der Vater, der stolz darauf ist, daß du ein Mädchen bist. Für sie ist es zentral, in Ordnung und ein Segen, ein Mädchen zu sein. Und es ist noch mehr. Sie sind einfach da. In manchen Monaten gehen wir nicht mal hin, sind zu müde, zu gestreßt. Das macht nichts. Sie sind *da.* Sie vervollständigen unsere Welt, runden sie ab.

Das Komische war, als ich sagte, ich sei eine Heilkundlerin, und keine lachte, fing ich irgendwie an, eine zu sein. Die Seelenklempner wissen wohl schon lange, daß die Menschen dazu neigen, so zu handeln, wie es von ihnen erwartet wird, aber *ich* wußte das nicht, bis die Frauen bei den Treffen anfingen, mich um Rat zu fragen, und ich ihnen welchen geben konnte. Ich hätte jedenfalls nie gedacht, daß ich mehr wissen konnte als sie, ohne noch mehr lernen zu müssen, nur weil es jemand von mir erwartete.

Zuerst war es Edra, von der man denken könnte, sie würde sich davon abschrecken lassen, daß ich Gelegenheitsarbeiterin war, aber nein. Sie sagte, sie hätte schon jahrelang jeden Winter einen Ausschlag an ihrer rechten Wade. Ihr Arzt hatte ihr eine Kortisonsalbe dagegen gegeben. Himmel, ein Hormon gegen *Juckreiz*? Man muß doch nicht Einstein sein, um sich zu hüten, mit Hormonen herumzuspielen, oder? Es half, aber danach kam der Ausschlag gleich wieder. Ein Anflug von gesundem Menschenverstand hielt Edra davon ab, sich noch mehr Kortison verschreiben zu lassen. Sie beseitigte den Juckreiz, indem sie sehr heißes Wasser drauflaufen ließ, und dabei ging's ihr gut.

»Aber verdammt, ich würde den Ausschlag gern loswerden«, sagte sie.

»Beinwellsalbe«, sagte ich. Ich schwöre, das kam aus dem Nichts.

Damit hatte ich meinen Ruf weg.

Stacy, die vier Kinder geboren hatte, bekam jedes Jahr im Januar häufiges Wasserlassen. Das muß ein elendes Gefühl sein, so als ob du die ganze Zeit pinkeln mußt, aber immer nur ein paar Tropfen rausbekommst. Ihr Arzt sagte: »Oh ja, mehrfach gebärende Frauen kriegen das häufig im Winter, höhö.« Er gab ihr Sulfonamide. Aber waren die nicht gefährlich? Konnten sie nicht in den Nieren kristallisieren und sie blockieren?

»Bärentraube«, sagte ich, was nicht so bemerkenswert war, weil es mittlerweile Winter war und wir Zeit zum Lernen hatten.

Es wird sich vieles verändern.

Patricias Galeristin wird eine PR-Agentin engagieren, um sie berühmt zu machen. Sie wird sich ein bißchen freuen, auch wenn sie immer Amateurin bleiben wollte. Das Geld wird uns ganz gelegen kommen.

Unsere Familien werden mit der Zeit gehen und schließlich glauben, daß Homosexualität für die Familien anderer Leute vollkommen in Ordnung ist. Falls Patricia trauert, weil sie nicht zum Alten Haus gehen kann, so erzählt sie es mir nicht.

Ich werde sagen können, daß ich eine Heilkundlerin bin, ohne zu denken, daß ich lüge. Wir werden Heilerinnen und Lehrerinnen sein, umgeben von taufrischen, strahlenden, starken jungen Frauen als Lehrlinge.

Und dann? Und dann?

Und dann kommt was anderes, und noch was anderes.

Beim nächsten Mal werden wir am selben Tag geboren. Ich bin begierig, alles noch mal zu durchleben, selbst die traurigen Zeiten, aber besonders diesen ersten Winter.

Dieser erste Winter zusammen auf der Farm ist mir noch als perfekte abgeschlossene kleine Welt in Erinnerung, wie eine Insel, wie ein Baumhaus. Wie ein verschwommenes Unterseeboot oder ein Raumschiff. Wie die Szene in einem dieser ausgeflippten Ostereier. Wie diese Briefbeschwerer, die man schüttelt, und dann fallen winzige Schneeflocken auf winzige Häuschen und Tannen und auf Kinder, die Weihnachtslieder singen.

Sharon

Und da sind wir, in unserer abgeschlossenen kleinen Welt, in der Küche mit den Holzstämmen unter dem Putz. Wir sind wie Schafe, warm zusammengekuschelt in ihrem Stall, mollig warm wie Bären, während der Wind draußen den Schnee auftürmt. Auf dem Holzofen kocht die Suppe und macht gelegentlich ein Bäuerchen. Brot aus selbstgemahlenem Weizen ist im Backofen. Das Ahornholz knackt. Die seidigen braunen Katzen schlafen seidig aneinander gekuschelt. Sie heißen Odetta und Roby Dee. Alix Dobkin singt.

Nein, Patricia spielt auf ihrer Blockflöte – mit Anstrengung, mein Ohr ist nämlich zwischen ihren Brüsten vergraben. Ich höre durch lange Unterhosen, ein Flannelhemd und zwei Pullover hindurch, wie ihr Atem aus- und einströmt. Sie spielt ein Kirchenlied: »Nun danket alle Gott«.

Wir lernen. Nein, wir pressen Gemüsemesser durch getrocknete Klettenwurzeln. Nein, es ist Berberitze. Nein, Purpursonnenhut.

Der gelbe Schimmer kommt von unserer Honda, die im Schuppen vor sich hin rostet. Ihre vorderen Scheinwerfer werden mit silbernem Isolierband festgehalten. Sie will zu rotem Staub werden, dann zu Eisenerz, dann zu Stahl, dann wieder zu einer Honda. Sie heißt Chick.

Nein, Patricia malt. Das Gelb ist der Federschopf eines afrikanischen Kronenkranichs. Der Geruch kommt vom Terpentin.